꿈이 없어도
괜찮아,
중요한건
바로 너야

꿈이 없어도 괜찮아, 중요한건 바로 너야

초판 1쇄 인쇄 ┃ 2014년 12월 15일
초판 1쇄 발행 ┃ 2014년 12월 25일

지은이 ┃ 이대영
펴낸이 ┃ 김왕기
펴낸곳 ┃ 푸른영토

주 간 ┃ 맹한승   편집장 ┃ 최옥정
편집부 ┃ 원선화, 김한솔   마케팅 ┃ 임성구

주소 ┃ 경기도 고양시 일산동구 장항동 865 코오롱레이크폴리스1차 A동 908호
전화 ┃ (대표)031-925-2327, 070-7477-0386~9 · 팩스 ┃ 031-925-2328
등록번호 ┃ 제2005-24호   등록년월일 ┃ 2005. 4. 15

전자우편 ┃ designkwk@me.com

ISBN 978-89-97348-37-4 03810

좌절하고, 흔들리고, 아파하는 청춘들을 위한 이야기

꿈이 없어도 괜찮아, 중요한건 바로 너야

이대영 지음

푸른영토

프
롤
로
그

중요한 건 너를 잃지 않는 거야

생각해 보면 나에게도 살아오는 가운데 많은 일들이 있었다. 어릴 때는 가난이라는 환경을 경험했고, 커서는 절제되지 않는 자유로운 행동으로 중요한 시기를 놓쳤다. 어른이 되서는 책임져야 할 가족과 함께 사회 구성원의 한 사람으로 살아가고 있다.

세상에는 많은 일들이 있다. 일의 중심에는 늘 내가 존재한다. 때로는 내가 주인이 되기도 하고, 어떤 경우에는 주변인의 모습으로 서 있기도 한다. 그리고 일을 경험하면서 그 일들은 나에게 득得을 가져다주기도 했지만, 때로는 실失을 가져다주기도 했다.

문제는 득보다는 실이 발생한 경우다. 실은 나에게 상처가 되기도 했다. 나를 비굴하게 만들기도 했고, 나를 약하게 만들기도 했다. 나의 의지를 무너뜨리기도 했고, 꿈마저 사라지게 하기도 했다. 생각해 보면 산다는 건 득을 늘리고 실을 줄이는 것이다. 여기에 사람들은 성공과 실패라는 이름의 팻말을 걸어 둔다.

미국 코넬대학교 명예교수인 켄 블랜차드Ken Blanchard 교수가 쓴 《칭찬은 고래도 춤추게 한다》라는 책이 큰 반향을 불러일으켰다. 칭찬에 인색하고 성공에만 취해 있던 한국사회에 칭찬이 어떤 것인가를 알게 해 주었고, 다시 생각해 볼 수 있는 계기를 마련해 주었다. 그러나 시간이 지나면서 그 칭찬의 모습은 점점 퇴색되기 시작했다. 세상은 다시 원래의 모습으로 돌아와 꿈과 성공과 실력에 다시 빠져들기 시작했다. 사람들은 다시 신기루 같은 성공신화에 몰입하기 시작했다. 사람들은 점점 '자기'를 잃어가고 있었다. 성공의 대열에 끼기 위해서는 자기는 없어야 했다.

이 시대의 많은 청춘들과 이야기를 나눈다. 내게도 사랑하는 두 청춘이 있다. 그리고 그들 청춘에게는 또 많은 청춘들이 친구라는 이름으로 함께하고 있다. 그들끼리 나누는 이야기를 들을 기회가 많다. 대학에 입학하면서 청춘들이 달라지기 시작했다. 그들은 우리가 즐겨 불렀던 '스무 살 시절의 낭만을 찾던' 모습이 아니라, 직업을 찾고 스펙 만들기에 여념이 없었다. 등록금 때문에 고민을 하고, 편의점 아르바이트나 주유소 아르바이트를 하면서 소중한 청춘의 시간을 흘려보내고 있었다. 나는 그런 그들의 모습을 그냥 바라볼 수밖에 없었다. 내가 세계의 최고 갑부였으면 하는 바람도 있었지만 그것은 꿈에 불과했다. 그럴 때마다 나는 아픈 가슴을 안고 돌아서야만 했다. 그게 내가 청춘에게 하는 일이었다.

'나만 그런가?' 하고 불안해하는 청춘들에게 내 이야기를 들려주고 싶었다. 어떻게 보면 지극히 평범한 삶일지도 모르지만 '나도 그렇게 살았단다'라고 말해 주고 싶었다. 성공하라고 말하고 싶지 않다. 좋은 직장에 들어가라고 말하고 싶지 않다. 좋은 대학에 들어가라고도 말하고 싶지 않다. 다만 내가 해주고 싶은 말은 이것이다. "중요한 건 너를 잃지 않는 거야."

다카하타 히데타 감독이 연출한 〈호텔 비너스〉에서 주인공 비너스 역을 맡은 이치무라 마사치카는 "어떤 사람의 인생도, 아무리 별 볼일 없는 인생이라도, 남에겐 보여주고 싶지 않은 뒷모습이 있어. 좌절이든 후회든 말하는 방식은 사람마다 다르겠지만, 그래도 온 힘을 다해 살아가고 있어. 온 힘으로 세상을 향해 가슴을 펴고. 하지만 그렇게 가슴을 펴면 등이란 놈은 다시 비명을 지르지. 버둥거리면 버둥거릴수록 등 뒤쪽은 점점 무거워지고 그냥 포기하고 땅에 엎어지고 싶기도 해. 무거운 등을 가지고 있는 건 고통스럽지. 하지만 이상한 건, 그런 등 뒤쪽에만 반드시 날개가 생긴다는 거야. 등이 무거운 놈일수록 분명 언젠가는 높이 날 수 있어."라고 말했다. 고통이라는 것이 지금 당장에는 힘이 들고 고되지만, 분명 언젠가는 창공을 훨훨 나는 날개를 가져다 줄 것이다. 나는 그렇게 믿고 있다.

그대는 소중한 존재다. 삶의 한가운데 고난이라는 나무가 자란다고 해서 흔들릴 필요 없다. 그 나무에서 이런저런 가지가 생기고 넝쿨이 얼기설기 엮인다고 해도 주눅들 필요 없다. 고난이라는 나무도 잘 다듬어 사용하면 좋은 재목이 될 수 있다. 그 나무를 켜면서 먼 바다로 타고 나갈 요트를 꿈꿀 수 있다면 좋겠다. 그러면 지금의 내 삶이 조금은 더 여유로워 질 것이다. 영화 〈타잔〉에서 우거진 밀림 사이를 넝쿨을 붙잡고 이리저리 자유롭게 돌아다니는 타잔처럼 고난도 생각하기에 따라 달라진다.

내 삶의 여정을 여기까지 오게 한 것은 응원의 힘이었다. 많은 선배들이 응원했고, 지금도 여전히 그들은 나를 응원하고 있다. 그들은 무엇이 되기를 강요하기 보다는 때로는 침묵으로, 때로는 박수로 함께 해 주었다. 때로는 넘어지는 것조차도 칭찬해 주었다. 나는 알고 있다. 그들도 말하고 싶다는 것을. 그러나 그들은 침묵으로 나를 응원해 주었다. 내가 일어서기만을 바라면서 말이다.

이 책은 이 시대의 청춘들을 '응원'하기 위해 기획되고 준비되어졌다. 그렇다고 단순히 응원만 하는 것은 아니다, 살아온 과정을 이야기하고, 헤쳐 나갔던 일들을 같이 나눈다. 인생은 사는 것이 아니라, 찾아가는 과정의 연속된 이야기다. 이 책을 통해 이 시대 대한민국의 청춘들이 획일화되고 도식화된 메뉴얼에서 벗어나 자신만의 스토리를 만들어갔으면 하는 바람이다.

꿈이 없어도 괜찮다. 꿈이 바뀌어도 괜찮다. 꿈이 흔들려도 괜찮다. 내가 생각하는 대한민국의 청춘들은 결코 약하지 않다. 그들이 '나'라는 청춘의 자리를 잃지 않기를 바란다. 나를 잃지 않으면 꿈은 반드시 이루어진다. 대한민국의 청춘들이 모두 행복해지기를 바라며 이 글을 시작한다.

오늘도 하루를 시작하는 길목에서

이대영

contents

PART

1

나만 그런 것이
아니었다

환경은 우리를 강하게 만든다

저녁이 지나고 밤이 되면 엄마와 나는 늘 마음을 졸여야만 했다. 변변치 않은 저녁 밥상을 얼른 치우고 엄마와 나는 바깥에서 들리는 소리에 귀를 기울였다. 그렇게 얼마쯤 시간이 지났을까. 들리지 않았으면 했던 소리가 멀리서 들리기 시작했다. 그것은 아버지가 술을 드시고 집으로 돌아오는 소리였다. 어린 나이에도 술에 잔뜩 취해서 부르는 노래라는 것을 금방 알 수 있었다. 노래 소리 사이로 뜻을 알 수 없는 고함소리가 섞여 나왔다. 그리고 그 노래 소리는 점점 우리 집 가까이로 다가오고 있었다.

엄마는 어린 여동생을 등에 업고서 내 손을 잡고 총총걸음으로 집을 나섰다. 그리고 우리 집과 이웃집 사이에 있는 어린 아이 하나 들어

갈 만한 좁은 틈새 벽 사이를 비집고 들어가 몸을 숨겼다. 숨도 크게 쉴 수가 없었다. 가슴은 콩콩 뛰었다. 엄마는 아무 말 없이 내 손을 꼭 잡고 있었다. 여동생은 자는지 눈을 떴는지 기척이 없었다. 여동생도 알고 있는 것일까. 나는 그냥 무서웠다. 아버지가 겁이 났다. 그런 일은 내 어린 기억에 거의 매일 있는 일이었다. 다른 집들은 조용한데 우리 집은 왜 이럴까?

아버지 목소리가 지척에서 들렸다. 곧이어 우리를 찾는 고함 소리가 들렸다. 아버지의 입에서는 욕이 터져 나왔다. 방 안에 우리가 없다는 것을 안 아버지는 바깥으로 나와 우리를 찾기 시작했다. 아버지의 거친 숨소리는 우리가 숨어 있는 골목 바로 앞까지 들렸다. 금방이라도 들킬 것만 같아 얼마나 마음을 졸였는지 모른다. 그러나 그것으로 끝나지 않았다. 아버지는 방 안에 있는 장롱을 발로 차서 마구 부수기 시작했다. 장롱 서랍에서 옷을 꺼내서 쫙쫙 찢었다. 술만 드시면 하는 버릇이었다. 그렇게 시간이 흘렀다. 얼마쯤 지났을까. 엄마와 나는 숨어 있던 골목에서 나와 집으로 조용히 발걸음을 옮겼다. 아버지는 방 안에서 술에 곯아 떨어져 주무시고 계셨다. 방 안은 엉망이었다. 장롱은 보기 흉하게 부서져 있었고, 서랍장은 열린 채로, 옷은 갈기갈기 찢겨져서 온 방 안에 흩어져 있었다. 내 어릴 때 우리 집 모습이었다.

엄마는 오랜 시간을 그렇게 사셨다. 언젠가 엄마가 이렇게 말씀하셨다. "너그들 아니었으면 내 벌써 집 나갔을 거다." 나는 그런 엄마가 이해되었다. 하루도 빠지지 않는 그런 아버지의 모습에 이길 사람이 어디 있겠는가. 그 때문인지 엄마는 지금까지도 심장약을 드시고 있고, 얼마 전에는 심장혈관을 확장하는 '스탠드' 시술을 두 군데나 받으셨다.

언젠가 너무 심한 아버지의 패악질을 보고 죽이고 싶다는 생각이 들었다. 죽었으면 좋겠다는 생각도 들었다. 그러면 집이 조용해질 것만 같았기 때문이다. 아버지는 심할 경우에는 칼을 들고 위협을 하기도 했다. 그건 정말로 사람으로서 못할 짓이었다. 그런 아버지의 위협에 엄마는 또 얼마나 떨었을까. "그래 그 칼로 날 죽여"라고 악을 쓰며 대드셨지만 여자의 몸으로서 엄마는 얼마나 무서웠을까. 그렇게 폭력을 휘두르는 아버지를 막고 엄마 편을 들면 아버지는 사정없이 나를 때리다시피 하며 힘껏 밀쳤다. 그런 나에게 돌아오는 것은 욕설이었다. 금방이라도 죽일 기세로 나를 노려보았다.

마음이 약해서일까. 나는 집을 떠나지 못했다. 집을 떠나지 못한 것이 아니라, 그런 엄마 곁을 떠나지 못했다. 그리고 그런 아버지의 모습은 친근한 아버지 보다는 엄마를 힘들게 하는 사람으로 내 마음에 오래도록 남았다. 그것은 참으로 힘든 일이었다. 그래서 언젠가는 엄마가 몸이 편찮으실 때 아버지가 옆에서 살갑게 간호하는 것을 보면서 가식 같다고 느끼며 싫어 했다. 엄마의 병이 누구 때문에 생겼는가? 하는 생각을 할 때마다 예전의 아버지의 모습이 자연스럽게 떠올랐기 때문이다.

누구나 좋은 환경, 좋은 가정에서 살고 싶다. 아르바이트 하지 않고, 힘들게 일하지 않고 학교생활만 하면서 편안하게 공부하고 싶다. 그러나 그것은 희망 사항에 불과할 뿐이다. 지금 현실이 그렇지 않기 때문이다. 우리가 가지는 감정이 건전하지 못한 이유가 그것 때문인지도 모른다.

어떤 재벌의 갓 태어난 아이가 주식을 몇 만 주, 몇 십만 주, 몇 백만 주 보유하고 있다고 하고, 재산이 수조 원이 넘는다는 기사를 볼 때마다 우리는 애써 그 기사를 외면한다. 더 이상 나를 악하게 만들지 않기 위해서이다. 사촌이 논을 사면 배 아프다는 말이 바로 그런 것인가.

세상에 혼자 남겨졌다는 것만큼 힘든 일도 없다. 그래서 오래 전에 일본에서는 '고독사孤獨死'가 큰 사회 문제가 되기도 했다. 혼자 남겨지고, 혼자 있다는 생각은 무서운 것이다. 사람들은 휴대폰을 자주 들여다본다. 나에게 누가 문자를 보내지는 않았는지? 누가 전화를 하지는 않았는지? 그리고 다른 사람들이 열심히 문자를 받고 답장을 보내고 전화를 하는 것을 보면서 자신을 보게 된다. '왜 나에게는 문자도 안 오고 전화도 오지 않는지?' 그리고 그것 때문에 또 우울해진다. 우리 사회에 많은 문제들이 있다고 하는데 '혼자 있게 하지 않는 것'만 실천해도 많은 문제들이 해결될 것 같다.

엄마는 늘 우리 곁에 있었다. 엄마이기 때문이기도 하지만, 엄마는 우리를 떠나지 않았다. 소풍 갈 때면 김밥을 싸서 가방에 넣어 주었고, 학교 운동회가 있는 날이면 체육복이랑 운동화를 새 것을 사서 나에게 입히고 신겨 주었다. 아버지도 그런 날이면 술을 드시지 않았다. 술을 드시지 않을 때면 좋은 아버지였다. 아버지는 그림 그리기를 좋아하는 나를 위해 도화지를 구해다가 송곳으로 구멍을 뚫어 스케치북을 만들어 주기도 하셨고, 새 학년이 되면 두꺼운 종이나 달력으로 에쁘게 책 꺼풀을 입혀 주시기도 하셨다.

생각해 보면 나만 겪는 고통이 아니었다. 누구나 겪을 수 있고, 누구나 있을 수 있는 일이었다. 그러나 어린 나는 그것을 다 이해하지 못했다. 나중에 한참 시간이 지나서야 나는 그것을 깨달았다. 생각해 보면 모두는 아니지만 누구나 겪을 수 있는 일이었다. 그런 생각을 하니 원망이 긍정으로 바뀌기 시작했다. 살면서 느낀 감정이었다.

미국 뉴욕에 빈민가의 대명사로 일컬어지는 흑인주거지역 '할렘 Harlem'이 있다. 통계에 따르면 약 100만 명의 사람들이 살고 있다고 한다. 아시다시피 그곳은 마약과 폭력과 총기사고가 만연하고 매춘과 가난과 여러 유색인종들로 뒤엉켜 있는 곳이다. 희망과는 거리가 먼 곳이다. 사람들의 얼굴에는 폭력과 경계의 눈초리가 가득하고 늘 긴장할 수밖에 없고 늘 불안한 곳이다. 또 한편으로는 부를 누리고 사는 사람들이 '월 스트리트Wall Street'를 활보하고, 세계적인 유명 브랜드들이 거리 양쪽에 진을 치고, 부를 가진 사람들을 유혹하는, 부와 빈이 공존하는 도시가 뉴욕이다.

그 뉴욕의 아침에 한 청년이 지금은 사라져 버리고 없는 세계무역센터 쌍둥이 빌딩의 110층 사이에서 무려 1시간 동안 줄 위에 서서 걸으며, 뛰기도 하고 춤을 추면서 사람들의 시선을 사로잡았다. 그 청년은 세계적으로 명성이 나 있는 프랑스의 외줄타기 명수 '필리페 페티Philippe Petit'였다. 사람들은 페티의 줄타는 모습에서 무엇을 느꼈을까? 베스트셀러 작가인 칼럼 매캔이 《거대한 지구를 돌려라》라는 책을 통해 그들의 모습을 이야기했다.

"그를 본 사람은 모두 입을 다물었다. 들리는 것이라곤 지독한, 그리고 아름다운 침묵뿐이었다. 어떤 사람들은 처음에는 그것이 틀림없이 빛의 속임수일 거라고 생각했다……. 저 위, 110층 저 꼭대기에 흐린 하늘을 배경으로 아주 작은 사람의 검은 형체가 꼼짝도 하지 않고 가만히 서 있었다. 구경꾼들 주변으로 온통 홍분이 일기 시작했다. 저 남자가 뛰어내릴까, 저 남자가 난간을 따라 건물 가장자리를 발끝으로 걸을까, 저곳에서 일하는 사람일까, 외로웠던 건가, 누구 망원경 가진 사람은 없나. 전혀 서로를 모르는 이들이 팔과 팔을 맞대고 섰다. 그리고 이젠 그 어떤 것도 그들의 발길을 되돌릴 수 없었다."

더 이상 청춘들에게 교과서적인 말은 통하지 않는다. 그런 말은 위로가 되지 않는다. 아무리 성공이 목표고 목적이지만, 그보다 중요한 것은 그들과 함께 있어 주는 것이다. 나는 그것이 '응원'이라고 생각한다. 그것은 단지 청춘들에게만 통용되는 것이 아니다. 대한민국에 있는 모든 이들과 같이 나눌 수 있는 마음의 소통이 바로 응원이다.

그래서 나는 지금 '대한민국 대표 응원 리더'로 자처하며 살고 있다. 우리 주변에는 응원되어져야 할 많은 이들이 있다. 이 책을 읽고 있는 청춘들뿐만 아니라, 가정주부, 공무원, 직장인, 학생, 전문직업인, 사업가 등등 적어도 인생이라는 환경을 살아가는 모든 이들에게 응원은 꼭 필요한 것이다. 아이들에게 공부를 하라고 해서 모두 다 공부를 하는 것은 아니다. 열심히 하는 것처럼 보이지만 사실은 공부하는 것처럼 보이는 것뿐이다. 많은 부모들이 그것을 모르고 있다.

프랑스 퇴직 기자인 베르나르 올리비에가 설립한 청소년 선교 단체인 '쇠이유[Seuil, 문턱]'가 있다. 쇠이유는 비행을 저지른 청소년들을 대상으로 멘토들과 함께 길을 걸으며 자신들을 돌아보면서 새로운 삶을 찾는 프로그램이다. 그 프로그램에 참가한 청소년들은 멘토와 같이 길을 걸으며 많은 생각을 하게 된다. 오르막에서는 왜 오르막이 있는지, 내리막길에서는 왜 내려가야 하는지를 서로 이야기하며 자신의 길을 찾게 된다.

내 인생이 그리 대단한 것은 아니지만, 그래도 내가 공부를 하고 직장에서 일하고, 적당한 때에 이직을 하고, 지금 이렇게 강연과 자기계발 작가와 개인 코칭을 하게 된 것도 실은 많은 이들의 동행이 있었기 때문이다. 그들의 응원은 나에게 용기가 되었고 힘이 되었다. 그래서 그런지 특별히 어려운 여건에 있는 많은 청춘들에게 마음이 늘 머문다. 그들과 같이 밤을 새우며 이야기 나누는 것을 마다하지 않는다. 비록 그들의 생각을 다 알지 못하더라도 그들 곁에 머물고 싶다. 나는 청춘들이 무엇을 하던지 박수칠 준비가 되어 있다.

추운 겨울 가마니를 덮고 살았던 기억이 있다. 여름이면 남의 집 다락방에서 지냈다. 여름이면 뜨거운 낮의 열기가 채 식지 않아 고스란히 콘크리트 벽을 통해 전달되면 다락방은 그야말로 한증막이 되었다. 나는 거기서 푹푹 찌는 여름을 지내야만 했다. 겨울에는 다락방에 냉기가 감돌았다. 하얀 입김이 보일 정도였다. 간장 한 숟가락만 넣은 국수를 먹으며 살기도 했다. 산동네 옆 절에서 굿을 하고 풀숲에 던져 놓은 명태와 사과 같은 제사 음식들은 산동네 아이들에게 좋은 식사거리였다. 이것저것 가릴 게 없었다. 먹을 수 있다면 무엇이든지 닥치는 대로 먹었다. 산소 앞에 제사를 하고 두고 간 제사 음식은 짐승들보다 아이들이 먼저 차지했다. 사과 속살을 먹으면 다행이었다. 땅에 버려진 사과 껍질에 개미가 붙어도 개미를 털고 입에 넣었다. 그것은 나만이 아니었다. 산동네 아이들은 누구나 다 그랬다.

환경은 우리를 강하게 만든다. 나 역시도 그런 환경에서 자랐다. 환경은 나를 강하게 만들었다. 추위를 이기게 하였고, 며칠을 굶어도 견딜 수 있게 만들었다. 가난은 싫지만 그럼에도 가난은 나의 스승이 되었다. 지금도 나와 같은 환경에서 청춘을 보내는 이들이 있을 것이다. 그런 그들에게 "나도 그랬어"라고 말해주고 싶다. 환경을 이기는 청춘들이 되었으면 한다. 지금의 어려움이 언젠가는 추억이 되는 청춘들이 되기를 나는 늘 소망한다.

청춘들에게 교과서적인 말은 통하지 않는다.
아무리 성공이 목표고 목적이지만
그보다 더 중요한 것은 그들과 함께 있어 주는 것이다.

아마추어처럼 보여도 부끄러워하지 마라

회사에서 처음 일을 배울 때 '원가회계'라는 일을 하게 되었다. 원가 회계는 각 제품 공정별로 들어가는 작은 소모품부터 시작해서 금형의 금액까지, 그리고 각 창고에 저장되어 있는 잡자재까지 모든 것을 파악하고 최종적으로 원가를 계산해 내는 중요한 작업이었다.

매일같이 쏟아지는 전산 자료는 책상 가득히 쌓이다 못해 회의실 테이블이나 소파 위에까지 수북하게 쌓였다. 계산하고 정리할 것이 많았다. 큰 것은 대부분 전산에서 미리 작업을 하지만 세세하게 세부적으로 계산하는 것은 수작업에 의존해야만 했다. 그때 사용하는 것이 계산기였다. 계산기는 학교 다닐 때 손바닥만 한 계산기를 잠시 구경했을 뿐 큰 탁상용 계산기는 보지도 못했다. 학교 때 가지고 있던 주판으로는 그 양과 속도를 따라잡기가 어려웠다. 그래서 경리팀 직원들은 거의가 계산기를 책상 위에 올려놓고 계산을 했다. 오랫동안 그 일을 한 까닭에 선배 직원들은 계산기를 보지 않고도 한 손으로 계산을 척척 해냈다. 그래도 숫자가 틀리지 않았다. 참 신기한 일이었다. 어떻게 그렇게 틀리지 않고 해낼 수 있을까?

나도 똑같이 따라 해봤지만 나중에 보면 숫자가 엉망이었다. 안 보고 계산기 숫자를 누른다는 것이 쉽지 않았다. 폼은 잡을 수 있지만 중요한 것은 계산이었다. 숫자를 하나도 틀리지 않고 계산해야만 했다. 계산을 빨리 하는 것도 중요했다. 시간을 다투는 작업 같은 경우에는 진땀을 흘렸다. 그런 실력은 하루아침에 이루어지는 것이 아니었다. 오랜 시간과 오래 숙달된 경험이 그런 결과를 가져왔다. 나도 그렇게 되기까지 시간이 오래 걸렸다. 나중에는 나도 선배들처럼 계산기를 보지 않고도 계산을 해낼 수 있었다. 물론 속도면에서는 차이가 났다. 그렇지만 느려도 천천히 정확해지려고 하면서 속도를 조금씩 낼 수 있었다.

사회 초년생들이 꼭 챙겨야 할 마음가짐이 있는데 그것은 '나는 지금 아마추어다'라는 마음가짐이다. 아무리 신입이라는 사실을 감추려고 해도 표시가 난다. 프로는 아마추어를 단번에 알아본다. 괜히 아닌 척하면 할수록 자기에게 손해다. 나도 처음에는 마치 프로처럼 열심히 계산기를 안 보고 계산을 했지만 번번이 틀렸다. 나는 그럴 때마다 수십 페이지를 다시 계산하는 이중 수고를 감당해야만 했다. 그것은 자기에게 손해요 낭비였다. 결국에는 시간도 뺏기고 일도 제대로 되지 않았다. 아마추어 때는 아마추어라는 것을 솔직하게 말하는 것이 낫다는 것을 알면서도 나는 애써 아닌 척했던 것이다.

상대성 이론으로 유명한 물리학자 아인슈타인은 음악을 좋아했다고 한다. 그중에서도 바이올린을 특히 좋아했는데, 강연이나 세미나에서도 그는 바이올린을 켜는 것으로 가끔 인사를 대신하기도 했다. 어느 날 한 시골 대학에서 세미나를 마치고 의례 하는 것처럼 바이올린으로 인사를 대신하게 되었다. 그런데 다음날 마을 신문에 기사가 났다.

'아인슈타인, 바이올린 연주회 대성황으로 마치다.'

시골 마을의 수습기자는 아인슈타인이 물리학과 수리학의 대가라는 사실을 모르고 있었다. 그는 단지 아인슈타인이 바이올린을 연주하는 연주자로만 알고 있었던 것이다.

아인슈타인이 말했다.

"내가 물리학은 잘하지만 음악은 아마추어가 맞습니다. 그 기사는 정확하게 보도된 것이 맞습니다."

다른 사람의 눈치를 보거나 부끄럽다는 생각은 버려야 한다. 아마추어는 늘 새로운 것에 도전하는 '도전하는 사람'이다. 그렇기 때문에 당연히 실수할 수도 있고, 실패할 수도 있다. 부끄러움과 쑥스러움은 기본이다. 아인슈타인은 자신이 유명한 물리학자는 맞지만 바이올린을 통해 드러난 그의 음악성에 대한 평가에 만족했다. 아마 바이올린 실력이 형편없었다고 해도 그는 만족했을 것이다. 물리학에는 프로일지 모르지만 음악에는 아마추어가 맞기 때문이다. 그는 자신을 숨기지 않았다. 부끄러워하지도 않았다.

'그녀는 프로다. 프로는 아름답다'라는 광고 카피가 한때 유명세를 탄 적이 있다. 그 카피는 많은 직장 여성들에게 비전을 제시했고 위안을 주었다. 그 카피를 쓴 최인아 카피라이터는 삼성그룹 계열인 제일기획에서 전무로 근무하고 있다. 삼성그룹 인사에서 여성이 부사장이 된 것은 그녀가 최초였다. 그녀는 내성적인 성격의 직장인이었다. 하지만 그녀는 광고주 앞에서는 절대로 기죽지 않았다. 그 이유는 뛰어난 프레젠테이션 능력을 갖고 있기 때문이다.

그녀는 프레젠테이션이 있기 며칠 전부터 실전처럼 수십 번씩 반복해서 연습을 한다고 한다. 그녀는 자기 자신에게 혹독할 만큼 만족할 때까지 노력하는 오기 내지 악바리 근성이 있었다. 사람들은 그녀를 가리켜서 '프로 여전사'라고 별명을 붙였다. 프로는 그냥 되는 것이 아니었다.

원래 아마추어란 말은 '사랑하다'라는 라틴어의 '아마레amare'에서 유래했다고 한다. 무엇을 사랑한다는 말인가? 그것은 자기를 사랑하고 일을 사랑한다는 의미일 것이다. 자기를 사랑하지 않는데 일만 사랑해서는 아무 소용없다. 또한 마쓰시다 고노스케가 말하는 것처럼 좋아하는 일을 찾는 것도 중요하지만, 지금 하고 있는 일을 좋아하는 훈련도 필요하다. 정 들면 사랑한다는 말이 있지 않는가. 직장인에게서 볼 수 있는 것이 자신이 하는 일이 재미없는 일이라고 등한시하고 열심히 하지 않는 모습이다.

직장에서는 처음부터 거창한 일을 맡기지 않는다. 실수하고 실패해도 괜찮을 일을 주로 맡긴다. 그러니 당연히 재미가 없을 수밖에 없다. 어떤 일은 몇 시간도 되지 않아 금방 끝나버리거나 지루하게 그냥 시간을 보내야만 하는 일도 있다. 그렇다고 빈둥빈둥 놀 수도 없다. 그렇다고 성격상 다 끝낸 일을 끝내지 않은 것처럼 잡고 있자니 마음에 내키지 않을 것이다.

직장 상사가 의도하는 것이 무엇인가? 직장 상사가 원하는 것은 일의 실적이 아니라, 얼마만큼 맡긴 일에 최선을 다해 하는가 하는 것이다. 그리고 그 일을 다 끝내고 나면 어떻게 하는가 하는 것이다. 신입 사원 때는 가리지 않고 이런 일 저런 일 막 해야 한다. 좋은 일 달라고 해서는 안 된다. 나는 남자지만 커피도 타고 책상도 닦고 청소하는 아주머니가 있었지만 밀대 걸레로 바닥을 닦기도 했다. 쓰레기통도 비우고, 사무실에 있는 허드렛일은 모두 내 담당이었다.

아는 사람들과 고기 집에 가도 사람들마다 하는 모습이 다르다. 어떤 사람은 그냥 가만히 자리에 앉아 있는 사람이 있는가 하면, 휴지로 테이블 위를 닦는 사람이 있고, 수저통에서 수저와 젓가락을 꺼내서 사람들 앞에 놓는 사람도 있다. 고기가 들어와도 가만히 있는 사람이 있는가 하면, 고기가 담긴 접시를 자기 앞에 가져다 놓고 열심히 고기를 굽는 사람이 있다. 내가 그랬다. 나는 다른 사람들보다 먼저 그렇게 했다. 나는 그것이 몸에 익숙해 있다.

아마추어라고 안심할 수 없다. 아마추어라고 해도 열심히 하지 않으면 부끄러움을 느끼게 된다. 아마추어는 손 놓고 가만히 앉아서 선배들이 하는 것만 쳐다보는 사람이 아니다. 아마추어의 제일 원칙은 열심히 따라서 배우는 것이다. 프로골퍼들처럼 날아가는 골프공의 궤적만 바라보면서 공이 어디에 떨어질까 하고 쳐다봐서는 안 된다. 골퍼가 다음 공을 칠 수 있도록 '티 팩tee pack'을 준비하는 캐디가 되어야 된다. 아마추어가 보여줄 수 있는 것은 열심히 땀 흘리는 것뿐이다. 프로가 되기 전까지는 절대 프로처럼 해서는 안 된다. 스스로도 착각하지 말아야 한다. 회사 선배들은 열심히 일하는 나를 이렇게 불렀다. "막내야!", "어이, 미스터 리."

✳
29

아마추어가 보여줄 수 있는 것은
열심히 땀 흘리는 것뿐이다.

꿈을 이루어가는 스펙을 만들어라

나는 국민학교 때 공부를 잘하지 못했다. 성적은 늘 중간 정도에 머물렀다. 그 당시 성적표는 시험성적에 따라 '수, 우, 미, 양, 가'로 표시를 했다. 성적표에는 '수'와 '우'도 있었지만 거의가 '미'였다. 그래도 그림은 곧잘 그려서 미술은 언제나 '수'였다. 성적표에는 '행동발달사항'이라는 게 있는데, 학교생활을 잘하는 정도에 따라서 협동성이나 책임감 등의 사항에 '가, 나, 다, 라'로 표시하기도 했다. 나는 공부는 중간에 머물렀지만 행동발달사항에는 모두 '가'를 받았다. 오랫동안 국민학교 성적표를 보관하고 있었는데 언제부터 보이지 않았다.

학교에서는 시험 성적이 우수한 학생에게는 상장과 더불어 빨간 바탕에 '상'이라고 한글로 표시된 조그맣고 동그란 배지를 교복 흰색 깃에 달아 주었다. 전교생이 다 모인 아침 조례에서 학생들이 지켜보는 가운데 교장 선생님은 아이들에게 배지를 달아 주셨다. 아이들은 박수를 쳤다. 아이들 눈에 그것은 마치 훈장처럼 보였다. 조회를 마치고 교실로 돌아오면 누구나 할 것 없이 그 배지를 신기한 듯이 구경하기에 바빴다. 그럴 때면 그 아이는 자못 자랑 반 내숭 반으로 의기양양해했다. 복도를 걸어가거나 바깥에서 아이들과 마주칠 때면 아이들 눈에는 교복 흰색 깃에 붙은 배지가 가장 먼저 눈에 띠었다. 어떤 아이는 한 개, 어떤 아이는 두 개, 어떤 아이는 세 개 이상 주렁주렁 달고 다녔다. 곧 그것은 그 아이가 공부도 잘하는 모범생이라는 표시였다. 학교를 마치고 친구들과 놀 때에도 아이들은 교복을 벗지 않았다. 아이들은 그것을 자랑삼아 달고 다녔다.

청춘들과 이야기 하면서 꿈 이야기를 많이 한다. 그러다가 어느 날 문득 '나는 꿈이 무엇이었는가?', '나는 꿈이 있었는가?' 하는 생각이 들었다. 가만히 생각해 보니 나에게는 꿈이 없었다. 내가 자랄 때만 해도 먹고사는 것 외에는 아무 것도 없었다. 학교에서도 '국어, 산수, 자연, 바른생활, 도덕, 음악'을 가르쳤지 아무도 '꿈'에 대해 이야기 하지 않았다. 시험을 치고 나면 맞는 것에 빨간 색연필로 동그라미를 치고, 틀린 것에는 가위표를 하고, 그 숫자에 따라 점수를 매기고, 성적표에 수, 우, 미, 양, 가로 표시하는 것 외에는 아무 것도 없었다. 동네 꼬마들은 '커서 뭐가 되고 싶냐?'는 질문에 '대통령이 될래요', '대장이 되고 싶어요'라고 대답했다. 그것은 꿈이 아니라 되고 싶은 것이었다. 자기가 잘하고 좋아하는 것과는 거리가 멀었다. 대통령은 세상에서 제일 돈이 많고, 대장은 최고 힘이 세다고 생각했기 때문이다.

초등학교 때부터 꿈에 대해서 이야기를 많이 하는 것이 좋다. 일찍 꿈에 대해서 이야기하고 그 꿈을 이루기 위해 해야 할 일들과 과정들을 구체적으로 설계해 나간다면 적어도 지금처럼 스펙 때문에 힘들어하지 않을 것이다. 많은 이들이 이구동성으로 "내가 좀 더 일찍 하고 싶은 일을 꿈꾸고 준비를 했더라면 지금보다는 훨씬 나아졌을 것이다"라고 말한다. "그때 만약 누군가가 적어도 나에게 꿈에 대해서 이야기해 줬더라면 많이 달라졌을 것이다"라고 말한다.

2000년도가 지나면서 '스펙specification'이라는 신조어가 등장했다. 스펙은 '직장을 구하는 사람들 사이에서 학력, 학점, 토익 점수 따위를 합한 것을 이르는 말'로 통한다. 그런데 언제부터인가 취업 준비생들은 출신 학교와 학점, 토익 점수와 자격증 소지 여부, 그리고 해외 연수나 인턴 경험 유무 등을 종합해 '스펙'이란 두 글자로 줄여 부르고 있다. 대학 시절 동안 자신이 확보할 수 있는 외적 조건의 총체가 스펙인 셈이다'라고 스펙에 대해서 설명하고 있다. (〈뉴스메이커〉 2004. 12. 10)

대학이 학문적인 지식을 쌓고 연구하는 학문의 장이 아니라, 스펙을 위한 공부, 스펙을 위한 대학이 되고 말았다. 오래 전 70~80년대 유행했던 노래 가사처럼 '커피를 알았고 낭만을 찾던 스무 살 시절'이 아니라, 낭만도 없고, 사랑도 없는 그냥 취업과 스펙에만 매인 대학이 되고 말았다. 릴케의 시도 없고, 니체의 철학적인 웅변도 들리지 않고, 오로지 토익점수 올리기 현수막만 나부끼는 대학이 되고 말았다.

과거에는 스펙이 남들과는 다른 특별한 자신만의 능력으로 여겨졌지만, 시간이 지나면서 취직을 원하는 대학생이라면 누구나가 지녀야할 자격이 되고 말았다. 토익과 자격증 몇 개는 기본이고, 워킹홀리데이를 경험하고 자랑스럽게 소개해도 그만의 캐리어가 되지 못한다. 좀더 특별한 내용이 없으면 아무 소용도 없다. 문제는 워킹홀리데이를 갔다 왔다는 것만이 아니라, 워킹홀리데이를 가서 자신만의 약점을 해결하기 위해 남들과 다르게 했던 열정의 차별화된 경험을 인사담당자들에게 어필하는 것이 중요하다. 회사는 어떤 경험을 했는지를 중요하게 생각하는 것이 아니라, 그 경험을 통해 무엇을 배웠는지를 보기때문이다.

'1박 2일'과 '꽃보다 할배'로 한창 주가를 올리고 있는 나영석 PD가모 강연회에서 "스무 살 때까지 내가 뭘 하고 싶다는 생각을 해 본 적이 단 한 번도 없다"고 말했다. 그는 점수를 맞춰 행정학과에 들어갔지만 '내가 이 과에 왜 왔지?' 하는 생각이 들었고, 그때부터 세상을 많이 알아야 되겠다는 생각이 들어 책을 읽었다고 한다. 그러면서 자연스럽게 자신이 이야기를 좋아하는 사람이구나 하는 것을 알게 되었다고 한다. 그는 자신이 무엇을 좋아하는지를 알았고 자기에게 맞는 것을 찾았던 것이다.

스펙은 꿈을 이루어가는 과정에 필요한 것인데, 거꾸로 꿈을 포기하고 스펙을 만들면서 맞지도 않는 남의 꿈을 내 꿈처럼 생각하며 살고 있다. 꿈에 투자할 에너지를 스펙에 모두 쏟아버리고 만다. 그것은 내 몸에 맞는 옷을 입는 것이 아니라, 남이 만들어 놓은 옷을 입는 것과 같다. 맞는 것처럼 보이지만 맞는 게 아니다. 우리는 그렇게 스펙에 맞춰 가고 있는 것이다.

둘째 아들과 같이 옷을 사러 간 일이 있다. 그때 아들은 어깨뼈를 다쳐 기브스를 하고 있었다. 사람마다 옷 입는 취향이 다 다르다. 아들도 예외가 아니었다. 작은 티셔츠 하나를 사는데 꽤 많은 시간이 걸렸다. 팔을 다쳤으니 그냥 대충 눈대중으로 치수만 맞으면 될 것 같았는데 그날따라 유난히 옷을 입어보고 사기를 원했다. 나는 매장 한 켠에 있는 탈의실로 데리고 가서 옷을 벗기고 입히기를 수도 없이 했다. 아마도 열 번 이상은 한 것 같았다. 나중에는 내가 지쳤다. 그러나 내색할 수 없었다. 내가 좋은 게 아니라, 본인이 좋아해야 하기 때문이다. 그렇게 고르고 고르다 마침내 맞는 옷을 찾을 수 있었다.

대학에 들어갈 새내기들은 고민이 많다. 대학에 들어간 청춘들도 고민이 많기는 마찬가지다. 나는 그런 그들을 보고 이렇게 말한다. "대학교 이름 때문에 고민하지 마라. 4년 공부하는 동안 그 학문을 모두 마스터 하겠다는 생각을 가지고 공부하면 4년 뒤에는 분명히 달라져 있을 것이다." 내 말에 아이들의 얼굴이 환하게 밝아진다. 대학에 들어가는 것도 고민이지만, 그렇게 어렵게 들어간 대학에서 학교 이름 때문에 마음고생을 하고 있던 아이들에게 내가 조그만 해법은 준 셈이었나 보다. 그들은 이중 삼중의 고통을 겪고 있었다. 나는 그래서 스펙 부담을 안고 사는 청춘들에게 스펙이 아니라 다른 사람들과는 다른, 자신의 강점을 가지고 성공한 사람들에 대한 이야기를 많이 한다.

오르지 못할 나무이기 때문에 처음부터 포기하라는 말이 아니다. 내가 하고 싶은 말은 오를 수 있는 수준의 나무에 올라 마음껏 세상을 즐기라는 것이다. 언제까지 오르려다 미끄러지는 일만 반복하며 살겠는가. 때로는 과감한 결단도 필요하다. 미국인들을 대상으로 조사한 바에 따르면, 사람들 중 80% 이상이 자신이 꿈꾸던 직업에 종사하지 못하고 있다고 한다. 꿈을 늦게 찾을 수도 있다. 꿈이 없으면 어떤가? 그래도 후회하지 않았으면 한다. 지금 꿈을 만들면 되지 않는가. 그동안 배웠던 지식을 정리하고 내 장점을 모으면 분명 꿈을 이루는데 귀하게 사용될 것이다. 성공술, 처세술의 책도 읽어야 하지만, 나는 가능하면 '인물' 위주의 책을 많이 읽기를 권한다. 나도 서점에 가면 그런 류의 책들을 많이 본다. 그런 책은 우리에게 인생이 어떤 것인가를 보여준다. 그들이 꾸었던 꿈을 이야기해 주고, 그 꿈을 이루기 위해 노력했던 많은 일들을 말해준다.

한번쯤은 틈새를 노려도 좋을 것 같다. 똑같이 경쟁할 필요는 없다. 모두가 일류만 취하려고 할 때 이류, 삼류라고 불리는 곳에 가서 열심히 노력해서 성공하면 되지 않을까. 힘들다고 보수가 적더라도 마다하지 않았으면 한다. 기회는 분명히 온다. 그 기회를 기다려라. 그 직장이 기회가 될 수도 있고, 그 직장이 내 꿈을 이루어 줄 수도 있다. 나는 청춘들에게 다시 말한다. "나도 오랫동안 꿈이 없었다. 그러나 결코 포기하지 않았다."

힘들고 보수가 적더라도 마다하지 말아라.
기회는 분명히 온다.
그 기회를 기다려라.

1%를 위해 100%를 투자하라

    고등학교에 다닐 때는 미술부를 했다. 어릴 때부터 그림 그리기를 좋아했고 각종 그리기 대회에 나가서 입상을 할 정도로 나름대로 실력이 있었다. 고등학교는 중학교에서 느껴보지 못했던 선배들의 규율이 심했다. 1학년 때는 거의 2, 3학년 선배들 심부름을 하며 지내다가 2학년이 되어서야 제대로 그림을 그릴 수 있었다.

    미술부 생활을 하면서 가장 힘들었던 건 바로 물감을 배합하는 일이었다. 대개는 선배들이 직접 물감을 팔레트에 짜서 그림을 그리지만, 어떤 경우에는 그 일을 후배들에게 시켜서 미리 준비하도록 하는 선배들도 있었다. 그런데 물감을 그냥 튜브에 있는 색상 그대로 짜서 준비해 놓으면 다행이지만, 그렇지 않고 앞에 그려 놓은 그림과 같은 색상이 되도록 물감을 미리 준비시킬 때가 문제였다. 그때는 색상의 밝기인 명도와 탁한 정도의 채도가 맞도록 물감을 섞어서 준비해 놓아야만 했다. 그것은 1학년들에게 쉬운 일이 아니었다. 물감이 조금만 많거나 부족하면 색상은 금방 달라졌다. 우리는 마치 연금술사가 재료를 섞기 위해 비커 눈금을 재고 저울에 무게를 달듯이 신중을 기했다. 선배들이 언제 수업을 마치고 들이닥칠지 모르기 때문에 침이 바짝 바짝 말랐다. 잘못하는 날에는 모두 엎드려뻗쳐를 당하고 몽둥이로 엉덩이를 맞아야만 했다. 생각해보면 참으로 긴장되던 순간이었다.

청춘들에게 부탁하고 싶은 것이 있다. 어렵게 들어간 직장이나 지금 하고 있는 일에 최선을 다했으면 한다. 직장에 들어가기 위해 도서관에서 밤늦도록 공부를 하고, 등록금 때문에 늦게까지 아르바이트를 했는데, 이제 그렇게 하지 않아도 된다고 긴장이 풀어지는 사회초년생들을 종종 본다. 처음 입사할 때 100%의 열정이 시간이 지나면서 보이지 않는 것이다.

지금은 멈추고 걸을 때가 아니라 더 달리고 더 뛰어야 할 때다. 자동차가 일반도로를 달리다가 고속도로에 진입하면 다른 차들과 속도를 맞추어야 한다. 겨우 힘들게 고속도로에 차를 진입시켰는데, 이제 고속도로에 진입했으니 조금 편하게 가면 되겠지 하고 차를 느리게 운전하면 고속도로는 금방 막히고 만다. 운전자는 그럴수록 더 긴장하고 더 주의해야 한다. 속도 100을 넘어서도 안 되지만 규정 속도 이하로 낮춰서도 안 되는 것이다.

아프리카 초원을 보라. 평온하게 보이지만 긴장이 감도는 초원에서 가젤은 살기 위해 죽을힘을 다해 달려야만 한다. 언제나 절대적인 강자의 위치에 있는 사자도 마찬가지다. 여유를 부리면서 살아도 될 것 같지만 사자도 먹이를 구하기 위해서는 가젤과 마찬가지로 죽을힘을 다해 달려야 한다. 자신이 가지고 있는 능력의 크고 작음과 상관없이 최선을 다해야만 하루를 무사히 보낼 수 있다.

내가 아는 P선배가 그랬다. P선배는 수원에 있는 A대학 야간부에 등록해서 학교를 다니고 있었다. 직장에서 직원끼리 어울리는 회식자리에도 오래 앉아 있지를 못했다. 시계를 보고 가방을 챙겨서 "먼저 일어섭니다" 하고 자리를 뜨기에 바빴다. 우리가 보기에도 무슨 재미로 직장에 다닐까? 할 정도로 재미가 없어 보였다. 회사에서는 열심히 일을 하고, 저녁이면 학교에 가는 것이 일상이었다, 친구들과 어울려 놀러 다니는 것을 보지 못했다.

그런데 지금 P선배는 임원이 되어서 일본 현지법인에 파견 나가 일하고 있다. 같이 입사한 다른 동기들이 과장, 부장을 할 때 그는 임원이 되어서 일을 하고 있는 것이다. 사람들은 흔히 남들보다 조금만 더 열심히 하라고 말한다. 1%만 더 해도 된다고 말한다. 물론 그렇게 해도 다른 사람들과 차이가 날 수 있다. 그러나 나는 그렇게 1%, 2% 더 열심히 해서는 크게 달라지지 않는다고 생각한다. 100%를 맞추기 위해 99%에서 1%는 큰 노력을 들이지 않아도 된다. 그렇게 해서는 표시가 나지 않는다.

〈리틀 러너〉라는 영화가 있다. 가톨릭계 사립학교에 다니는 14살의 주인공 랄프는 사건사고가 끊이지 않는 천진난만한 사춘기를 보낸다. 몰래 담배를 피우기도 하고, 좋아하는 소녀에게 단번에 데이트 신청하는 것도 서슴지 않는다. 어떤 때는 엄격한 교칙을 위반해 신부님들의 눈 밖에 나기 일쑤지만, 꼬박꼬박 고해성사로 용서를 구하는 뻔뻔함도 있다. 그런데 그런 랄프에게도 한 가지 걱정거리가 있었다. 그것은 유일한 가족인 엄마가 오랫동안 병상에 누워 있었던 것이다. 그러나 엄마는 랄프가 병원을 방문할 때마다 "환자치곤 괜찮아. 네가 있으니 나을 것 같구나. 우리 영웅"이라며 오히려 랄프를 위로했다. 어느 날, 병이 악화돼 혼수상태에 빠지게 된 엄마를 보면서 의사는 랄프에게 "엄마가 일어나려면 기적이 필요하다"는 말을 하게 된다. 그 말을 듣고 랄프는 육상을 하게 된다.

그런데 문제가 생겼다. "기적을 좇는 건 신성모독이오." 신부들에게도 늘 그렇게 주장해 온 교장 신부는 랄프가 대회에 나가 기적을 일으키겠다고 말하자 퇴학을 각오하라며 엄포를 놓는다. 하지만 랄프는 굽히지 않았다. 한때 마라톤 선수로도 활약했지만 신부가 되느라 꿈을 접어야 했던 히버트 신부가 랄프의 훈련을 도와준다. 그러던 중 랄프의 고백을 듣고는 제자가 기적을 꿈꾸는 또 하나의 이유가 있다는 걸 깨닫게 된다. "저는 고아가 되고 싶지 않아요"

히버트가 랄프를 돕는다는 사실을 알아버린 교장 신부는 폭발하고 만다. "그 사고뭉치를 돕고 싶거든 헛된 짓을 말리시오." 그러자 히버트가 맞섰다. "훗날 주님이 저에게 이렇게 물으실 것만 같습니다. '너의 전부를 걸어보았는가?Did you ever put it on the line?', '눈을 감고서 마음이 가는대로 널 내맡겨 보았는가?Did you ever just close your eyes and let go?' 이제 저는 눈을 감기로 합니다."

히버트의 그런 용기는, 흔들리지 않고 마음이 이끄는 대로 살아가는 어린 제자 랄프의 태도에서 자극받은 것이었다. 교장 신부는 학교도 교단도 그냥 안 넘어갈 거라고 히버트에게 경고를 하지만 히버트는 보스턴에서 목이 터져라 응원을 한다.

청춘들에게 묻고 싶다. "너는 지금 네가 하고 있는 일에 너의 전부를 걸어 보았는가?", "꼭 이루겠다는 마음이 있는가?"

그냥 남들과 같이 꼭 같아지겠다는 생각이 아니라, 남들보다 더 앞서겠다는 마음이 있는가? 남들과 같이 평범해지는 것으로는 부족하다. 남들 그 이상으로, 최고를 갈망하는 마음이 있어야 한다. 대충이 아니라 특별하겠다는 마음이 있어야 한다.

대한민국이 낳은 세계적인 발레리나 강수진이 《나는 내일을 기다리지 않는다》에서 이렇게 말했다.

"끝까지 성공하고 싶다면 열정을 가져라. 열정만이 당신의 성공을 지켜 줄 것이다. 열정을 잃었다면 아무것도 기대하지 마라. 열정을 잃은 작가의 글을 읽고 싶어 하는 독자는 없다. 열정을 잃은 발레리나에게 감동을 기대한 관객은 없다. 몸은 따뜻한 방안에서 휴식을 취하고 잠에 취해 있어도 당신의 열정은 밖에서 떨게 하라. 당신의 열정을 가난하게 하라."

지금 우리가 살고 있는 이 무대는 '성공한 사람들의 무대'가 아니라 성공을 갈망하고 최선을 다하며 산 '노력한 사람들'의 무대이다. 그들은 성공하고 싶다는 열정을 가졌고, 단점을 장점으로 바꾸고자 노력했다. 그들은 단 1%의 희망이라도 있으면 100%의 노력을 아끼지 않았다. 전구를 발명한 에디슨은 1%의 성공을 위해 무려 1,000번이나 넘는 실패를 경험해야만 했다. 세계적인 프랜차이즈 회사 KFC를 세운 커널 샌더스도 무려 1,008번의 거절 끝에 겨우 계약을 할 수 있었다. 아인슈타인은 학교에서 문제아로 낙인찍히고 아버지와 삼촌으로부터 '구제불능'이라는 소리를 들었다. 로댕은 그림을 못 그린다고 회사에서 쫓겨났다.

나는 어떻게 하겠는가? 중요한 것은 어떻게 할 것인가? 하는 자세의 문제다. 99%가 사라지고 단점만 보이는 상황 속에 갇혀 있지 말고 더 크게 더 멀리 바라보자. 평범했던 그들이 성공할 수 있었던 것은 천부적인 재능과 노력도 있었지만 실패 앞에서도 물러서지 않는 열정이 있었기 때문이었다.

《마시멜로 이야기》,《바보 빅터》를 쓴 호아킴 데 포사다는《99°C》

에서 우리에게 필란이나 오웬, 앤드류, 줄리엣과 같은 친구나 스승이 없다 해도 실망하거나 슬퍼해서는 안 된다고 조언한다. 우리 마음속에는 '나'라는 친구가 살고 있지만, 정작 나는 내 마음의 깊숙한 곳에 숨어 있기 때문에 찾아내지 못할 수도 있다는 것이다. 호아킴은 진정한 나를 찾기 위해서는 나의 참모습을 있는 그대로 보아야 하며, 나를 활짝 꽃피우기 위해서는 99도가 아니라 100도로 끓어야 한다고 말한다. 빈센트 반 고흐는 "모든 어려운 상황 속에서도 나는 다시 일어날 것이다. 커다란 난관 속에서 버림받은 내 연필을 집어들 것이다. 그리고 그림 그리기를 계속할 것이다"라고 말했다.

"이 정도 했으면 됐어"라는 마음은 버리자. 안 된다고 하지 말고, 아니라고 하지 말자. 되기 전까지는 된 것이 아니다. 1%를 위해 100%의 마음으로 도전하라. 1%의 가치를 100%의 가치로 바라봐야 할 것이다. 최선을 다해서 했다면 괜찮다. 오늘 하루도 부끄럽지 않게 살았으면 잘한 것이다. 내 능력을 초라하게 생각하지 말자. 내가 무엇을 하더라도 나에게 100% 투자하는 마음의 지원이 필요하다. 우리는 우리 자신을 돕는 영원한 투자자라는 사실을 잊지 말아야 한다.

되기 전까지는 된 것이 아니다.
1%를 위해 100%의 마음으로 도전하라.
1%의 가치를 100%의 가치로 바라보라.

열정으로 승부하라

　내가 처음 들어간 직장은 삼성전자였다. 입사한 많은 동기들 가운데 나는 몇몇 동기들과 함께 회사 내에서도 핵심부서라 할 수 있는 인사과, 경리과, 관리과로 배치되었는데, 나는 그 중에서도 경리2과로 배치되었다. 당시 우리가 근무했던 건물은 관리본부라고 불렀는데, 건물은 열쇠모양을 하고 있었다. 회사의 모든 일을 결정하고 해결하는 의미로 건물을 그렇게 지었다는 이야기를 들었다. 가끔 고 이병철 회장이 전용 헬기를 타고 건물 바로 옆에 있는 헬기장에 내리기도 했는데, 신입사원으로서 그 모습을 가까이에서 지켜본다는 것은 큰 감동이었다.

　그 당시 회사는 선풍기, 카세트녹음기, 흑백텔레비전, 냉장고, 오디오, 전자레인지, 세탁기 등 내수시장에 필요한 제품들을 생산하고 있었다. 공장 이곳저곳에서는 제품들을 생산하느라 응응거리고 쿵쾅거리는 소리가 쉴 새 없이 들리고, 흰 스팀 연기와 쉬익 하면서 뿜어내는 소리로 정신이 없었다. 많은 제품들이 일본 제품을 모방하고 있었다. 회사 내 이곳저곳에서는 어렵지 않게 일본 회사의 제품 카탈로그나 사진들을 볼 수 있었다. 산요三洋, 미쯔비시三菱, 소니 등. 회사도 그렇거니와 우리나라 내에서도 일본 제품은 아무도 무시하지 못하던 때였다.

그런 분위기 속에서 회사는 전사적으로 'QC품질관리, quality control'와 '제안제도suggestion system'에 관심이 집중되었다. 현장 직원들은 물론이고, 사무직 직원들도 예외가 아니었다. 많은 제안들이 쏟아져 나왔다. 나도 많은 제안을 하였는데, 그 중에서 몇 건은 제품에 관한 것이었다. 회사를 퇴직하고 나서도 내가 올린 제안 내용이 한동안 적용되고 있는 것을 보았다.

그 덕분일까. 나는 회사에서 실시한 '신바람해외연수단 1기'로 선발되어 일본으로 단기 연수를 가는 행운을 누리게 되었다. 난생 처음 가보는 해외 연수였다. 전국에서 선발된 우수 모범사원들이 모였다. 각자 나름대로 열심히 한다는 사원들이었다. 회사에서는 그 당시 일본을 경쟁 대상으로 삼고 있었다. 일본을 따라잡기 위해 애쓰던 때였다. 우리는 일본 동경에 도착해서 전자 상가들이 밀집해 있는 아키하바라Akihabara를 찾아가서 우리 제품과 일본 제품들을 비교하기 시작했다. 그리고 다시 숙소로 돌아와서는 모여서 토론하기 시작했다. 그때 우리를 사로잡고 있던 것은 '과연 우리가 일본을 따라잡을 수 있을까?'

하는 회의감이었다. 사실이었다. 임원들도 해외에 나가 먼지와 거미줄에 덮여 구석에 처박혀 있는 우리 제품을 보고 탄식했다고 한다. 그것이 당시 우리나라 전자산업의 수준이었다. 일본에서 그렇게 연수를 하는 동안 연수원들이 묵고 있는 방에는 밤늦게까지 불이 꺼지지 않았고 오랜 시간 동안 토론이 이어졌다.

삼성에서 후원하는 '열정 락樂서'라는 프로그램이 있다. 그 프로에 나오는 강연자는 삼성출신을 포함해서, 열정을 가지고 땀을 흘리며 성공을 향해 달려가고, 성공한 사람들이다. 그들의 강연 내용을 들어보면 열심히 자신의 일에 최선을 다해 달려 온 결과 오늘에 이르렀다는 것을 알 수 있다.

'20대, 너만의 전설을 써라'라는 부제를 달고《웰컴투 열정 발전소》라는 제목으로 책을 쓴 주영희라는 저자가 있다. 그녀는 부산에서도 가장 땅 값이 싼 동네에서 태어나고 자랐다. 우연히 어느 대학에서 공모한 공모전에 합격해서 대학에 입학하고, 해외에 나가보고 싶다는 꿈을 꾸고 미국에 가게 되었다. 그녀는 디즈니랜드에서 청소 일을 하면서 미국 생활을 경험하고, 다시 한국에 돌아와서 생명보험회사에 취직을 하고, 거기서도 식지 않는 열정으로 고객관리를 하면서 자신의 영역을 발전시켜 나가는, 한마디로 악바리 근성을 가진 여인이다. 책에서 그녀는 자신이 생각하는 열정에 대해 이렇게 말했다.

"사람들은 생각을 많이 한다. 그런데 좀처럼 행동은 하려 들지 않는다. 도전하지 않고, 열정을 세일즈 하지 않는다. 그러나 막 가다보면 어느 순간 막혔다 생각하는 그 순간에 새로운 길이 보이기 시작한다. 막 가더라도 일단 가보는 것이 중요하다. 막혔다고 섣불리 판단하고 뒤돌아서는 순간에 보일 수 있었던 길이 등 뒤로 멀어지고 있을 수 있다. 고객을 만나도 마찬가지다. 고객들에게 어필해야 하는 것은 당신이며, 결국 세일즈 해야 하는 것은 당신의 열정이다. 그들은 나의 열정을 보고 판단을 한다. 내 심장박동 소리가 커지면 어느 순간 고객들도 나처럼 심장박동이 빨라진다. 불타오르는 열정이 있다면 팔아라."

열정이라면 김영철을 빼면 섭섭하다. 그는 KBS 14기 공채 개그맨으로, 어린 시절 '장래 희망'란에 아무 생각 없이 '선생님'과 '과학자'를 번갈아 적어 넣었던 평범한 아이였다. 그런 그가 지금은 '영어하는 코미디언 김영철'이라는 이름으로 사람들에게 알려져 있다. 코미디와 영어는 전혀 맞지 않는 조합이다. 남을 웃기기도 바쁜 판국에 다른 나라 말, 그것도 영어를 한다니? 고작해 봤자 인사말 정도겠지 하고 그를 바라보지만 그는 우리의 상상을 비웃기나 하듯이 SBS방송을 통해 매일 아침마다 〈김영철의 Fun Fun Today〉를 방송하고 있다.

그가 그렇게 할 수 있었던 비결이 무엇일까? 그는 자신이 쓴 《일단 시작해》의 책 서문에서 누군가가 이 책의 내용을 10초로 줄인다면 이렇게 말할 것이라고 적었다.

"1999년에 데뷔한 김영철이 슬럼프를 이겼다. 결국 세계를 무대로 하는 코미디언이 되기 위해, 그리고 더 큰 꿈을 향해 노력한다는 이야기잖아.”

그는 그 말에 이 말을 더했다.

“꿈 때문에 미래 때문에 지금도 갈팡질팡하고 있을 내 친구들에게, 그 청춘들에게 나는 무엇을 가르칠 생각도 자격도 없다. 다만 전해주고 싶은 이야기가 있고 함께 나누고 싶은 열망이 있다. 그것은 여전히 멈추지 않는 꿈이다. 그 꿈을 향해 달리고 있는 너와 나를 위해”.

주영희 씨와 김영철 씨 같은 이들은 많다. 서점에 가면 그런 사람들의 책이 홍수를 이루고 있다. 그것은 우리에게 무엇을 말해 주고 있는가? 바로 '가능성possibility'이다. 하고자 하면 못할 것이 없다. 우리는 그 가능성을 2002년 한일월드컵에서 눈으로 확인했다. 한국대표팀 감독으로 부임한 히딩크 감독은 부임하자마자 선수들의 체력에 집중했다. 그 중에서 선수들을 가장 고통스럽게 만든 것이 있는데 그것은 바로 '삑삑이'라고 불리는 체력 훈련이었다. 선수들은 일정 간격을 두고 놓여 있는 삑삑이 사이에서 왔다 갔다 해야만 했다. 처음에는 별로 힘을 들이지 않고 걷는 것처럼 보이다가 '삑~' 하고 부저 소리가 들리면 다시 뛰는 속도를 높이고, 조금 뛴다 싶으면 다시 속도를 줄이며 선수들은 삑삑이 소리에 맞춰서 움직여야만 했다. 선수들은 숨이 턱에까지 차오르는 것을 경험해야만 했다. 생전 그런 훈련을 받아 본 적이 없었다. 그렇게 뛰고 나면 모두들 기진맥진해서 잔디 바닥에 벌렁 드러누워 숨을 헐떡였다. 그리고 그 결과는 마침내 한국 축구가 4강에 들어가는 신화로 나타났다.

나이가 들어감에 체력이 줄어드는 것을 느낀다. 청춘 때에는 몇 날을 밤샘해도 피곤하지 않았다. 세면장에 가서 찬 물로 세수를 하고 머리를 감고 나면 언제 밤샘을 했냐는 듯이 거뜬하던 때였다. 청춘들이 보여야 할 것이 체력과 지치지 않는 열정이다. 열정 앞에서는 어느 것도 두려울 것이 없다. 중국이 만리장성을 쌓고, 삼성이 반도체신화를 이룬 것은 멈추지 않는 열정의 열매였다. 현대 고 정주영 회장이 거북선이 그려진 오백 원짜리 동전 하나와 다른 나라의 조선소 도면, 허허벌판 백사장 항공사진을 가지고 배의 선주들을 찾아가서 배를 수주받을 수 있었던 것은 그의 뚝심과 열정 때문이었다. 아시다시피 정주영 회장의 트레이드마크가 있다.

"임자, 해 봤어?".

뜬 눈으로 밤을 새워 본 적이 있는가? 한 가지 일에 미쳐 본 적이 있는가? 동대문과 남대문에 가면 물건을 사고 부치는 일을 하는 '사입삼촌'들을 볼 수 있다. 그들은 남들이 다 잠을 자는 한밤중부터 새벽까지 일을 한다. 몇 층이나 되는 상가 계단을 수십 번 수백 번 오르내린다. 주문한 물건들을 어깨 가득 매고 움직인다. 일을 마치고 나면 잠시 쪽잠을 잔다. 그들은 청춘을 불태우고 있다. 열정이 없으면 할 수 없는 일이다. 일보다 중요한 것은 식지 않는 열정이다. 나는 실력보다 열정을 사랑한다. 열정은 청춘을 살리는 힘이다.

*

일보다 중요한 것은 식지 않는 열정이다.
나는 실력보다 열정을 사랑한다.
열정은 청춘을 살리는 힘이다.

믿을 사람은 바로 나 자신이다

    윌리엄 텔은 게슬러라는 남자에게 절하기를 거절했다. 그러자 그는 매우 화가 나서 그에게 줄 잔인한 벌을 생각해 냈다. 게슬러는 윌리엄 텔이 활쏘기의 명수라는 사실을 알고 그의 아들의 머리 위에 사과를 얹어 놓고 활을 쏘도록 명령했다. "만약 말을 듣지 않으면 아들을 죽일 것이다." 윌리엄 텔은 망설였다. '만약 내 아들이 움직이면 어떻게 하나? 화살이 사과에서 빗나가면 어떻게 하나?' 윌리엄 텔은 게슬러에게 그 일만은 하지 않게 해 달라고 간절히 부탁했지만 받아들여지지 않았다. 그러나 윌리엄 텔의 아들은 무서워하지 않았다. 사기 아버지가 쉽게 사과를 쏘아 머리에서 떨어트릴 수 있다고 믿었다. 윌리엄 텔은 활을 들어서 두 개의 화살을 메기고 신중하게 조준했다. 그가 쏜 화살은 공기를 가르며 날아가 아들의 머리 위에 놓인 사과의 정중앙을 맞혔고, 사과는 아들의 머리에서 굴러 떨어졌다. 게슬러가 물었다. "왜 화살을 두 개나 메겼나?" 그러자 윌리엄 텔이 대답했다. "만약 내 아들이 다쳤더라면 두 번째 화살은 당신의 심장을 꿰뚫었을 것이요."

독일의 시인이자 극작가였던 프리드리히 실러Friedrich von Schiller가 1804년에 완성한 〈빌헬름 텔〉에 나오는 유명한 한 장면이다. 아들의 머리 위에 놓인 사과를 겨냥해서 화살을 쏜 윌리엄도 대단하지만, 아버지의 실력을 믿고 화살을 쏘도록 한 아들의 용기가 더욱더 대단했다. 아버지에 대한 믿음이 컸던 것이다.

연말이 되면 각 기업체마다 한 해의 경영 실적을 정리해서 '연말보고서年末報告書, annual report'라는 것을 내어 놓는다. 여기에는 자산 현황과 부채 현황, 매출과 순이익 등 기업의 경영 상태가 모두 나타나 있어서 해당 기업의 주주는 물론이고 그 회사와 관련 있는 모든 사람들에게 중요한 정보가 된다.

나는 당시 경리2과 소속으로 경리팀원 5~6명과 함께 외부에 숙소를 잡아 놓고 보고서 작업을 하였다. 지금이야 컴퓨터와 전산이 상용화되어 있어서 쉽고 빠르고 정확하게 일을 처리할 수 있지만, 그 당시에는 일부 업무 외에는 여전히 수작업에 의존하는 일들이 많았다. 전산실에서 가져온 데이터를 가지고 다시 세부적으로 나누어 각 항목별로 집계하고 점검하는 일들이 가장 힘들었다. 그렇게 정리된 자료들을 가지고 다시 '수기手技'로 종이에 옮겨 적고, 글 솜씨가 좋은 필경사를 불러 일일이 숫자를 불러주고, 쓴 것을 확인하면서 몇 날 며칠 밤을 새며 그렇게 보고서는 완성되었다.

사람이 하는 일이라 틀릴 수도 있고, 오차가 있을 수도 있다. 그런데 문제는 구멍가게처럼 주먹구구식으로 대충 맞추고 할 수가 없는 것이 가장 큰 어려움이었다. 수백 페이지의 연말보고서는 10원도, 1원도 틀려서는 안 되는 아주 중요한 보고서다. 중간에 만약 그런 것이 발견되면 우리는 다시 전산리스트를 한 장 한 장 넘겨가면서 샅샅이 뒤져야만 했다. 정말 입이 바짝 바짝 마르는 일이었다. 어떤 경우에는 아무리 찾아봐도 알 수가 없었다. 시간은 흘러가고 마냥 가만히 있을 수만 없는 일이었다. 그리고 마침내 보고서를 최종적으로 완성하고 바깥으로 나올 수 있었다. 그때 마지막으로 그렇게 정리된 보고서를 관리본부장님께 제출했을 때 그 분이 하신 말씀이 있다. "그래, 틀림없지, 나는 자네들을 믿어, 수고 많았어."

그 말씀 한마디로 그동안의 피로가 말끔히 씻긴 것은 두말 할 나위없다. 그 어떤 말보다 기분 좋은 말이었다. 실력도 실력이지만 팀원들 모두를 믿고 맡겨 주었다는 게 여간 기쁜 일이 아니었다.

우리는 우리 자신을 믿어야 한다. 다른 사람이 나를 믿어 주기를 원하면 내가 먼저 나를 믿어야 한다. 그 중심에는 '자신감self-confidence'이 있다. 자신감은 이길 수 있고, 할 수 있다는 것에 대해 자신이 느끼는 감정을 말한다. 청춘들은 앞으로 많은 사람들을 만나고, 많은 일들을 하게 된다. 그럴 때 사람들이 보는 것은 그 사람의 능력과 더불어 할 수 있다는 자신감이다.

전문적으로 산에 오르는 등반가들의 말에 따르면 처음 개척하는 루트의 경우에는 산을 잘 아는 사람도 중요하지만 그날 아침 컨디션이 최고로 좋고 자신감이 충만한 사람을 루트 개척자로 세운다고 한다. 그게 바로 정상 정복의 비결이라고 한다.

'셀프경영self-management'이 최근 각광을 받고 있다. 과거의 경영이 기업주나 사업주의 주도하에 지시되고 경영되는 수동적인 모습이었다면, 셀프경영은 '자가 주도적인 경영'이라고 할 수 있다. 이제 막 입사한 신입사원은 물론이고 중간간부나 최고경영자까지 스스로가 경영자가 되어서 주도적으로 일을 처리해 나가는 것이다.

직장에서는 직급에 따라 위로 올라가면 갈수록 일에 대한 책임과 위양이 많아진다. 보고서나 기안서, 품의서에 보면 결재란이 있다. 처음에는 단순히 기안자, 보고자 란에 도장을 찍지만, 나중에는 최종적으로 책임을 지는 부서장 란에 결재 사인을 하게 된다. 모든 책임은 내가 진다는 뜻이다. 회사가 이 내용에 대해 믿고 맡긴다는 말이다. 어떤 회사는 결재란에 기안자와 책임자 두 칸만 있다는 말도 들었다. 얼마만큼 서로가 믿고 신뢰하는가를 보여주는 사례라 할 수 있다.

인생에 대해서 미리부터 염려할 필요는 없다. 가끔 드라마에 나오는 대사처럼 '이게 무슨 운명의 장난이란 말인가?' 하면서 푸념할 필요 없다. 폭풍우를 만난 선장은 자신이 잡은 배의 키를 놓치지 않는다. 침몰시킬 듯 덤비는 파도를 그냥 가만히 바라보고만 있지 않는다. 자신이 가지고 있는 모든 실력과 방법을 다 동원한다. 선원들을 있어야 할 곳에 배치시키고 파도와 맞선다.

믿을 것은 나뿐이라는 사실이 가끔은 나를 외롭게 만들기도 한다. 텅 빈 방안에서 고독감을 느낄 때도 있다. 그러나 창문을 열고 밖을 쳐다보고, 방문을 열고 한 발만 나가면 세상이 달라진다. 가득한 햇살이 우리를 기다린다. 환경과 행운에 맡기지만 말고 거스르는 용기가 필요하다. 내가 어떤 선택을 하느냐에 따라서 인생은 백팔십도로 달라진다.

20달러짜리 지폐를 아무리 발로 밟고 구겨도 여전히 그것은 20달러짜리 지폐다. 살면서 구겨지고 짓밟히고, 원치 않는 부당한 대우를 받기도 하고 심한 모욕감을 느끼기도 한다. 그러나 외면적으로는 그렇게 보일지 몰라도 '나'라는 절대가치는 변하지 않는다. 비록 지금 당장 꿈이 없더라도, 꿈의 내용이 엉성하고 부족하더라도 어떻게든 꿈을 이루고 말겠다는 자신감만큼은 잃어버리지 말아야 한다.

고기 집 주방에서 설거지를 하고, 불판을 닦는 일을 한다고 해서 나를 미워하지 말아야 한다. 더러워지는 것은 손이지 꿈이 아니다. 체면도 중요하지만 체면이 밥 먹여 주는 것이 아니다. 청춘은 아직 자존심 싸움을 할 때가 아니다. 자존심을 죽여야 할 때가 청춘이다. 나는 내가 사랑해야만 하는 존재다. 나는 지금 내가 나를 사랑해 주기를 원하고 있다. 남들이 뭐라고 하던 나에 대한 무한한 신뢰감을 보내야 한다. 내가 얼마나 나를 사랑하고 나를 믿는가를 보여주어야 한다. 매일 아침 거울을 보고 우리 이렇게 말해보자. "오늘도 잘 부탁해"라고 말이다. 거울 속에서 웃고 있는 나를 발견할 수 있을 것이다. 우리 자신을 믿자. 우리 자신을 한 번 믿어 보자.

청춘은 아직 자존심 싸움을 할 때가 아니다.
자존심을 죽여야 할 때가 청춘이다.
나는 내가 사랑해야만 하는 존재다.

방황하는 게 아니야, 찾아가는 중이야

    수원에서는 친구들과 어울려서 자취생활을 하였다. 지금도 있는지는 모르지만, 그 당시 내가 자취했던 동네는 회사 앞 '말똥구리'라는 이름을 가진 동네와, 회사 뒤편에 있는 '산드레미'라는 이름을 가진 동네였다. 해가 지고 저녁이 되면 가로등 불빛도 희미하고 사람도 별로 다니지 않는 조용한 동네였다.

    자취생활이라고 해봤자 내 방에는 작은 흑백텔레비전 하나, 조립용 비키니 옷장 하나, 담요 한 장, 베게 하나가 전부였다. 밥그릇이고 국그릇이고 숟가락 따위는 아예 없었다. 그도 그럴 것이 나는 내 방을 두고 옆방에 있는 친구들과 늘 어울렸기 때문에 그런 것이 필요 없었다.

    배가 고프면 옆방으로 건너가 같이 라면을 끓여 먹고, 같이 술도 마시면서 그렇게 지냈기 때문에 그런 것이 없어도 조금도 불편하지 않았다. 지금 생각하면 참 철없던 시절이었다.

비가 오는 어느 날에는 회사를 마치고 집으로 오면서 모두 웃옷을 벗고 몸에 비누칠을 하면서 볼썽사나운 짓도 하고, 오늘은 이 친구 집에서, 또 내일은 저 친구 집에서 우리는 그렇게 몰려다니면서 시간을 보냈다. 한마디로 노는 것 외에는 별 생각이 없던 때였다. 회사를 마치고 나면 우리는 회사 앞에 있는 식당주점으로 모였다. 저녁은 이미 회사에서 퇴근하기 전에 먹었던 터라 얼큰한 찌개를 주문해 놓고 친구라는 이름으로 그렇게 술잔을 주거니 받거니 하면서 시간을 보냈다.

그런데 그렇게 시간을 보내던 우리에게 한 선배의 모습이 충격을 주었다. 어느 날 저녁 늦도록 친구들과 술을 마시면서 어울리다가 우리는 마침 부근에서 자취를 하고 있던 학교 선배의 집을 찾게 되었다. 그 선배는 회사 내에서도 성실하다고 소문난 선배였다. 갑자기 들이닥친 우리를 선배는 반갑게 맞아 주었고, 좁은 방에서 우리가 잠을 잘 수 있도록 잠자리까지 내 주었다.

그리고 새벽에 얼마큼 시간이 지났을까? 목이 말라 잠시 일어난 나는 방 한쪽 구석 책상에 앉아서 희미한 불빛 아래에서 책을 읽고 있는 선배의 모습을 발견했다. 그 모습은 잠시 나를 멍하게 만들었다. 나는 그냥 아무 말 없이 바라보기만 했다. 나는 내 모습이 얼마나 부끄러웠는지 모른다. 그가 바로 앞서 말한 일본에 나가서 임원으로 활동하고 있다는 P선배다. 시간이 지나도 그 모습이 지워지지 않는다. 그때 조금만 더 생각이 많았으면 하는 생각을 늘 해본다.

가끔 우리는 자유롭고 싶을 때가 있다. 부모로부터, 가족으로부터, 또는 지금 하고 있는 일로부터 자유롭고 싶다. 한편으로는 그만큼 우리가 많이 구속받으며 살아왔다는 것을 말해준다. 그동안 교육이라는 이름에 복종해야만 했고, 어리다는 이유로 금지되어 왔다. 어떤 경우에는 우리가 일부러 의도하지는 않았지만 내 몸이 먼저 자유롭기를 바랄 때도 있다. 나도 경험했지만 스스로를 통제한다는 것이 가장 힘든 때가 청춘의 시기이다.

나는 두 아들에게 나쁜 것이 아니라면 왠만하면 허락하는 편이다. 고등학생 아들이 친구들과 당구를 배운다고 한다. 나는 좋다고 했다. 친구들끼리 어울려 포커를 친다고 한다. 돈 놀이는 하지 말라고 말하면서 그냥 두었다. 귀에다가 구멍을 뚫고 귀고리를 하고 집에 들어왔다. 아들은 "멋지지 않냐?"고 나에게 물었다. 나는 그 모습이 아무렇지도 않았다. 집 부근 강변에 여름 때마다 열리는 락페스티발에 가서는 더위를 식혀주기 위해 소방 호수로 뿌린 물로 머리부터 발끝까지 물을 뒤집어쓰고 생쥐처럼 하고 들어온 적도 있다. 나는 그 모습이 그래도 보기 좋았다. 만약에 어른이 그랬다면 주책이라고 생각하겠지만 아이들, 청춘 때에는 그렇게 할 수도 있다고 생각한다.

그런 경험을 하고 난 아이들과 그렇지 않은 아이들은 분명히 다르다. 물론 꼭 그런 경험을 해야만 하는 것은 아니다. 그런 경험이 없어도 얼마든지 인생을 살 수 있다. 그러나 살면서 느끼는 것인데, 경험은 아무도 무시 못한다. 락페스티발에 가서 물을 뒤집어 쓴 경험이 없는 사람에게 "락페스티발에서 어떤 것을 느꼈습니까?" 물으면 잘 모른다. 그냥 멀리서, TV에서 본 것 밖에는 말하지 못한다. 경험이 없기 때문이다. 그래서 청춘 때에는 많은 것을 경험하는 것이 좋다.

미국 메이저리그의 전설적인 타자로 불리던 뉴욕 양키스의 베이브 루스. 그는 팀이 다른 도시로 원정을 가면 밤새도록 숙소로 돌아오지 않았다. 믿기지 않겠지만 그의 사생활은 문란하기 짝이 없었다. 동료들은 아침이 되어서야 숙소로 돌아오는 그의 모습을 발견할 수 있었다. 그는 그런 여러 가지 문제 때문에 첫 부인과 별거를 당하는 어려움을 겪기도 했다. 그러나 그는 미국인들의 마음속에 전설적인 타자로 이름이 남겨져 있다.

미국의 22대 대통령이었던 클리브랜드 역시 어렸을 때 나쁜 친구들과 어울려 다니며, 술을 마시고 과일을 도둑질하고 담배를 피우면서 지냈다. 그러나 그는 그런 시절을 정리하고 변호사가 되고 미국의 대통령이 되었다.

서강대학교 법학대학원의 이상복 교수가 밝힌 자신의 모습이다.

"저는 지금까지 살아오면서 나이를 밝힌 적이 없습니다. 초등학교 입학을 아홉 살에 했고, 대학 졸업은 스물아홉 살에 했으며, 결혼은 서른일곱 살에 했습니다. 그리고 서른아홉 살에야 사회로 나와서 제

밥벌이를 하면서 살기 시작했습니다. 저는 시작부터 늦은 사람이었습니다. 그러나 여러분들에게는 아직 기회가 있습니다."

　나는 가끔 내가 조금 일찍 깨달았더라면 어떻게 되었을까? 하고 상상해 보곤 한다. 큰 직장에 있었기 때문에 조금만 더 일찍 깨닫고 노력했더라면 임원 정도까지는 되지 않았을까. 모두가 부러워하는 직장에서 편안하게 오래 근무하고 있었을지도 모른다. 물론 가끔은 그런 후회도 하지만 그런 후회에서 오래 머물지는 않는다. 사람들은 꿈을 정해놓고 찾아가고 만들어 가지만 나는 꿈이 없었기 때문에 그냥 살아왔다. 그냥 하루하루 최선을 다해가며 살았다. 일을 하다가도 일이 바뀌면 바뀌는 데로 열심히 살았다. 청춘들에게 "나는 이게 꿈이었다"라고 말하지도 않았다. 그러다 어느 날부터 글쓰기의 매력에 흠뻑 빠져 들었다. 사람들과 다툴 필요도 없고, 더 많이 가지려고 애쓸 필요도 없고, 내가 노력한 만큼 글이 써지고, 시간을 들인 만큼 원고가 채워지니 그것으로 만족하고 기분이 좋았다. 어쩌면 이것이 나의 꿈이 아닐까 생각해 보았다. 그렇지만 속단하지 않는다. 왜냐하면 또 다른 것이 나타나서 나를 그리로 끌고 갈지 모르기 때문이다.
　열심히 하니까 그것이 내게 다가왔다. 내가 일부러 찾으려고 찾은 것이 아니다. 좋아서 열심히 하다 보니 애중이 생기고 사랑하게 되었다. 새벽이 되어도 피곤하지 않고, 밤을 새워도 피곤하지 않으면 내가 좋아하는 것이 아닌가.

나는 청춘들이 그냥 살지 않았으면 한다. 정확하지 않더라도 좋으니 목적지를 정했으면 한다. 틀려도 좋으니 방향을 정했으면 한다. 그렇게 가다 보면 틀릴 수도 있고, 아닐 수도 있다. 처음부터 완벽하게 맞지 않을 수도 있다. 그러다 보면 조금씩 고쳐질 것이다. 그것은 마치 군대 훈련소에서 실 사격을 하기 전에 총의 성능을 최고로 올리기 위해 총을 쏘아보면서 잡는 '영점 사격'과 같다. 한 발 쏘아 보고 아니면, 다시 가늠자를 조절한다. 가로로도 움직여 보고, 세로로도 움직여 본다. 그러다 보면 점점 영점이 잡혀가는 것을 볼 수가 있다.

네덜란드의 유명한 전기제품 회사인 필립스Philips사를 세운 제라드 필립스는 "실패는 하나의 교훈이며 상황을 호전시킬 수 있는 첫 걸음이다"라고 했다. 《적극적인 사고방식》의 저자인 노만 V. 필은 "실패를 걱정하지 말고 부지런히 목표를 향해 노력하라. 노력한 만큼 보상 받는다"고 했다. 청춘은 끝난 것이 아니다. 청춘은 찾아가는 과정이다. 지금 생각해도 늦지 않다. 조금 느려도 괜찮다. 방황이라고 생각하지 말라. 다른 눈으로 보면 방황도 많이 알아가는 과정이다.

청춘은 자신만의 삶의 방식과 생각으로
길을 가는 사람들이다.
자신이 가진, 삶의 철학과 맞지 않는다면
기꺼이 거부할 줄도 알아야 한다.

청춘은 직진이다

젊은 사자는 썩은 고기를 먹지 않는다

개인이나 기업이 남보다 한발 더 앞서기 위해서는 다른 생각을 가져야 한다. 삼성의 경영철학 중에 '창조경영創造經營'이라는 것이 있다. 창조경영은 삼성 이건희 회장이 2006년도 사장단 회의에서 "시장을 스스로 개척할 수 있는 창조적 경영을 해나가야 한다. 이를 뒷받침하려면 시스템과 인력이 창조적이 되어야 한다"고 말한 데서 유래되었다.

삼성은 그 결과 TV를 보고 베꼈던 소니를 이겼을 뿐 아니라, 휴대폰 시장에서도 모토로라를 추월한지 오래며, 애플과 1,2위를 다투는 위치에 오르게 되었고, 반도체 분야에서도 독보적인 회사로 우뚝 설 수 있게 되었다.

프리마돈나 홍혜경 씨가 이런 말을 했다.

"오페라 가수로 성공하기 위해서는 자기만의 목소리가 있어야 한다"

풍부한 음량이나 고음을 기교 있게 처리해 나가는 것 가지고는 누구의 목소리인지 구별하기 어렵다. 다른 사람의 것을 흉내 내어서는 결국 2인자밖에 되지 못한다. 삼성이나 홍혜경 씨나 2인자의 자리에 있는 것으로는 만족하지 않았다.

회사에서 근무할 때 '전자레인지Micro Wave Oven'의 핵심 부품인 고주파를 만들어 내는 '마그네트론magnetron'과 냉장고에 들어가는 '콤프레셔compressor'의 사용료를 지급하는 원가업무를 담당한 적이 있다. 매월 수백, 수천대의 기술사용료를 외국 업체에 지불했다. 우리 기술만 있다면 그 돈은 모두 고스란히 남는 것인데 기술을 빌려서 사용하는 관계로 그 대가를 지불해야만 했다. 그때 그 일을 하면서 얼마나 배가 아팠는지 모른다. 제품 매출이 늘어나는 것은 좋지만 대신에 그만큼의 기술 사용료를 지불해야만 했기 때문이다.

노벨생리의학상 수상자였던 케임브리지 대학의 존 거든 교수는 와튼 스쿨에 다니던 시절 그의 생물 성적은 전체 학생 260명 중에 꼴찌였다고 한다. 선생님은 그의 성적표에 이렇게 적었다.

'과학자를 꿈꾸지만 지금 이 성적으로는 어림도 없다'

그는 선생님의 그 글을 생각하며 이렇게 말했다.

"과학자를 꿈꾸던 나는 매우 실망했지만 선생님의 말을 믿지 않았습니다. '포기하지 않으면 반드시 꿈을 이룰 수 있다'는 어머니의 말씀이 생각났고 나는 그것을 믿었기 때문입니다.”

그는 '꼴찌는 안 된다'는 기존의 틀이 아니라, '꼴찌도 할 수 있다'는 그만의 철학이 있었기 때문에 노벨상을 탈 수 있었던 것이다.

사진작가 김중만은 어릴 때 부모님을 따라 아프리카에 가서 살게 되었다. 그러다가 프랑스에서 유학 중에 본격적으로 사진작가의 길로 들어서게 되었다. 그는 아프리카 사람들 특유의 레게머리를 하고 얼굴만 조금 검다면 영락없는 한국계 아프리카 사람처럼 보인다. 그는 아프리카가 자신의 마음의 고향이라고 한다. 그는 나미비아 사막을 찍기 위해 비행기로 스무 시간, 걸어서 다섯 시간을 40kg의 무거운 배낭을 짊어지고 걸었다. 그의 사진은 아프리카를 그림으로가 아니라, 마음으로 느끼도록 만든다. 그가 얼마나 아프리카를 사랑했는가를 알 수 있다. 그가 찍은 붉은색 모래사막과 200년이 지난 검은색 나무들은 그 누구의 사진에서도 볼 수 없는 광경이다. 그는 사진을 찍기 위해 사자 앞 10m까지 다가가기도 했다. 성능 좋은 DSLR카메라 망원렌즈로 자동차 안에서 안전하게 찍으면 될 것 같지만, “야생 동물과 가까이에서 직접 눈으로 교감해야만 진정으로 살아 있는 표정을 담을 수 있다”는 그의 말에 프로의 감성을 느낄 수 있다. 그는 한 인터뷰에서 이렇게 말했다.

“도전이 없다면 내일도 없습니다. 바닥을 쳤다고 좌절하지 말고 바닥을 치려거든 확실하게 쳐야 합니다. 그 바닥은 두 번 다시 없는 나의 소중한 기회이고 시간입니다. 한 번은 반짝할 수 있지만, 절망의 시간이 없이는 이어 갈 수 없습니다."

청춘은 자신만의 삶의 방식과 생각으로 길을 가는 사람들이다. 배고프다고 아무것이나 먹을 수 없다. 자신이 가진 삶의 철학과 맞지 않는다면 기꺼이 거부할 줄도 알아야 한다. 우선 손해 보지 않기 위해서 타협해서도 안 된다. 그렇게 자꾸 타협을 하다보면 나중에는 거기에서 벗어나지 못한다. 정상적인 것에 익숙해져야지 썩은 것에 익숙해져서는 안 된다. 그것이 청춘의 법칙이다.

신용판매사업부(현, 삼성캐피탈)에서 근무할 당시 '할부금융'이라고 해서 소비자가 대리점에서 물건을 할부로 구매 계약하면 대리점은 그 계약서를 본사에 제출해서 현금 없이도 물건을 받을 수 있는 제도가 있었다. 매달 대리점마다 수백 건의 계약서를 본사로 접수시켰다. 계약서에는 대리점과 소비자, 보증인의 도장과 서명이 필요했다. 우리는 접수된 서류의 인감증명서와 계약서에 찍힌 도장을 일일이 대조를 하면서 확인하였다. 그러나 어떤 계약서는 마감 시간이 촉박해서 미처 날인을 하지 못하고 그냥 이름만 써가지고 계약서를 가지고 오는 경우도 종종 있었다. 그때마다 대리점과 승강이가 벌어졌다. 조금 편의를 봐서 좀 받아 달라는 말이다. 접수를 먼저 하고 뒤에 도장을 받아와서 찍어 주겠다는 것이다. 그러나 그때마다 접수창구에서 그 일을 맡은 담당 직원은 완강했다. 그렇게 계속 편의를 봐 주고 넘어가다가는 일이 되지 않는다는 것이다.

실제로 그렇게 편의를 봐주면 대리점에서는 정해진 시간에 도장을 가지고 와야 되는데 차일피일 며칠씩 미루는 경우가 많았다. 그리고 일부 대리점에서는 그런 서류를 접수한 뒤 본사로부터 물건을 받아서 가전 전문 시장에 덤핑가로 모두 팔아 버리고 부도를 내고 잠적을 하는 경우도 있었다. 그렇기 때문에 회사로서는 그런 사정을 마냥 들어줄 수만 없었다.

접수창구를 맡은 직원은 아무리 나이 많은 대리점 사장이 부탁을 해도 들어주지 않았다. 사람들은 "편의를 봐주면 되는데"라고 말할지 모르지만 그렇게 하는 것은 회사를 망하게 하는 일이었다.

회사에 입사할 때 면접관이 내게 물었던 질문이 있다. "친구 중에 어떤 친구가 제일 싫습니까?" 나는 주저하지 않고 대답했다.

"제 앞에서 다른 친구의 말을 하는 친구가 제일 싫습니다."

그 말 때문에 면접에서 통과되고 합격한 것 같다.

나는 지금도 그렇게 살고 있다. 다른 사람들이 내 앞에 와서 다른 사람의 말을 하는 것을 제일 싫어한다. 사람들에게도 할 수 있으면 좋은 말만 하라고 하고 남의 말하는 것을 막는다. 신입사원 때 한 말이 어른이 된 지금까지 사람을 만나고 사귀는 내 좌우명이 된 것이다. '세 살 버릇이 여든까지 간다'는 말이 있다. '첫 단추를 잘 꿰어야 한다'는 말도 있다. 모두 젊은 사자들에게 하는 말이다. 밀림에서 사냥감을 기다리는 사자의 모습을 생각하자. 시간이 가더라도, 배가 고프더라도 끝까지 기다리는 사자를 보라. 젊은 사자는 썩은 고기를 먹지 않는다.

시간이 가더라도, 배가 고프더라도
끝까지 기다리는 사자를 보라.
젊은 사자는 썩은 고기를 먹지 않는다.

열심을 갉아먹는 게으름이라는 애벌레

어떤 조직이든 책임자의 역할이 중요하다. 책임자 밑에는 많은 사람들이 있다. 매일 아침이면 하루 일을 지시하고, 때가 되면 점검을 하고, 부족하면 더욱더 잘하도록 독려를 하고, 적당하게 위로도 하면서 책임자는 조직의 발전을 위해 늘 최선을 다한다.

나는 회사 생활을 하면서 많은 부서장을 모셨다. 오래전 삼성카드 대표를 지내셨던 이선돈 대표, 홈플러스 대표를 지내셨던 이기홍 대표, 삼성전기 공장장으로 계셨던 이명일 공장장이 내가 모셨던 부서장들이다. 〈위닝경영연구소〉 대표로 《이기는 습관》, 《동사형 인간》, 《빅 피처를 그려라》라는 책으로 명성을 떨치고 있는 베스트셀러 작가 전옥표 씨는 근무하는 곳은 서로 달랐지만 국내 영업본부에 있을 때 내가 모시던 분이었다. 그때 전옥표 작가는 마케팅 팀장으로 있었는데 지방 출장을 올 때마다 늘 의욕이 넘치는 모습이 기억에 남는 분이다. 그가 있을 때 영업본부 조직은 최고의 전성기를 누릴 수 있었다.

　많은 선배들은 나에게 조직 내에서 책임자란 어떤 것인가를 직접 보여 주셨고 말씀과 행동으로 실천하였다. 내가 아는 그들은 한결같이 열심으로 자신이 맡은 일에 최선을 다하던 분들이었다. 그러나 책임자라고 모두 그런 것만은 아니다. 가끔은 자신의 역할을 제대로 못하는 사람들도 있었다. 소위 말해서 '자리만 지키는' 그런 사람들 말이다.

　내가 모셨던 분들 중에 특별히 오래 기억에 남는 분이라면 삼성전기 공장장으로 계셨던 이명일 공장장이다. 그 분은 내가 처음 신입사원으로 입사했을 때 인사과장으로 있었다. 나중에 몇 년이 지나서 우연히 한 부서에서 만나게 되었고 나는 그 분을 모시고 일할 수 있게 되었다.

　그때 당시만 해도 회사가 새로 시작한 신용판매사업이라는 채권 관리 업무는 많은 영업직원들과 과장, 영업소장들을 관리하는 야전野戰 조직이었다. 경남과 제주에 이르기까지 지방의 실적까지 매일 매일 관리해야 했음으로 정말 눈코 뜰 새 없이 바빴다. 직원들의 인사업무는 기본이고, 매일 아침마다 수십 개 부서의 실적을 챙겨야 했고, 많은 사원들의 경조사를 돌아보아야 했고, 출장이며 연수며 몸이 열 개라도 모자랄 지경이었다.

　그런데 이명일 공장장님은 그런 와중에도 자기 계발을 게을리 하지 않으셨다. 하루 일과를 다 마친 후에는 일본어와 중국어 공부를 하셨는데, 직원들이 모두 퇴근한 후에도 오랫동안 사무실에 혼자 남아서 공부에 여념이 없었다. 내가 봤던 부서장들은 대부분 자기 계발을 게을리 하지 않았다. 야간학교, 대학원 공부는 물론이고 직원들에게도 자기 계발을 멈추지 않도록 독려하였다. 그런 부서는 늘 실적이 좋았다. 살아 있는 조직이 바로 그런 것이었다. 부서장이 열심히 일하는데 직원들이 가만히 있을 수가 없었다. 나도 그때 일본어를 공부했는데 가끔 일본에 여행을 갈 때마다 그때가 생각이 나고, 일본어를 잘 하지는 못하지만 일본어 사용하는 재미를 쏠쏠하게 느낀다.

나는 초등학교 6학년 때 친구들과 함께 일 년 동안 학교 쓰레기장을 맡아서 청소를 한 적이 있었다. 당시 학교 건물 뒤편에는 큰 쓰레기장이 있었는데, 매일 방과 후면 각 교실에서 버린 쓰레기가 큰 산을 이루었다. 우리는 그렇게 모인 쓰레기들을 일일이 다 종류별로 분류하였다. 종이는 종이대로, 유리 조각은 유리 조각대로, 못과 같은 쇠붙이는 따로 고철로 모아서 정리를 하였다. 그리고 마지막으로 남은 쓰레기들은 한 쪽 구석에 모아서 불을 붙여서 태우고 그렇게 다 타고 남은 재들은 다시 모아서 나중에 화단에 거름으로 사용하기 위해 별도로 모아두었다.

매일 쏟아지는 쓰레기들은 하루라도 치우지 않으면 감당할 수 없을 만큼 많았다. 나와 친구들은 아파서 나오지 못하는 날을 제외하고는 하루도 쉬지 않고 그 일에 매달려야만 했다. 꾀를 부리고 게으름을 피운다는 생각은 하지도 못했다, 쓰레기 냄새를 맡고 먼지를 마시면서도 우리는 묵묵히 그 일을 감당하였다. 그때 우리를 지도하셨던 선생님은 열심히 일을 하시면서 우리에게 본을 보이셨다. 선생님이 손수 손으로 쓰레기를 뒤지고 병 조각을 주워내고, 종이를 가려내어서 자루에 담는 모습은 살아있는 교육이었다. 지금 내가 청소를 잘하는 것도 그런 경험에서 나온 것이다. 집에 있을 때면 어느 가정주부 못지않게 청소를 잘한다고 자부한다. 초등학교 때부터 게으름을 피우지 않고 열심히 배운 결과였다.

일이 힘들고 어렵다고 생각하는 순간 게으름이라는 것이 나를 찾아온다. 그래서 힘들이지 않고 손쉽고 편안하게 일하는 방법을 알려 준다. 윗사람이 눈치 채지 못하도록 적당히 하도록 부추긴다. 바른 방법보다 적당히 꾀를 피우도록 가르친다. 그렇게 해보니 실제로 별로 차이가 없다. 순도 100%라고 쓰인 식초병에 99%의 식초만 넣고 1%의 물만 넣어도 감쪽같다. 아무도 모른다. 게으름은 적당하게 하는 것을 가르친다. 얼마나 좋은지 모른다. 그래서 다음부터는 다른 생각은 나지 않고 꾀부릴 생각밖에 하지 않는다. 마치 마시멜로 앞에서 기다리지 못하고 먹어 버리는 아이들처럼 마시멜로를 먹고도 안 먹은 체 하면서 시치미를 뗀다.

대개 게으름이 생기는 경우를 보면 같은 일을 반복적으로 계속 하는 분야에 그런 현상이 나타난다. 예를 들면 오래되고 전문적이고 숙련된 일 중에 목표 할당치가 없이 언제나 하루에 정해진 것만 처리하면 되는 일이 그렇다. 목표치가 없으니 발전이 없는 것이다. 해봤자 표시가 나지 않으니 열심히 할 이유가 없는 것이다. 그래서 그런 일을 하는 사람은 빈둥빈둥 놀면서 시간만 때우려고 한다. 남들이 땀을 흘리면서 열심히 하면 적당히 하라고만 하지 별로 도움이 되지 않는다.

다음으로 자기 외에는 경쟁 상대가 없을 때 게으름이 생긴다. 자신에게 뭔가 자극을 주는 상대가 없으니 열심히 할 이유가 없는 것이다. 달리기를 할 때 혼자만 열심히 달리는 것과 누군가가 자기보다 앞서서 뛰거나 자기 뒤에서 열심히 추격해 오는 선수들이 있을 때의 기록은 천지차이다.

그래서 나는 사람들이 1등 한다고 하면 겉으로는 좋아할지 몰라도 속으로는 별로 좋아하지 않는다. 왜냐하면 지금 당장은 좋으나 열심히 할 이유가 줄어들기 때문이다. 차라리 좀 못하더라도 2등 하고 3등 하는 것을 좋아한다. 1등, 2등을 이겨야 되겠다는 마음이 생기기 때문이다. 그렇게 해야 발전이 있는 것이다.

늘 이 사람을 볼 때마다 세월을 거꾸로 먹는다는 생각을 지울 수 없다. 어제 보아도 그렇고 1년이 지나도 그렇고, 10년이 지나도 변함이 없다. 참 동안 중에 동안이다. 방송에 데뷔한지 30년이 지나도록 여전히 인기를 유지하면서 TV 프로그램의 메인 MC 자리를 지키고 있는 방송인 임성훈 씨 이야기다. 그를 가리켜서 주변 사람들의 말을 들어

보면 참 자기관리를 잘하는 사람이라고 한다. 그는 어느 한 인터뷰에서 인생을 살면서 항상 다음 세 가지를 조심한다고 했다.

첫째, 한 분야의 일을 오래함으로 인해 대충대충 하려는 생각.

둘째, 영웅주의에 빠져서 교만해 지려는 생각.

셋째, 할 줄 안다고 하면서 준비하지 않는 게으름.

한번쯤 경험을 해 본 사람도 있을 것이다. 우리 스스로를 통제하지 않으면 언제든지 불성실해 질 수 있다. 방송인 임성훈 씨뿐만 아니라 아직도 여전히 최고의 인기를 누리고 있는 많은 연기자들, 가수들, 운동선수들, 각 계층의 최고라고 여겨지는 사람들을 살펴보면 자기 관리가 얼마나 철저한지 모른다. 그냥 이제는 가만히 그 영광을 누리기만 하면 될 것처럼 보이지만, 그 영광이라는 것도 사실은 자기 관리가 있었기 때문에 가능한 것이다.

9회말 6대 6의 상황에서 주자는 1루와 2루. 타석에는 대타 양준혁이 들어섰다. 관중들은 일제히 '양준혁'을 외쳤다. 이제 안타 한방이면 경기가 끝나는 상황이었다. 투수가 볼을 던졌다. 초구는 스트라이크, 두 번째는 볼이었다. 잠시 후 투수의 손에서 세 번째 볼이 타석을 향해 날아왔다. 그와 동시에 양준혁의 방망이가 불을 뿜었다. '딱' 소리와 함께 날아간 공은 좌익수 왼쪽으로 빠지는 안타를 만들어 냈다. 관중들의 함성이 터졌다. 관중들은 환호성을 지르며 '양준혁'을 외쳤다. 그가 친 안타는 2루 주자와 1루 주자 모두를 홈으로 불러들였다. 그가

1루 베이스를 밟고 2루를 향해 달릴 때 이미 경기가 끝난 것이었다. 그는 더 이상 2루로 뛰지 않아도 되었다. 그러나 그는 있는 힘을 다해 2루까지 뛰었다. 사람들이 경기가 끝난 뒤에 물었다.

"경기가 끝났는데 왜 그렇게 2루까지 뜁니까?"

"무슨 소리입니까? 달려야죠, 죽기 살기로 달려야죠. 선수가 멈추는 게 어딨습니까?"

사람들은 다시 한 번 양준혁 선수를 쳐다보았다. 그는 끝난 게임이라고 해서 1루만 밟고 그만두지 않았다. 1루만 밟고 펄쩍펄쩍 뛰며 기뻐하지 않았다. 그는 투수 앞 땅볼을 칠 때에도 아웃이라는 것을 알면서도 죽기 살기로 뛰었다. 그는 늘 그랬다. 사람들은 그의 그런 성실한 모습에 매력을 느끼지 않을 수 없었다. 그에게서 게으름이란 찾아볼 수 없었다. 그는 진정한 프로였다.

퇴근 시간만 기다리는 사람들이 되지 말아야 한다. 시계만 뚫어지게 쳐다봐서도 안 된다. 지금이라도 늦지 않았다. 나를 갉아먹는 게으름이라는 애벌레를 잡아야 한다. 그동안 애벌레가 먹고 자랐던 '눈치', '적당주의', '1등이라는 자만심', '무사안일주의'와 같은 먹이를 더 이상 주지 말아야 한다. 그 대신 내 속에 있는 열심이라는 나무에 최선을 다해야 한다. 나도 주어진 일에 최선을 다해 달린다. 결승점을 생각하지 말자. 페이스를 늦추어서는 안 된다. 열심히 하는 사람은 아무도 못 막는다. 지금 하는 열심이 더 열심히 하는 에너지가 되기를 바란다.

✳

내 속에 있는 열심히라는 나무에 최선을 다해야 한다.
열심히 하는 사람은 아무도 못 막는다.
지금 하는 열심이 더 열심히 하는
에너지가 되기를 바란다.

눈물겨운 빵을 먹으면 오기가 생긴다

사회생활을 하다보면 수많은 사람들을 만난다. 이런 저런 업무적인 일로 만나는 사람들도 있고, 누군가의 소개로 잠시 인사 정도만 하고 헤어지는 경우도 있다. 그런 사람들을 다 기억하지는 못하지만, 그런 가운데에도 유난히 기억에 남는 사람들이 있다.

거래처 중에 G대리점의 B라는 사장님이 계셨다. 고향이 전라도 여수라고 했다. 겉모습으로 보면 골프선수 최경주 선수와 많이 닮았다. 큰 키에 온화한 얼굴로 한 눈에 봐도 비범함이 느껴지는 모습이었다. 그 분은 작은 대리점을 운영하고 있었는데 매출은 그렇게 많지 않았다. 겨우 다른 대리점과 비슷하게 턱걸이 하는 정도의 실적으로 늘 본사에 끊어 놓은 어음을 막으면서 하루하루를 버티는 정도였다.

대리점 경영이라는 것이 그냥 마음만 있다고 되는 게 아니다. 사람 좋은 것 하나만 가지고는 장사를 할 수 없다. 회사는 대리점에 물량을 공급할 때 철저하게 재무 상태를 따진다. 회사는 대리점이 보유하고 있는 부동산을 담보로 해서 제품을 출하한다. 당연히 담보물이 적으면 적은 만큼만 물건을 받을 수밖에 없다. 아무리 좋은 물건, 신제품과 같은 물건을 받고 싶어도 자금력이 부족하면 물러설 수밖에 없는 것이다.

B사장 역시 그랬다. 다른 대형 대리점에서는 담보가 충분하여 원하는 물량, 원하는 제품을 충분히 공급받고 있었다. 본사 차량이 물건을 대형 트럭에 싣고 와서 창고 가득히 물건을 채우는 다른 대리점을 볼 때마다 얼마나 부러웠는지 모른다. 물건만 있으면 얼마든지 팔 자신이 있었다. 그러나 현실은 그렇지 못했다. 가끔은 이웃에 있는 대리점을 찾아가서 체면을 무릅쓰고 물건을 빌려와야만 하는 때도 많았다.

그러던 차에 기회가 찾아 왔다. 천재일우千載一遇란 이것을 두고 하는 말인가. 당시 회사에서는 일본에서 유행하던 '코끼리밥솥'과 경쟁하기 위해 밥솥을 계획적으로 생산해서 출하하게 되었다. 지금이야 밥솥하면 K사의 제품을 많이 이야기하고 일본으로 수출도 하고, 심지어는 중국 관광객들도 K사의 제품을 싹쓸이하는 추세에 있지만, 그때는 그렇지 못했다.

각 지사에 비상이 걸렸다. 본사에서는 치밀하게 준비하고 계획해서 만들었다지만, 당장 그 제품을 판매할 판매처가 없었다. 일선에서 영업하고 있는 대리점 점주들의 반응이 냉랭했기 때문이다. 밥솥하면 소비자들이 일본 제품을 찾는데 한국 제품, 그것도 밥솥을 만들어 본 적이 없는 S사의 제품을 누가 사겠냐는 것이다. 심지어는 매출이 큰 대형 점주들의 반응도 마찬가지였다. 겨우 생색내기로 밥솥을 몇 대만 요청할 뿐 더 이상 주문을 내지 않았다. 각 지사 영업 담당자들은 정말 죽을 맛이었다. 하루하루 실적이 보고되고 그때마다 각 일선 영업과장, 부장, 심지어는 지사장까지도 밥솥 때문에 골머리를 앓고 있었다.

그때 마침 B사장이 나섰다. 밥솥을 최대한 공급해 주면 자기가 책임지고 모두 판매하겠다는 것이다. 그것은 마치 일전을 앞둔 장수처럼 자못 비장한 모습이었다. 그러나 문제는 B사장의 자금력이었다. 밥솥이라는 게 단가는 작지만 수백, 수천대의 물량을 모아 놓으면 금액이 이루 말할 수 없이 크기 때문이다. 만약에 잘못 되기라도 하면 대리점이 본사에 담보해 놓은 담보물은 물론이고, 부도까지 각오해야 하는 엄청난 모험이었다. 회사로서는 돌파구를 찾았지만 그냥 발만 동동 구를 뿐 대책이 없었다. 그렇게 며칠이 지났을까. B사장으로부터 연락이 왔다. 고향에 내려가서 일가친척들의 전답을 담보로 해서 회사에 제공할 테니 물량을 공급해 달라는 것이었다. 이제는 자신은 물론이고 친척들까지 잘못될 판이었다.

그렇게 담보가 제공되고 절차가 마무리된 후 물량이 공급되기 시작했다. 모두가 외면하던 문제의 밥솥이 창고에 가득 쌓였다. 본사에서는 엄청난 양의 밥솥을 차량에 실어 공급하였다. 그와 동시에 B사장

특유의 뚝심과 상술이 빛을 발하기 시작했다. 밥솥에 밥을 지어서 직접 소비자들에게 실연을 하면서 맛을 보게 하고, 며칠 동안 밥솥을 사용해 보고 난 후 구입을 결정해도 된다는 방식으로 주부들의 마음을 사로잡기 시작했다. 그리고 기적이 일어났다. 전혀 움직이지 않던 밥솥이 창고에서 출하되기 시작했다. 이웃 다른 대리점에서까지 빌려 달라고 난리가 났다. 물량이 한꺼번에 한 대리점에 몰리니 그럴 수밖에 없었던 것이다. 겨우 몇 대 가지고서는 수요를 충족할 수 없었던 것이다. G대리점은 그 일을 계기로 본사에서는 없어서는 안 될 중요한 거래처가 되었다. G대리점은 그 매출이 자금력이 되어서 담보물을 더 제공할 수 있게 되었을 뿐만 아니라, 대리점을 확장해서 점포를 몇 개 더 열었으며 나중에는 매출 1위라는 명성을 오랫동안 유지할 수 있었다.

청춘들의 말을 들어보면 '세상이 너무 불공평하다'는 말을 많이 듣는다. 나도 그 말에 공감한다. 직장에 취업을 하려고 해도 학교를 보고 차별하고, 가지고 있는 자격증과 스펙을 보고 차별하고, 심지어는 서울인지 지방인지, 남자인지 여자인지를 구분하고, 군대 경력과 군 면제도 차별의 눈으로 본다. 오죽했으면 어느 개그맨이 "일등만 기억하는 더러운 세상"이라고 항변했을까. 모처럼 무엇인가를 해 보려고 하다가도 이런 차별 때문에 기가 꺾이고 의욕을 잃게 된다. 그래서 지방이라는 차별의 벽을 깨기 위해 많은 청춘들이 궁여지책窮餘之策으로 서울을 택하기도 한다.

살아가는데 배수진을 쳐야 할 때가 있다. 이 일이 아니고 다른 편한 일만 찾아서는 안 된다. 가끔은 어렵고 힘든 일도 괜찮다. 나도 마음이 약한 편이다. 아들과 같은 청춘들이 힘든 일을 하는 것을 보면 마음이 아프다. 그러나 그런 것도 해봐야 한다. 아프지 않고 크는 나무는 없다.

미국 최초의 여성 앵커이자 ABC 뉴스의 간판 앵커로 '살아있는 전설'이라 불리는 바바라 월터스Barbara Walters에게 "어떻게 성공할 수 있었느냐?"고 물었다. 그러자 바바라는 이렇게 답했다. "제 직업이 부러우세요? 그러면 내 인생과 당신의 인생을 통째로 바꿀까요? 저는 소녀가장이었습니다. 아버지는 파산하고 무능력한 엄마와 장애를 가진 언니를 제가 먹여 살렸습니다. 하는 일은 별로 마음에 들지 않았지만 밥벌이가 절실해서 버티며 살다 보니 여기까지 왔습니다."

〈무릎팍 도사〉에 나온 탤런트 윤여정에게 "언제 제일 연기가 잘 됩니까?" 하고 강호동이 물었다. 그러자 그녀는 "생계가 달려 있을 때 제일 잘 됩니다"라고 대답했다. 사람들은 웃었지만 그것은 그녀의 진심에서 나오는 말이었다. 월터스는 먹고사는 문제 때문에 할 수 없이 일을 했고, 그렇게 하다 보니 성공까지 하게 되었다. 탤런트 윤여정도 배고픈 것이 어떤 것인가를 알았기 때문에 가능했다. 내가 일하지 않으면 굶어 죽는다는 절실함을 느껴야 한다. 청춘에게는 '승부근성'이 필요하다. 인생 자체가 '승부'라는 것을 잊어서는 안 된다. 도망갈 궁리를 하라는 것이 아니다. 맞붙어서 싸울 용기를 가지라는 말이다. "인생아 게 섰거라"라는 말을 토해야 한다. 그것이 청춘이다.

미국의 억만장자들은 대부분 밑바닥에서부터 출발했다. 미국 경제 전문지 〈포브스〉가 밝힌 바에 따르면 그들은 어렸을 때 신문을 팔거나 주유소에서 일하면서 밑바닥부터 출발해서 오늘의 부를 이루었다. 미국 금융중개회사 찰스 슈와브의 창립자인 찰스 슈와브는 과수원에서 호두를 얻어서 팔았다. 세계 최내 청과물회사인 돌 푸드를 세운 데이비드 머독은 고등학교 중퇴 후에 주유소에서 일했다. 텍사스 지역은행인 빌뱅크의 설립자 앤드루 빌은 중고 TV를 수리해 빈민가에 팔아서 밥벌이를 했다. 억만장자 400명의 가장 흔한 첫 직업이 신문배달이었다. 미국 리서치업체 IDC 그룹의 패트릭 맥고븐 총재, 헤지펀드 BP캐피털의 운영자 부니 피켄스, 워싱턴 그룹의 오너 데니스 워싱턴, 로스엔젤레스은행 설립자 셸던 안델슨 등이 그들이다. 그들은 신문배달이 단순한 것이지만 이 첫 직업의 경험을 최대한 이용했다. 라스베이거스 최대 부자 안델슨은 12살 때 삼촌으로부터 200달러(약 23만 원)를 빌려 보스턴의 한 거리 코너에서 신문을 팔 수 있는 권리를 사 밑천으로 삼았다.

'2030 청년 노숙 1200명, 내 이름은 드림리스'라는 기사가 떴다. (2014. 7. 2. 중앙일보 인터넷판) 집이 없어 거리를 떠도는 홈리스가 전국에 1만 2,656명이라고 하는데, 그 중에 약 10%가 2030세대로 추정된다고 한다. 서울역에서 만난 스물아홉의 한 청년 노숙인은 "꿈이 없다"고 한다. 청년 노숙인은 '홈리스homeless'가 아니고, '드림리스dreamless'라고 한다. 그들은 꿈마저도 잃어가고 있었던 것이다.

노숙자로 살다가 다시 일어선 사람들의 이야기를 반면교사로 삼아야 한다. 나에게 그런 오기가 없다면 오기를 만들 일을 찾아야 한다. 젊어서 고생은 돈 주고 사서도 한다는 말이 있다. 그 고생이 헛것이 되지 않기 때문이다.

눈물을 흘리면 약해 보인다. 그러나 눈물은 사람에게 오기를 불러일으킨다. 복수하겠다는 마음이 아니라 꼭 성공하겠다는 자신과의 약속이다. 눈물 없이 거둔 승리가 있을까? 땀 흘리지 않고 거둔 수확이 있을까?

참을 수 있어서 참는 것이 아니다. 참을 수 없기 때문에 참는 것이다. 고통이 그렇고 눈물이 그렇다. 울고 싶으면 실컷 울자. 소리 나면 소리 나는 대로 울자. 남이 들으면 어떤가. 울어서 오기를 불러일으킬 수 있다면 나는 청춘들이 밤을 새워서라도 울었으면 한다. 눈물의 빵을 먹지 않기 위해서 흘리는 눈물이라면 얼마든지 흘려도 좋다. 청춘이 흘리는 눈물은 아름다운 것이다. 그 눈물이 보석이 될 것이기 때문이다. 청춘이 꼭 아픈 것만은 아니다. 청춘은 아름다운 것이다. 다만 우리가 그것을 모를 뿐이다.

눈물의 빵을 먹지 않기 위해서 흘리는 눈물이라면
얼마든지 흘려도 좋다.
청춘이 흘피는 눈물은 아름다운 것이다.
그 눈물이 보석이 될 것이기 때문이다.

바르게 살아도 성공할 수 있다

성공하고 싶은 사람들이 조심해야 할 것이 있는데 그것은 바로 '유혹'이라는 것이다. 특히 성공에 목마른 청춘들에게 있어서 이 유혹은 시간과 장소를 가리지 않고 늘 주변을 서성인다. 청춘들뿐만 아니라, 기성세대 어른들 중에서도 잘못된 유혹에 빠져 명예가 실추되기도 하고, 직장을 퇴사하는가 하면, 사람들의 구설수에 오르기도 한다. 살아가면서 평생 가까이 해서는 안 되는 것 중의 하나가 유혹이다.

삼성에 있을 때 전사적으로 CI Corporate Identity, 기업이미지 통합 작업을 한 적이 있었다. 지금 삼성에서 사용하고 있는 회사 로고가 바로 그것인데, 사원들 배지는 물론이고, 신분증, 결재서류파일, 대리점 간판, 차량외부래핑까지 모두 다 바꾸는 아주 큰 프로젝트였다. 각 지사에서는 본부에서 받은 시안을 가지고 지역의 전문 업체를 찾아다니면서 견적을 받고 업체를 선정하는 등 일이 많았다. 당시에 나는 대리점 간판과 차량외부 래핑 도색을 전담해서 업체들을 관리하고 있었는데, 업체 선정은 물론이고, 해당 업체에 발주를 주는 것까지 모두 관리하고 있었다. 마침 광고 시장이 불경기라 회사에서 발주하는 수주량은 그 규모가 만만치 않았다. 어지간한 업체는 회사에서 주는 물량만 받아도 충분히 운영을 하고도 남을 정도였다.

나는 업체마다 업체의 규모와 물량을 수주 받아 처리해 낼 수 있는 정도에 따라서 적절하게 배분해서 균형 있게 발주를 내 주었다. 그러다 보니 업체들 간에 눈에 보이지 않는 경쟁이 생기기 시작했다. 본사로부터 조금이라도 더 물량을 받기 위해 거의 매일 업체 직원들이 사무실을 찾아왔다. 점심 식사를 하자는 말은 기본이고, 저녁 시간을 비워 달라는 등 흔히 말하는 로비를 하기 시작했다. 거의 모든 업무를 나와 다른 직원, 두 명이 하고 있던 터라 마음먹기에 따라 언제든지 발주 변경이 가능했다.

그러는 중에 어느 한 업체가 나에게 십만 원권 수표를 한 장 봉투에 넣어서 나에게 밀어 넣다시피 하며 도망간 일이 생겼다. 가만히 생각하면 쉽게 그냥 지나칠 수 있는 일이다. 점심값 정도로 생각하고 호주머니에 넣어도 아무도 모르는 일이다. 마침 사무실 바로 옆에 우체국이 있었다. 나는 우체국 문이 닫히기 전에 우체국으로 가서 십만 원권

전신환으로 바꾸어서 해당 업체 사무직원에게 주소를 물어서 봉투에 넣어 등기 발송을 하고 십만 원권이 발송되었다는 등기 사본을 가지고 사무실로 돌아왔다. 그리고 그 사본을 업무 노트에 풀로 붙여놓고 그 일은 그렇게 끝을 맺었다. 물론 해당 업체에도 연락해서 전신환으로 십만 원권을 보냈다는 말을 잊지 않았다.

그렇게 몇 년이 흘렀다. 회사에는 상시적으로 하는 '정기 감사'라는 것이 있다. 본사는 물론이고, 각 지사, 관련되는 업체들까지 감사팀 직원들은 그 지역에 며칠씩 상주하면서 모든 것을 감사하게 된다. 수시로 본사에 있는 장부와 영수증을 가지고 해당 업체를 찾아 대조를 해가면서 확인을 하고 조금이라도 이상이 있는지 없는지를 살핀다.

앞에서 말한 그 업체도 물론 감사팀이 들린 것은 두말할 나위 없다. 감사팀 직원이 그 업체를 찾아가서 회사와 관련된 장부를 열람할 때 예상치 않은 내용이 기재되어 있었던 것이다. 그것은 회사 직원에게 점심값 명목으로 십만 원을 건넸다는 내용의 메모였다. 그것은 누가 봐도 틀림없는 감사 감이었다. 그런데 감사 직원은 그 장부를 몇 장 뒤로 넘기면서 다시 한 장의 메모를 발견하였다. 그것은 내가 우체국에서 전신환으로 다시 되돌려 준 내용이었다. 감사 직원은 감사할 내용을 찾았지만 감사하지 않아도 되는 내용이 되고 말았다. 그리고 며칠 뒤 감사팀은 모두 본부로 복귀하고 그렇게 감사는 마무리 되었다.

나는 그 사실을 나중에 서울에 있는 동기와 우연히 이야기를 나누면서 전해들을 수 있었다. 같은 부서에 있던 직원 중에 감사팀으로 내려갔다가 그런 일이 있었다는 이야기였다. 나는 그 말을 듣고 가슴이 철렁했다. 그때 만약 내가 아무 생각 없이 가볍게 생각했더라면 어떻게 되었을까 하는 생각이 들었다.

미국에서 가장 존경받는 헌법학 교수로 평가받는 데릭 빌 교수가 이렇게 말했다.

"성공에 대한 열망과 꿈을 안고 살아가는 우리들은 도덕적인 순수성과 사회적인 성공이 공존할 수 없는 상황에 수없이 맞닥뜨리며, 그때마다 심각히 갈등한다. 나 또한 그러한 삶을 살아가고 있다. 그러나 나는 이 문제를 해결하려는 노력을 결코 포기한 적이 없다."

데릭 빌 교수는 자신의 첫 직장이었던 미국 법무성의 시민권 담당 부서에 있을 때 자신이 '미국흑인지위향상협회' 회원이라는 것을 안 협회가 활동을 포기하라고 하자 그는 그 직장을 그만두었다. 하버드 법대에서 10년간 있을 때, 오리건 법대에서 학장직을 요청해서 수락하고 갔지만 그곳에서 그가 아시아계 미국 여성을 교수로 채용하려고 할때 교수회의에서 반발하자 원칙과 소신을 굽히지 않고 그곳을 그만두었다. 다시 하버드 법대로 갔지만 그때에도 교수진이 유색 인종 여성을 받아주지 않자, 급여를 받지도 않은 채 학교를 떠났다. 나중에는 해고를 당하고 종신교수직까지 몰수를 당하였다. 그러나 그럼에도 그는 여전히 대학 강단에서 강의하며 가르치고 있다. 그는 다시 이렇게 말한다.

"부당한 것에 항변하기 위해 좋은 직장을 떠났다고 해서 나의 사회적 성공이 망쳐진 것은 아니다. 반대로 그러한 행동들은, 물론 쉬웠던 것은 아니지만 결국 내 삶을 풍요롭게 해 주었다. 성공이 아닌 패배가 기다리고 있을지라도 나는 도덕적인 길을 택했다. 나는 힘에 의존한 승리가 진정한 승리가 아니듯, 도덕적인 토대 위에서 나온 결과가 아닌 것은 진정한 성공일 수 없다고 생각한다."

오늘날 어떤 손해를 보더라도 성공만 하면 된다고 생각하는 사람들에게 "도덕 하십시오"라는 말은 귀에 들리지 않는다. 사람들은 그것을 알지만 그것 때문에 자신의 꿈과 이상이 피해를 입을까 겁을 낸다. 그래서 쉽게 나서지 않는다. 그런 우리에게 그는 '도덕적 순수성에 대한 신념'을 가지라고 말한다. 신념은 아무도 막을 수 없다. 신념에는 모든 에너지가 모인다. 자신이 주장하는 바가 강하다. 도덕을 지키는 것도 신념이 강해야 한다. 그래야만 유혹에 넘어가지 않는다. 그는 덧붙여서 "한 개인의 운명을 늦출 수는 있어도 완전히 바꿀 수는 없다"라고 말한다. 나는 청춘들이 조금은 더디더라도, 조금은 늦더라도 정도正道를 걸었으면 한다. 요행이나 우연에 길들지 않았으면 한다.

2014년도 7월, 국세청이 밝힌 보도 내용에 따르면 고액 성실 납세자 702명을 선정해서 3년간 항공사 승무원들이 사용하는 공항출입국 전용심사대를 이용할 수 있도록 혜택을 부여했다고 한다. 국내 모든 공항에서 임직원이나 가족 등 동반자 2인까지 이용 가능하며, 이들 중에는 피겨 여왕 김연아와 하지원, 송승헌, 한효주, 이경규, 김현중 등

다수 연예인들도 포함되어 있다고 한다.

　'바르게 사는 것'과 '성공하는 것'은 일면 맞지 않는 것처럼 보인다. 둘 중에 하나는 포기해야만 가능한 것 같기도 하다. 실제로 많은 사람들이 이와 같이 둘 중에 하나만을 택해서 산다. 그러나 나는 이것이 크게 어렵지 않다고 생각한다. 나는 이것이 처음부터 '훈련'의 문제라고 생각한다. 처음 사회생활을 시작하고, 사업을 하면서 '성실납세자'로 살기 시작하면 분명히 달라진다. 그것은 체격의 문제가 아니라 체질의 문제다. 몸이 작다고 못하고 크다고 하는 것이 아니다. 몸만 제대로 훈련되어 있으면 얼마든지 가능하다. 주위에 가난한 이웃을 돕는 것도 마찬가지다. 돈이 많다고 하고 돈이 없어서 못하는 것이 아니다. 제대로 훈련만 되어 있으면 겨울에 빨간 냄비가 거리에 걸리기가 무섭게 도울 수 있다. 길을 가면 길거리에 앉아서 구걸을 하는 사람들을 보면 그냥 지나치는 사람, 그냥 지나치지 않고 돈 백 원이라도 그릇에 넣어주고 길을 가는 사람이 있다. 습관의 문제요 체질의 문제다.

　'정직한 방법으로 부를 이룬다는 게 가능할까?' 하고 미리부터 염려할 필요 없다. 중요한 것은 나에게 정직한 마음이 있는가? 하는 것이다. 성실 납세로 상을 받은 사람들을 보면 알 수 있다. 그러나 부만 이루려고 생각하는 사람들에게는 도덕이라는 것이 늘 걸림돌처럼 여겨진다. 세상의 많은 것들이 도덕을 무시하고 부만 추구하기 때문이다. 세금을 조금이라도 덜 내려고 가짜 영수증을 만들고, 가짜 세금 계산서를 끊고, 이중장부를 만들고 마치 영화 〈쇼생크탈출〉에서 부정한

＊
98

돈으로 축재를 하지만 그 말로는 비참했던 교도소장의 모습과 같다. 그런 그를 속인 것도 바로 '이중장부'다. 머리 좋은 전직 은행 간부였던 앤디 듀프레인이 그를 감쪽같이 속였던 것이다.

'마이크 샌델 교수.' 누구나 한번쯤은 들어 봤을 것이다. 2005년 9월에 한국을 방문해서 '정의란 무엇인가?'라는 질문을 던지면서 한국의 지성인들에게 답을 물었다. 성공과 부에 대해서만 매달려 살았던 한국인들에게 그의 간단한 질문과 해석은 많은 것을 생각나게 했다. 그의 강의는 사람들을 딜레마에 빠지게 하기도 하였고(예, '살인자에게도 도덕이 있는가?'), 그동안 우리가 선이라고 생각하고 옳은 일이라고 생각하며 살았던 것들에 대한 고민을 하게 만들었다. 나는 샌델 교수가 우리 앞에 나타난 일이 퍽이나 다행한 일이라고 생각한다. 왜냐하면 그동안 우리는 많은 면에서 인문학적인 탐구와 고민 없이 실용주의와 사실주의적인 관점으로 살아왔기 때문이다. 휴머니즘 humanism이 없는 우리 모습 속에서는 정의와 도덕보다 성공이 더 우선했기 때문이다. 그는 자신이 쓴 《정의란 무엇인가》에서 몇 년 전, 워싱턴 DC에서 열린 전국 철자 맞히기 대회에서 일어난 이야기를 이렇게 소개했다.

열세 살 난 아이가 'echolalia반향 언어'의 철자를 맞혀야 했다. 'echolali'라는 말은 한 번 들은 말을 자꾸 되풀이하는 성향을 뜻하는 말이다. 아이는 철자가 틀렸지만 심사위원이 잘못 알아듣고 맞았다고 하는 바람에 다음 단계로 넘어가게 되었다. 하지만 아이는 자기가 틀렸다는 사실을 알았고, 심사위원에게 솔직히 털어놓았다. 그리고 결국 탈락했다. 다음날 신문은 머리기사로 이 정직한 아이를 "철자 대회 영웅"이라고 칭찬했고, 아이 사진이 〈뉴욕 타임스〉에 실렸다. "심사위원이 저더러 아주 정직하다고 했어요" 아이가 기자에게 말했다. 그러면서 자신이 그렇게 말한 동기를 밝혔다. "더러운 인간이 되고 싶지 않았어요."

나는 청춘들이 가치에 집중하기 보다는 원칙에 충실했으면 한다. '바르게 살면서 성공하겠다'는 자신만의 원칙을 세웠으면 한다. 지금 당장 안전지대만 고집하기 보다는 조금은 불편하지만 힘들어도 바른 길을 걸었으면 한다. 그런 사람들에게 성공의 모습은 더욱더 가치 있게 보일 것이다.

청춘은 가치에 집중하기 보다는 원칙에 충실해야 한다.

완료형이 아니라, 진행형이라서 좋다

아프리카 중남부에 있는 칼라하리 사막에는 부시맨이라는 산족이 살고 있다. 덤불 속에 산다고 해서 '부시먼Bushman'으로 알려진 그들은 우리에게 영화 〈부시맨〉을 통하여 소개되었다.

평균 키 150cm에 상당히 온순한 성품을 가지고 있으며 그런 이유 때문에 그들은 늘 전쟁다운 전쟁은 해보지 못하고 다른 흑인 부족과 백인들에게 내쫓기는 일이 많았다. 착한 성품을 악한 사람들이 그냥 두지 않았던 것이다. 그럼에도 불구하고 그들은 자신들의 삶을 멈추지 않았다. 그들은 어디를 가더라도 늘 걷고 달렸다. 그들에게 있어서 달리는 것은 생존이었다. 아프리카와 사막이라는 환경에서 살아남으려면 달리지 않을 수 없었다. 사냥을 위해서 몇 십 킬로를 달리는 것은 기본이었다. 중간에 힘들더라도 멈추지 않았다. 결국에는 그렇게 끝까지 달림으로써 사냥감을 지치게 하여 사냥에 성공할 수 있었다. 두 마리 토끼를 다 잡을 수 없다는 사실을 알았는지는 모르지만 그들은 목표를 정하면 다른 동물이 있더라도 목표를 바꾸지 않았다.

　가끔 직장 생활을 오래 하다보면 '권태기'라는 것이 찾아온다. 흔히들 권태기라고 하면 결혼한 중년의 여성들에게 나타나는 증상으로 아는데, 그런 일은 똑같은 일을 오래 반복하는 사람 누구에게나 일어나는 증상이다.

　권태기는 느낌부터 다르다. 일하는 것이 예전 같지 않고 싫증이 나거나 의욕이 떨어진다. 어느 정도 일에 익숙해지고 자유로우면 일을 더 열심히 할 것 같지만 그 반대로 게을러지고 나태해지게 된다. 처음 일을 배울 때에는 부시맨처럼 열심히 먹잇감을 위해 달리지만 먹잇감을 잡고 잔치를 연 후에는 나른하게 퍼지는 것이다.

　직장 생활을 하는 동안 나는 그 주기를 3년에 한번씩 느꼈다. 아침마다 정확하게 출근하던 것이 지각하는 일이 잦고, 일을 해도 재미가 없고, 나중에는 일이 싫어지기 시작했다. 통계를 보면 처음 직장에 들어가서 평균 3년 안에 이직을 하거나 퇴사를 한다고 한다. 나도 당연히 그런 충동이 생기기도 했다. 사람들은 그럴 때 지금 다니고 있는 회사에 대해 별로 큰 만족을 느끼지 못하면 어느 날 사표를 내고 회사를 그만둔다.

그러나 내가 그런 매너리즘에서 빠져나올 수 있었던 것은 늘 새롭게 시작되는 많은 일들이었다. 회사에서는 하루가 멀다 하고 늘 새로운 일들이 생겼다. '특소세 인하로 인한 물량 조사', '대리점 베스트샵 만들기', '지사 내 대리점 평수 넓히기', '대리점 매장 내 서비스 공간 만들기', '경쟁사 정보 동향 분석', '업무제안제도', '부녀사원 교육시키기', '지사 신용판매 매출 올리기', '대리점 담보 늘리기', '신판사원 모집과 면접' 등 많은 일들이 계속해서 생겼기 때문에 권태기에 빠져있는 시간이 예상외로 오래 가지 않았다. 나는 그 경험 때문에 그런지는 몰라도 사람들은 나를 보고 일을 만들어서 하는 사람이라고 한다. 늘 일에 파묻혀 살기 때문이다.

한번은 경쟁사에 대한 정보가 필요한 일이 있었다. 당시는 여름이라 에어컨 판매 물량에 대한 경쟁사 정보가 필요했다. 어느 정도는 매출이 대략적으로는 알려져 있었지만 실질적으로 각 지역에 어느 대리점이 어느 정도 매출을 하고 있는지 등의 구체적인 자료는 모르고 있었다. 종합적으로 자료를 취합 정리해야 하는 나로서는 가만히 있을 수 없는 노릇이었다. 직원들도 경쟁사 직원들을 만나서 서로 이야기를 해보지만 도무지 정보를 주지 않았다.

마침 가까운 곳에 경쟁사 사무실이 있었다. 사무실은 아침마다 청소하는 아주머니들이 있다. 주로 사원들 출근을 전후해서 일찍 청소를 한다. 나는 아주머니들이 청소를 하고 가지고 나오는 쓰레기를 홈

쳐 오기로 마음먹었다. 쓰레기통에는 이것저것 쓰레기들이 있지만 조금만 자세히 살펴보면 아무렇게나 버리는 정보들이 많다. 내가 찾는 정보들이 같이 섞여 있을 것이라는 생각이 들었다. 물론 문서를 조각내어서 버리는 '파쇄기'도 있지만 대개는 그냥 버리는 일이 많았다.

내 예상이 맞았다. 청소를 마치고 쓰레기통을 가지고 복도로 나오는 아주머니가 보였다. 나는 짐짓 모르는 체하고 아주머니에게 다가가 "제가 1층으로 옮겨 드릴 게요" 하고 쓰레기통을 받아서 1층으로 내려와 바깥에 주차해 있던 내 차 트렁크에 실고 얼른 도망와 버렸다. 나는 그것을 '쓰레기통 탈취사건'이라고 이름 붙였다. 그렇게 가지고 온 쓰레기통 안에는 정말로 내가 예상했던 내용들이 들어 있었다. 나는 그것들을 귀하게 모셔서 정리하고 그렇게 정리한 파일과 함께 증거로 상사에게 제출하였다. 그날 그 일 덕분에 우리는 과원 전체 직원들이 회식을 하는 기쁨을 누릴 수 있었다. 그리고 그런 일들은 아무도 눈치 못 채게 가끔씩 시도되었다.

가만히 있으면 평생 아무 것도 얻지 못한다. 내가 그냥 가만히 상사의 이야기만 듣고 신문에 난 전자관련 정보지 글만 읽고 있었다면 그런 정보들을 얻을 수 없었을 것이다. 그렇게 하면 원하는 것을 얻을 수 없다. 성공한 조직과 개인들에게서 공통적으로 발견되는 프로페셔널의 특징은 '무엇을 소유하였는가?'가 아니라 '무엇을 만들 수 있고, 무엇을 할 수 있는가?'에 집중한다는 점이다. 지금까지의 성공기준이

'무엇을 가졌는가?'였다면, 앞으로의 성공기준은 '무엇을 할 수 있는가?'이다. 다시 말해 "나 또는 우리 조직은 무엇을 만들 수 있는가?", "어떤 사람으로, 또는 어떤 조직으로 기억되기를 원하는가?", "자기실현을 위해 어떻게 미래를 설계하는가?"라는 세 가지 질문에 대한 답을 가진 사람이 성공한다. 전문가인 프로가 되기 위해서는 결국 자신이 아니면 할 수 없는 유일성을 갖고 있어야 하고, 그러한 역량을 다른 사람에게 전해줄 수 있는 에너지를 만들어내야 한다. 또한 의사가 환자의 치료일정과 수술계획을 짜듯이 자기 분야의 일을 계획할 수 있어야 한다.

신문기자로서 2005년 〈타임〉지가 선정한 '가장 영향력 있는 100인'에 뽑힌 작가 말콤 글래드웰은 시간투자와 성공에 관한 상관관계를 다룬 《1만 시간의 법칙》에서 이렇게 말했다.

"어느 분야에서든 세계적 수준의 전문가, 즉 마스터가 되려면 1만 시간의 연습이 필요하다. 작곡가, 야구선수, 소설가, 스케이트선수, 피아니스트, 체스선수, 숙달된 범죄자, 그 밖의 어떤 분야에서든 연구를 거듭하면 할수록 이 수치를 확인할 수 있다. 1만 시간은 대략 하루 3시간, 일주일에 20시간씩, 10년간 연습한 것과 같다. 어느 분야에서든 이보다 적은 시간을 연습해 세계 수준의 전문가가 탄생한 경우를 발견하지는 못했다."

재능이 있다고 자랑만 하면 아무 소용이 없다. 머리 똑똑하다고 자랑할 것 못 된다. 환경도 중요하다. 그러나 그 환경을 그대로 묵혀서 썩혀 버리면 아무것도 되지 않는다. 《아웃라이어》에서 말하는 것은 '멈추지 않고 계속해서 하는 많은 노력'이다.

꿈만 가지고서는 꿈의 꽃을 피울 수 없다. 농부가 씨앗을 심어 놓고 가만히 있으면 씨는 말라죽고 만다. 때에 따라서 거름도 주고 물도 충분히 주고 햇빛도 쬐어 주어야 한다. 시간이 필요하다. 가을 추수까지 가기 위해서는 여름 한낮의 뜨거운 뙤약볕도 맞아야 한다. 폭풍우가 몰아치는 한 밤이면 논두렁이 무너지지 않았는지 비를 맞으면서 논둑길도 걸어야 한다. 도중에 걸음을 멈추어서는 안 된다. 미끄러지는 일도 다반사다. 옷이 젖는 일은 기본이다. 그렇다고 돌아설 수 없다. 지금 하지 않으면 다음에 다시 할 시간이 없기 때문이다. 무너진 논 둑, 물에 잠긴 벼를 보지 않기 위해서는 지금 해야 하는 것이다.

농구 경기에서 경기 종료 휘슬과 동시에 던져진 행운의 '버저 비터 Buzzer beater' 때문에 승패가 뒤바뀌는 것을 본다. 야구에서도 9회 말 투 아웃, 투 쓰리의 볼 카운트에서 극적인 안타로 역전승하는 게임을 본다. 경기가 끝났다고 속단할 수 없다. 휘슬이 울리기 전까지는 아무도 모른다. 내 손에 쥐고 있는 희망이라는 공에 주문을 걸자. 나의 역전승을 위하여. 모든 청춘을 위하여.

"위대한 사람은 단번에 그와 같이 높은 곳에 뛰어오른 것이 아니다. 많은 사람들이 밤에 단잠을 잘 적에 그는 일어나 괴로움을 이기고 일에 몰두했던 것이다. 인생은 자고 쉬는데 있는 것이 아니라, 한 걸음 한 걸음 걸어가는 그 속에 있다. 성공의 일순간은 실패했던 몇 년을 보상해 준다."

- 로버트 브라우닝

내 손에 쥐고 있는 희망이라는 공에 주문을 걸자.
나의 역전승을 위하여, 모든 청춘을 위하여.

지금 칭찬받으려고 하지 마라

1995년 3월 9일 오전 10시경 흐린 날씨 가운데 삼성전자 구미사업장 운동장에 2,000명의 삼성전자 직원들이 모였다. 직원들의 이마에는 '품질확보'라고 쓰인 머리띠가 매어져 있었다. 직원들 앞에는 '품질은 나의 인격이요. 자존심!'이라는 현수막이 걸렸고, 그 아래에는 침묵하며 굳게 입을 다문 임원들이 의자에 앉아 있었다. 그리고 운동장 중앙에는 핸드폰을 포함하여 무선전화기, 팩시밀리 등 무려 10만 대의 제품들이 무더기로 산을 이루고 있었다. 이윽고 무거운 해머 망치를 든 직원 10명이 제품들을 부수기 시작했다. 그동안 땀 흘리고 애써 만든 제품이었다. 그렇게 부서져 폐품이 된 제품들은 다시 훨훨 타는 불구덩이 속으로 던져졌다. 이날 그렇게 부서지고 태워진 제품의 금액은 무려 500억 원이 넘는 금액이었다. 삼성전자 역사의 한 페이지를 장식한 이른바 '불량제품 화형식'이었던 것이다.

이건희 회장은 "돈을 받고 불량품을 파는 것은 고객들을 기만하는 것"이라고 말했다. '대충하면 되지, 소비자들이 모를 거야'라는 생각이 '제품 불량'이라는 것으로 나타났고 급기야는 제품을 태우는 극약의 처방을 쓰지 않으면 안 되었던 것이다. 오늘 삼성전자의 휴대폰 매출이 세계 시장에서 단연 두각을 나타내고 있는 일은 그냥 된 일이 아니다.

19세기 말, 비행기를 둘러싼 경쟁이 치열했다. 당시 그 분야에서 가장 유명한 사람은 새뮤얼 피어폰 랭리였다. 다른 많은 사람들처럼 그도 역시 세계 최초의 비행기 개발에 열중하던 사람들 중에 한 사람이었다. 그는 당시 정부로부터 50,000달러의 정부보조금을 받고 있었다. 그의 팀에는 코넬 대학교에서 훈련을 받은 기계기술자이자 시험 비행 조종사였던 찰스 맨리와 뉴욕 최초의 자동차개발자 스티븐 발저도 있었다. 그에게 그런 완벽한 준비가 있었지만 그에게 필요하지 않은 것이 있었다. 그것은 바로 토마스 에디슨이나 알렉산더 그레이엄 벨처럼 어마어마한 것을 발명한 대가로 얻게 될 명성을 그는 갈망하고 있었다.

그리고 그들이 있던 곳에서 수백km 떨어진 오하이오 주 데이턴에는 윌버와 오빌 라이트 형제가 비행기를 만들고 있었다. 그들에게는 정부 보조금도 없었다. 그들과 함께 일하는 사람들 중에 고학력자는 한명도 없었다. 그들 역시도 고등학교를 마치지 못했으며 그런 이들이 그와 같이 일했다.

마침내 1903년 12월 17일, 노스캐롤라이나 키티호크 들판에서 라이트 형제가 하늘로 날아올랐다. 그들이 만든 비행기는 조깅하는 속도로 52초간의 비행을 하였다. 그것은 역사에서 비행기를 발명한 사람들이라고 영원히 기록되는 일이었다.

라이트 형제의 전기를 썼던 제임스 토빈이 이렇게 말하였다.

"랭리에게는 비행에 대해 라이트 형제만큼의 열정은 없었습니다. 그보다는 오히려 업적을 찾아 헤맸던 것이죠."

랭리가 엄청난 재정적 지원과 좋은 여건 속에서도 비행기를 발명한 사람이라는 타이틀을 놓친 이유는 사람들에게 듣고자 했던 명성 때문이었다. 그는 어떻게 하면 그 칭찬을 들을까 하는 생각으로 시간을 보내는 사이, 라이트 형제에게 그 타이틀을 빼앗기고 만 것이다. 나중에 랭리가 포토맥 강가에서 시험 비행을 마쳤을 때 사람들이 그를 조롱했다. 랭리는 다른 사람들이 자기를 어떻게 생각할까 하는 데만 신경 썼고 유명해지는 일에만 집착했다. 결국 1등을 놓치자 그는 그 일을 그만둬 버렸다고 한다. 사람들은 더 이상 그를 기억하지 않게 되었다. 그는 명성뿐만 아니라 랭리라는 자신의 이름까지 사람들의 기억 속에서 사라져 버린 것이다.

세상에서 가장 많은 사람들이 참여하는 인기 있는 마라톤 중 하나가 뉴욕 마라톤이다. 뉴욕 마라톤은 일찍부터 장애인도 마라톤에 참여를 허락했다고 한다.

여러 해 전 뉴욕 주립대에 재학 중인 '린다'라는 이름의 다리를 저는 여학생이 마라톤을 신청했다. 그녀의 목표는 코스를 완주하는 것이었다. 여러 달 전부터 그녀는 양쪽 옆구리에 지팡이를 끼고 달리는 연습을 하고 드디어 마라톤 대열에 섰다. 오전 10시에 시작된 이 마라톤은 12시를 넘기면서 대부분의 우승 후보자들이 골인하면서 미디어의 관심이 식기 시작했다. 오후 2-3시를 넘기면서 메인 스타디움과 거리에는 군중들이 썰물처럼 빠져나가고 TV중계 팀들도 철수를 하고 있었다. 그런데 저녁 7시가 가까운 시각에 누군가가 CBS방송 스튜디오에 전화를 해서 제보를 했다고 한다. "마라톤은 아직 끝나지 않았습니다. 지금 다리를 저는 한 여성이 허드슨 강변을 돌아 메인 결승 스타디움으로 들어오고 있습니다." 한 제보자가 말한 그는 바로 린다였다. 그녀는 출발 9시간 10분여 만에 코스를 완주하고 골인하였던 것이다.

최근에 똑같은 코스의 뉴욕 마라톤에 참여한 한국 여성이 있었다. 그는 바로 온 몸에 화상을 입었지만 신앙으로 일어선 이지선 자매였다. 그녀 또한 2009년 화상 입은 불편한 몸으로 7시간 22분 만에 마라톤을 완주하였다.

그녀들이 원했던 것은 칭찬이나 명성이 아니었다. 자신의 의지를 시험해 보는 것이었고, '나도 할 수 있다'라는 자신감이었다. 모두들 돌아가 버리고 아무도 기다려주지 않는 스타디움으로 들어갈 용기가 있는가? 조명이 꺼지고 썰렁한 운동장 안으로 들어갈 자신이 있는가. 칭찬과 박수가 없어도 괜찮은가? 나는 무엇을 위해서 달리고 있는가?

판매의 신神이라 칭송받는 엘머 레터맨Elmer Leterman이 자신의 오랜 세일즈 경험을 한마디로 압축해 보았더니 결론은 '거절당한 순간 세일즈는 시작되는 것'이라고 말했다.

우리도 지금 거절당하고 있을 것이다. 때로는 냉대도 있을 것이다. 배반도 있고, 속임을 당하는 일도 있을 것이다. 아무도 반겨주지 않는 차가운 기분은 어떤가. 예능 프로그램 '일 밤-진짜 사나이'에서 만났던 이상길 소대장진짜 군인으로 만들기 위해서는 어쩔 수 없었을 것이다 같은 악마조교를 만나고 있을지도 모른다. 그러나 그것이 우리를 만드는 일이라면 나는 기분 좋게 받아들이라고 말하고 싶다. 회피하기만 하면 영원히 훈련병으로 밖에 남지 않기 때문이다.

영어권에서 만들어진 영화는 보통 마지막 부분에 끝이라는 'The End' 자막이 마지막으로 올라간다. 그런데 영국의 캐롤리드 감독이 제2차 세계대전 말에 만든 영화 〈The way Ahead〉의 마지막 장면은 아주 독특하다. 영화의 마지막 장면은 독일군과 격렬한 전투를 치르던 영국 병사들이 탄환이 떨어지자 죽을 줄 알면서도 안개 속으로 전진해 들어간다. 그러면서 'The Begining'이라는 자막이 올라간다. 죽음 앞에서도 '이제 시작이다'라는 자막이 희망을 느끼게 한다.

칭찬 받으려는 마음으로 열심히 일하는 것은 좋은 모습이다. 그러나 칭찬이 목적이 되어서는 안 된다. 일을 열심히 하다가 받는 칭찬이 되어야 한다. 그래야만 제대로 된 일을 보일 수 있다. 우쭐거리게 만드는 초보의 기분을 경계해야만 한다. 일찍 흔들리면 부러지고 만다. 제대로 갖추어지기 전까지는 절대 흔들려서는 안 된다. 내가 이 장에서 청춘들에게 말하고 싶은 것은 이것이다.

　"wait!"

바꾸려면 철저히 바꿔라
마누라와 자식만 빼놓고 다 바꿔라.

PART

3

흔들린다고
쫄 것까지는 없다

벼랑 끝에 나를 세워라

그날 아침에 있었던 방송 조회 시간을 잊을 수 없다. 회사에서는 삼성사내방송국에서 만든 뉴스를 아침 조회 시간을 통해 비디오로 시청하였다당시에는 비디오테이프를 행낭으로 전해 받아 보았다. 영상에 익숙한 얼굴이 나타났다. 조금은 긴장한 모습이었다. 바로 이건희 회장이었다. 테이블에 올려놓은 두 손에 힘이 들어가 있는 듯했다. 뭔가 평소 때와는 다르다고 느껴졌다. 그전까지만 해도 회장의 동정을 뉴스 앵커가 그냥전하기만 했는데, 그날은 달랐다.

이건희 회장이 입을 열었다.

"바꾸려면 철저히 바꿔, 극단적으로 이야기해 농담이 아냐, 마누라와 자식 빼 놓고 다 바꿔봐……."

회장의 말은 그냥 큰 생각 없이 비디오를 시청하고 있던 직원 모두에게 충격이었다. 잘하고 있다는 칭찬이 아니라 못하고 있다는 것이다. 정신 차리지 못하고 있다는 말이었다. 1993년 6월 7일 삼성에서는 '신경영 선언' 혹은 '프랑크프루트 선언'이라고 불리는 삼성 이건희 회장의 프랑크프루트 선언 때의 일이다.

사실 그때까지만 해도 삼성은 실질보다는 외형 중시의 모습에 빠져 있었다. 매출이라는 외형을 늘리기 위해 수단과 방법을 가리지 않았다. 매출로 최고가 되고자 했기 때문에 품질이라든지 소비자에 대한 서비스라든지 하는 것에는 별로 크게 관심을 두지 않았다. 다른 회사에 뒤지지 않으면 된다는 생각만 했지 더 나아져야 한다는 생각은 못했다. 그런 상황에서는 결코 1위 기업이 될 수 없다는 것을 회장이 먼저 깨달았던 것이다. 물론 그 후로 삼성이 뼈를 깎는 자기 작업이 있었던 것은 두말할 나위 없다. 현장에서는 아무리 생산 주문이 밀려도 물건이 제대로 만들어지지 않으면 컨베어벨트를 세우는 '라인스톱제'를 시행했다. 시간을 생명으로 여기는 상황에서 라인을 세운다는 것은 엄청난 손실이었다. 그러나 그것을 감수해야만 했다. 그런 고통이 없으면 '불량률 0%'를 달성할 수 없었던 것이다.

왜? 사람들이 발전이 없는가? 그것은 충격이 없기 때문이다. 대기업에 입사했다는 것만으로 사람들은 안심한다. 직장에 들어간 것만으로 안심하며 산다. 현실에 그냥 그대로 안주해버리는 것이다.

내가 회사에 다닐 때도 그랬다. 시원한 에어컨 밑에서 그냥 실적만 챙기면서 가만히 앉아 있는 부서장들이 적지 않았다. 때가 되면 월급이 나오니 걱정하지 않아도 되었다. 크게 잘못한 일만 없으면 되었다. 무사안일無事安逸, 무사태평無事泰平 그대로였다. 그러나 아무도 말하는 이가 없었다. 모두들 묵과하고 있었다. 그런 모습을 보고 프랑크프루트 선언에서 이건희 회장이 "비서실이 나를 속이고, 임원들이 나를 속이고 있다"고 했다. 현장에서 어떤 일이 일어나는지 제대로 보고가 되지 않는다는 것이었다.

2012년 런던올림픽에서 최고의 감동을 느낀 순간은 체조에서 양학선 선수가 보여준 멋진 도마 경기였다. 그는 세계 최고 난도(7.40)의 '양학선'이라는 기술을 선보였다. 공중에서 세 바퀴를 비트는 기술이었다, 이미 알려진 기술을 그대로 보이는 것도 쉽지 않은데, 그는 자신이 개발한 새 기술로 원하던 메달을 목에 걸 수 있었다. 방송에서는 양학선 선수의 경기를 중계하면서 베이컨의 말을 인용했다.

"지금껏 그 누구도 해낸 적이 없는 성취는 지금껏 그 누구도 시도한 적이 없는 방법을 통해서만 가능하다."

양학선 선수가 보인 기술 '양학선'이 그냥 나왔을까? 잘못하면 큰 부상을 당할 수 있는 그 기술을 구사한다는 것은 쉽지 않았다. 그러나 양학선 선수는 다른 선수들보다 더 나은 점수를 얻기 위해서는 다른 무엇이 필요하다는 것을 느꼈다. 그래서 그는 자신을 과감하게 '양학선' 기술이라는 벼랑으로 내몰았던 것이다.

'열정 락樂서'라는 강연 무대에 한 청년이 올랐다. 그는 2014년 삼성 신입사원으로 입사한 삼성바이오로직스의 김성운 씨였다. 그날 그가 주제로 삼은 것은 '그럼에도 불구라고'라는 제목이었다.

그는 일곱 살 되던 해에 어머니의 가출로 인천의 한 보육원에 맡겨졌다. "4학년이 되면 데리러 오겠다"던 아버지는 그가 초등학교 5학년이었을 때 세상을 등지고 말았다.

보육원 형들의 괴롭힘이 싫었던 그는 중학교 2학년 때 보육원을 나와 자취를 시작했다. 학교 급식 한 끼만으로 하루를 버텨야 했던 시절도 있었지만, 그가 배고픔보다도 더 견디기 어려웠던 것은 끝없는 외로움이었다. 결국 그는 자취생활 1년 만에 "이제 더 이상 나빠질 것도 없다"는 심정으로 다른 보육원의 문을 두드렸다.

새 보육원 생활에 행복을 느낄 무렵 외로움과 배고픔에 미처 신경 쓰지 못했던 '꿈'과 '미래'의 존재가 보이기 시작했다. 그리고 그 꿈과 미래에 다가가는 길은 오직 공부뿐이다 생각하고 '공부에 미쳤다'는 소리를 들을 정도로 매달린 끝에 서울대학교 동물생명공학과에 입학할 수 있었다. 그는 그 강연에서 '그럼에도 불구하고'라는 좌우명은 불행 속에서도 긍정적으로 생각하니 행복이 찾아오던 경험에서 나온 것이라고 했다.

어려움이라는 고통이 그로 하여금 변화를 찾도록 만들었던 것이다. 누구나 의지가 있고, 강력한 동기만 있다면 충분히 가능하다. 한계와 조건을 뛰어 넘어 위대한 성과를 얻어 낼 수 있다. 꿈을 이루고자 하는 사람들에게는 간절한 '욕망'과 뜨거운 '열정'이 가득하다.

1973년 사장을 포함한 단 네 명이 보잘 것 없는 자본금을 가지고 세 평짜리 시골 창고에서 시작해서 2008년 말 현재 계열사 140개에 직원 수 13만 명을 거느린 매출 8조 원으로 성장한 일본전산이라는 회사가 있다. 그 기업을 세운 나가모리 사장이 이렇게 말했다.

"한 가지 일에 실패하고 문책당해서 회사를 그만두면, 다른 회사에 가더라도 똑같은 패턴으로 그만두게 된다. 한 번 정복하지 않은 실패는 또 다시 엄습하게 되어 있다. 그러므로 '이 회사만 아니면, 이 상사만 벗어나면, 뭔가 새로운 환경만 주어지면 잘할 수 있다'는 환상을 버려라. 실패와 포기의 패턴은 마치 유전자 코드처럼 사람의 몸과 마음에 세팅된다. 그 세팅을 한번이라도 어그러뜨려서 뒤집어 놓아야 동일한 패턴을 다시 반복하지 않게 된다. 그때 필요한 것이 바로 '진보적 반발심'이다."

가끔 보면 이곳저곳 여러 직장을 전전하는 사람을 본다. 이유야 그럴 듯하다. '자신은 열심히 일하는데 자기를 잘 몰라주더라', '회사가 형편없더라'고 말한다. 들어보면 맞는 말도 있다. 실제로 그런 직장도 있을 수 있다. 불공평하다든지, 직원들 처우가 제대로 되지 않는다던지 하는 경우가 충분히 있을 수 있다.

그러나 생각해보면 여러 직장을 다녀봐서 알겠지만 크게 차이가 없다는 것을 깨달을 수 있다. 그래서 그렇게 여러 직장을 다니던 사람이 다시 마지막으로 들어간 직장이 자신이 처음 나왔던 직장인 경우가 의

외로 많다. 별 직장, 별 다른 상사가 없는 것이다. 차이가 있으면 얼마나 있을까?

　안전하고 편안하게 살고 싶다는 생각은 모두 마찬가지다. 그래서 직장을 구해도 안전한 직장을 구하고 편안한 직장을 구한다. 그 곳이 자신을 평생 지켜 줄 것이라고 생각한다. 그러나 그런 직장이 부도가 나고 파산이 되면 갈 곳을 잃어버린다. 직장을 나오기는 쉽지만 그런 직장이 아무데나 있는 것이 아니다. 세상 말 그대로 내 입맛 나는 데로 없는 게 사실이다. 직장을 그만두고 나서 쉽게 다시 직장을 구하지 못하는 이유 중에 하나가 바로 그것 때문이다. 나한테만 맞는 직장만 찾기 때문에 구하지 못하는 것이다. 조금 다르게 생각하면 그런 직장이 아니라도 좋다는 생각을 가져야 한다. 그래야만 빨리 직장을 구할 수가 있다. 살면서 평생 좋은 것만 경험할 수 없다. 청춘들이 처음부터 안전하고 편안한 것만 너무 찾아서는 안 된다. 가끔은 벼랑 끝에도 서 보는 훈련이 필요하다. 그래야만 더 많은 직장을 기회로 삼을 수 있다. 너무 완벽한 것만 취해서는 안 되는 것이다.

　소심하고 겁이 많았던 철학자 니체는 강해지기 위해 '위험하게 살자'는 글을 벽에 붙여 놓았다. 과학자 아인슈타인도 '한 번도 실수를 저지르지 않은 사람은 한 번도 새로운 것을 시도하지 않은 사람'이라고 했고, 아리스토텔레스는 '일을 하기 전에 어떻게 하는지 배워야 한다. 어떻게 하는지 배우려면 직접 해봐야 한다.'고 말했다. 이들의 공통점은 자신을 지속적으로 '위험한 곳'에 노출시켜서 '새로운 일'을 경험했다는 것이다.

"로마를 로마로 만든 것은 시련이다. 전쟁에 이겼느냐 졌느냐보다 전쟁이 끝난 뒤에 무엇을 어떻게 했느냐에 따라 나의 장래는 결정된다."

시오노 나나미가 쓴 《로마인 이야기》에 나오는 구절이다.

벼랑 끝에 서 있다고 생각하는가? 풍랑을 만났다고 생각하는가? 헤쳐 나올 수 있는 것을 배울 수 있는 기회라고 생각하라. 살아야 되겠다는 마음이 생기는 것을 감사하게 생각하라. 벼랑이 아니었으면 배울 수 없었던 깊은 인생의 철학이 거기에 담겨 있다.

벼랑 끝에 서 있다고 생각하는가?
풍랑을 만났다고 생각하는가?
헤쳐나올 수 있는 것을 배울 수 있는
기회라고 생각하라.

약해지지만 않는다면 괜찮은 인생이다

"밤낮으로 무서운 긴장감이 생겼기 때문에, 만일 웃지 않았다면 나는 이미 죽은 지 오래 되었을 것이다."

미국 16대 대통령이었던 링컨의 말이다. 세계 최고 부자들의 웃는 사진을 보면 하나같이 똑같다. 표정이 확 달라질 정도로 얼굴이 활짝 밝아지면서 입 꼬리 양쪽이 들려올라가 반달 모양을 하고 있다. 어느 잡지의 표지를 장식한 세계 최대 갑부 빌 게이츠와 워렌 버핏의 웃는 모습도 판에 박은 듯이 똑같다. 나는 그런 그들의 모습을 보고 한 가지 깨달았다. 아무리 어렵고 위기가 닥쳐도 마음의 여유만큼은 잃지 말아야 되겠구나 하는 생각이었다. 그들이라고 어려움이 없었을까.

실제로 빌 게이츠도 적지 않은 위기 상황에 내몰렸던 적이 있다. 회사가 전성기에 접어든 1990년대 중반에 빌 게이츠는 수시로 위기를 겪었다. 한때는 마이크로소프트가 망할 것이라는 위기의식에 사로잡힌 적도 있었다. 워렌 버핏 또한 다르지 않았다. 사람들은 그가 실패나 좌절을 경험한 적이 없다고 말한다. 그러나 그는 성격상으로 단점이 뚜렷한 사람이었다. 그는 수줍음이 많고 사교성이 부족했다. 사교술은 사업만큼이나 중요하다. 수줍음과 사교성이 부족하다는 것은 치명적인 약점이었다. 그러나 다행하게도 그는 숫자와 비즈니스에 관한 특출한 재능을 갖고 있었다. 그는 자신의 단점을 장점으로 만회했던 것이다.

긴장하기는 마찬가지다. 그러나 그들은 웃음을 잃지 않았고, 나름대로 자기 방식으로 위기 앞에서도 문제를 해결해 나갈 수 있었다. 나는 그것을 유연성이라고 생각했다. 집 바로 옆에 낙동강이 있어서 가끔 산책삼아 거닌다. 바람이 불 때마다 갈대들이 우수수 소리를 내며 바람을 타고 한쪽으로 쓰러진다. 또 반대방향으로 바람이 불면 또 그리로 기운다. 그러나 아무리 세찬 바람이 불어도 절대 꺾이는 법이 없다. 넘어지는 것처럼 보일 뿐 바람이 멎으면 그대로 제자리에 서 있다.

간혹 이제 막 입사한 신입사원들이 사표를 쓰고 회사를 그만두겠다고 한다. 내가 초임 과장을 앞두고 있을 때도 그런 일이 있었다.

"여기 아니면 밥 먹을 때 없겠습니까."

"다시 한 번 잘 생각해 봐."

"죄송합니다. 이미 정해졌습니다."

아무리 타이르고 달래도 요지부동이다. 위에 부장까지 나서서 달래 보지만 말을 듣지 않는다. 들어올 때는 고생 고생해서 들어와서는 나갈 때는 너무 쉽게 나가버린다. 선배들이 애가 탄다. 밖에 나가면 뻔하기 때문이다. 여기서는 이렇게 혈기를 부리지만 나가봤자 알아주는 사람이 아무도 없다. 그렇다고 어디 '우리 회사에 들어와 주십시오' 하고 기다리는 것도 아니다. 아무 대책도 없다. 그렇지만 할 수 있는가, 정승도 제 하기 싫으면 관둔다는데. 그러다가 며칠 뒤 사표를 쓰고 회사를 나가버렸다.

L대리가 있었다. 나보다는 두 해 선배였는데 늘 얼굴을 쳐다볼 때마다 웃는 인상이었다. 회사에서 목표 때문에 독촉이 있어도 절대 겉으로 드러내지 않았다. 그렇다고 태만하거나 목표 의식이 없는 것도 아니었다. 일을 마치고 퇴근을 해서도 직원들과 잘 어울렸다. 어디를 가나 늘 사람들이 모였다. 상사에게 스트레스를 받다가 그 선배만 쳐다보면 편안했다. 나는 그를 볼 때마다 관우가 생각났다. 관우는 독화살을 맞은 팔을 화타가 살을 째고 뼈를 긁어내는 중에도 눈썹 하나 까딱이지 않고 태연하게 바둑을 두었던 인물이다. L대리에게 그런 여유가 있었던 것이다. 그는 아무리 바쁜 일이 생겨도 절대 서두르는 법이 없었다. '태연자약泰然自若'이라는 말 그대로였다.

나는 앞에 사표를 냈던 신입사원과 L대리를 보면서 두 가지 중요한 차이점을 발견할 수 있었다.

첫 번째는 자신을 절대 감정에 노출시키지 않는다는 것이다.

앞에 신입사원은 흥분할 일이 생기면 그대로 흥분하는 스타일이었다. 일을 하다보면 스트레스를 받는 일도 있고 그렇지 않은 일도 있다. 그런데 그 친구는 스트레스를 받는 일이 생기면 먼저 얼굴에서부터 나타났다. 때로는 일을 맡기는 사람 입장에서 일을 잘못 맡겼는가 싶을 정도로 무안할 지경이다.

그 반면에 L대리는 절대로 자신의 감정을 노출시키지 않았다. 그냥 자리에 앉아 담배 한 개비 정도 피우면서 생각할 뿐 그것으로 끝이었다. 그리고 곧바로 팀원들을 모아서 일을 진행해 나갔다. 자신이 받은 스트레스를 밑에 있는 팀원들에게도 주지 않았다.

두 번째는 신입사원은 자신에 대한 가치를 스스로 쉽게 낮추어 버렸다. 자신이 손해보고 있다는 생각은 물론이고, 자신을 비하했다. 그러나 L대리는 늘 자신감에 차 있었다. 실수를 해도 실수를 인정했고, 지금보다 더 잘할 수 있다는 말로 직원들을 격려했다. 그러니 직원들이 모두 그를 믿고 따를 수밖에 없는 것이다.

1년에 한 번씩 공채로 사원을 채용할 때도 있지만 때에 따라서는 현업에서 필요한 인원을 본부와 협의해서 채용하는 경우도 있다. 어느 날 영업사원을 채용하는 면접에서 아주 특이한 이력서가 눈에 띄었다. 이력서에 쓰인 경력 란에는 한두 곳 정도로 그것도 아주 짧게 직장을 다녔다고 기록되어 있었다. 그런데 놀라운 것은 그 경력 란 아래에 그동안 면접 본 곳을 모두 적어 놓았는데 무려 서른 군데 넘게 기록이 되어 있었다. 그것도 맨 마지막 칸까지만 기록되고 끝이 났다.

필자가 궁금해서 물었다,

"경력이 두 군덴데 어떻게 금방 들어갔다가 퇴사를 했습니까?"

"제가 들어갔던 회사들이 들어간 지 얼마 되지 않아 모두 도산을 하고 말았습니다. 그래서 할 수 없이 나올 수밖에 없었습니다."

궁금한 것은 그 아래에 있는 무려 서른 군데나 넘는 면접 이력이었다.

"왜? 면접한 곳을 이렇게 모두 적어 놓았습니까?"

그러자 그가 이렇게 대답했다.

"사실은 제가 그동안 이력서를 넣어서 면접한 곳은 50군데가 넘습니다. 이력서에 적는 칸이 더 없어서 다 쓰지를 못했습니다. 제가 그렇게 면접한 곳을 적은 이유는 저에게 무슨 일이라도 맡겨 주신다면 잘해 낼 수 있다는 믿음을 보여 드리기 위해서입니다. 저를 뽑아만 주신다면 틀림없이 잘해 내겠습니다. 부탁드립니다."

필자와 면접관들은 더 이상 말이 필요 없었다. 가장 높은 점수를 받은 것은 두말할 나위 없다. 그리고 실제로 다른 직원들보다 실적이 뛰어나서 얼마 가지 않아 반장으로 그리고 독립영업소 소장으로 발탁이 되었고 나중에는 정식 사원으로 승급이 되는 기회를 가질 수 있었다.

나중에 기회가 있을 때 그때 일이 생각이 나서 한번 물어보았다.

"어떻게 그렇게 번번이 다른 면접에서 탈락을 했으면서도 웃을 수 있었습니까?"

그러자 그는 뭘 그런 걸 같고 그러냐는 듯이 대수롭지 않게 말했다.

"그때 그렇게 수십 번을 떨어지고 나니까 처음에는 많이 힘들었지만 나중에는 더 용기가 생겼습니다. '이번이 아니면 다음에는 분명히 기회가 될 거야'라고 생각했습니다. 그러니 웃을 수 있었습니다."

12척의 조선 수군과 330척의 왜군들이 싸운 명량해전을 소재로 한 영화 〈명량〉이 한국영화 흥행사를 다시 쓰는 놀라운 흥행을 남기며 막을 내렸다. 영화의 대표 대사로 한국사에 회자대는 말이 바로 이 말이다. "신에게는 아직 열두 척의 전선이 있습니다. 죽을 힘을 다하여 막아 싸운다면 오히려 할 수 있는 일입니다今臣戰船尚有十二금신전선상유십이, 出死力拒戰출사력거전, 則猶可爲也칙유가위야." 선조 임금에게 올린 이순신 장군의 장계를 보면서 무조건 강해야만 힘이라는 현실 속에서 자신이 약하다는 것을 비관하지 않고 스스로에게 용기를 주는 것이야말로 어떤 힘보다 중요하다는 것을 느낀다. 백척간두의 위기 속에서 의연함을 잃지 않았던 장군이 오늘 우리 청춘들에게 무슨 말을 할까?

"약해지지 마라, 싸워볼만한 싸움이다."

약해지지 마라.
싸워볼만한 싸움이다.

나만의 캐릭터를 만들고 차별화하라

"잘하는 게 뭐에요?", "특기가 뭐에요?"라는 질문을 한번쯤은 받아 봤을 줄 안다.

필자도 어릴 때 초등학교를 다니기 시작하면서부터 중학교, 고등학교를 졸업하고 직장에 다닐 때까지 가장 많이 받았던 질문 중의 하나다.

나는 그럴 때마다 "그림을 잘 그립니다.", "미술이 특기입니다."라고 서슴없이 대답했다. 왜냐하면 다른 것은 몰라도 그림 그리기 하나만큼은 잘해 낼 자신이 있었기 때문이다.

그러나 그림을 아무리 잘 그려도 이름이 알려지지 않으면 아무 소용이 없다는 것을 깨닫게 되었다. 나는 가정 형편 때문에 상업고등학교에 진학해서 직장 생활을 했다. 학교에 다니면서도 그림으로 평생을 먹고 살아야 되겠다는 생각은 없었다. 아는 친구들 중에는 고등학교를 졸업하자마자 바로 미대에 진학한 친구들도 더러 있었다. 그래도 나는 그들이 부럽지 않았다. 왜냐하면 그때가지만 해도 그림은 잘 그리기만 하면 되지 굳이 그렇게까지 할 필요를 별로 느끼지 못했기 때문이다.

'흰색의상' 하면 떠오르는 인물이 있다. 지금은 고인이 되신 '앙드레 김' 선생이다.

고인은 생전에 '흰색은 앙드레 김'이라는 인식을 사람들에게 각인시켰다. 그는 늘 사람들 앞에 설 때마다 흰색 옷을 입었다. 흡사 흰색이 그의 점유물로 느껴질 정도로 흰색에 대한 집착이 강했다.

어릴 때 그는 그림 그리기를 좋아했다. 친구들과 어울려 놀 때에도 막대기로 땅에 그림을 그리면서 놀았다. 그러던 어느 날, 동네에서 열린 전통혼례를 구경하게 되었는데, 그때 그는 거기서 신부가 입은 고운 한복에 마음을 빼앗겼다. 그날 이후로 그는 옷에 대한 관심이 많아졌다. 학교 미술 시간에도 옷을 그렸다. 여자도 아닌데 무슨 옷 그림이냐고 선생님께 핀잔도 들었다.

청년이 되어서 그는 패션 디자이너가 되기로 마음을 굳혔다.

"사내자식이 장차 큰일을 해야지 여자처럼 옷이나 만지작거린다고? 이런 미친 놈!"

그러나 그는 아버지의 반대에도 불구하고 패션 디자이너가 되었다. 그리고 오랜 시간이 지난 후 그는 '남자 패션 디자이너 1호'라는 타이틀이 그의 이름 앞에 붙었고, 세간의 화제가 되었다.

그러자 많은 연예인들이 그의 의상실을 찾았고 1966년 파래 패션쇼를 시작으로 사람들에게 디자이너로서 그의 명성이 알려지기 시작했다.

그때 앙드레 김이 생각해 낸 것이 자신만의 이미지 연출이었다, 그것은 바로 '화이트'였다. 그는 대중들에게 자신의 존재를 각인시키기 위해 흰색을 선택했다. 갈색이나 검정색 정장은 다 없앴다. 오로지 흰색 의상만 입고 다녔다. 사무실 인테리어도 흰색으로 바꿨다. 타고 다니는 자동차도 흰색을 선택했다. 그는 하루에 2~3번씩 옷을 갈아입었다.

그는 한 인터뷰에서 이렇게 말했다.

"흰색이 아닌 색깔은 저와 연결시킬 수 없게 만들 겁니다."

이름은 금세 잊히지만 별명은 쉽게 잊혀지지 않는다. 학창시절의 친구들의 이름은 다 기억하지 못하지만 별명을 말하면 금방 기억이 되살아난다. 사람들이 나하면 떠오르는 나만의 캐릭터가 필요하다. 자기 캐릭터가 있다는 것은 사람들에게 자신의 존재를 확실히 인식시켜 줄 수 있다는 것을 의미한다. 개그맨들도 웃기는 것만으로는 만족하지 못한다. 그렇기 때문에 늘 유행어를 만들려고 노력한다. 사람들이 자신의 이름은 모르지만 유행어를 통해서 자신을 알게 되기를 원한다.

취업포털사이트 스카우트가 직장인 406명을 조사한 설문에 따르면 응답자 가운데 66%는 '적당한 존재감을 가져야 오히려 길게 살아남

을 수 있다'고 답했고, '성공과 직결되는 만큼 무조건 존재감을 높여야
한다'는 답도 30.3%나 됐다.

기억하겠지만 삼성전자와 LG전자당시 금성사는 늘 경쟁해 왔다. 그러
나 초기의 삼성전자는 브랜드 이미지나 제품 인지도에서 LG전자에 훨
씬 못 미쳤다. 회사 설립일삼성전자: 1969. 1, LG전자 1958. 10만 보아도 충분히
짐작할 수 있다. 그렇기 때문에 그 아성을 깨고 우위에 선다는 것은
특별한 이변이 없는 한 불가능한 일이었다.

그때 삼성이 내세운 전략이 바로 '서비스 속도'였다, 그 당시 서비스
는 고쳐주기만 하면 되는 것으로 인식되던 시절이었다. 서비스 직원이
와서 수리해주는 것으로만 만족하던 소비자들에게 '빠른 서비스'는 금
방 소비자들의 마음을 흔들었다. 거기다가 친절까지 더하니 날개를
단 격이었다. 필자가 지사 마케팅부에 있을 때도 가끔 며칠씩 서비스
에 나가 순회 근무를 한 적이 있는데, 확연히 속도 면에서 차이가 났
다. 소비자들의 반응도 삼성하면 '서비스'를 생각했고, 나중에는 기술
력과 품질까지 더하니 얼마 지나지 않아 판도가 바뀌게 되었다.

캐릭터는 곧 다르다는 것을 의미한다. 얼굴도 같은 얼굴이면 사람들
이 잘 모른다. 그러나 미소가 유난히 돋보인다던지, 눈이 크다든지, 말
에 힘이 있다든지 하면 금방 알게 된다. 그래서 기업에서도 신 모델을
계속해서 출시를 하는 것이다. 남들과는 다른 생각을 가져야 한다.

필자가 마케팅부에서 기획안을 만들 때의 일이다. 그 당시 판매되는

제품 중에 세탁기가 경쟁사에 비해 열세에 있었다. 대리점마다 아무리 전단지를 뿌리고 현수막을 걸고 광고를 해대도 매출은 나아지지 않았다. 그때 우연히 한 대리점에 상담차 들렀는데 세탁기 옆에 빨간 고무장갑이 눈에 띄었다. 나는 그것을 보는 순간 무릎을 탁! 쳤다. "그래 바로 이거야!" 내가 생각해 낸 것은 고무장갑 안에 공기를 넣어 부풀게 해서 묶고 그것을 세탁기 안에 있는 회전판에 부착해서 마치 사람의 손이 물살을 회전시키는 것처럼 보여주는 것이었다. 그때만 해도 그런 시연이 없었다. 단순히 제품을 진열해 놓고 보여주고 하는 게 대부분이었다.

즉시 전 영업망 대리점에 똑같이 시연을 하도록 했다. 그리고 그것을 본 고객들의 반응은 놀라웠다. 모두들 세탁기 뚜껑을 열어보면서 탄성을 질렀다. 눈으로 물살이 회전하고 있다는 것을 고무장갑을 통해서 확인할 수 있었기 때문이다.

"저는 모험을 즐기며 삽니다. 저는 평생 충만하기를 원합니다. 저는 큰 꿈을 꾸기 위해 삽니다. 저는 불가능해 보이는 일을 합니다. 남들이 할 수 없다는 반응을 보일 때 제 반응은 딱 한가지입니다. 'Why not?' 제가 팔과 다리가 없이 태어났다고 해서 위대한 일을 이룰 수 없는 것은 아닙니다. 저는 제 삶에 주어진 모든 것을 사랑합니다. 저는 활기차고 열정적으로 살고 싶습니다."

양팔과 다리가 없이 얼굴과 몸통만 가지고 태어난 닉 부이치치가 한 말이다. 그는 자신의 장애를 비관하며 무려 세 번이나 자살을 시도 했다고 한다. 그러나 지금 그는 활기차고 열정적으로 살고 있다. 높은 다이빙대 위에서 뛰어내리고, 스케이트보드를 타고, 서핑을 하고, 드럼을 연주하고, 수많은 이들과 트위터를 하고, 컴퓨터를 하고, 스마트폰을 하고, 글을 쓴다. 닉 부이치지는 세상 누구보다 커다란 장애를 가지고 태어났지만, 지금은 베스트셀러 작가이자 세계에서 가장 영향력 높은 명강연가로 누구보다 멋진 인생을 살고 있다.

닉 부이치지의 성공 비결은 남들이 할 수 없다고 할 때 "Why not?"이라고 답하며 시도하는 것이었다. 평범함에서 자신을 찾기란 쉽지 않다. 그러나 닉 부이치지와 같은 사람들을 볼 때마다 늘 느끼는 것이지만 우리는 아직도 여전히 많은 것을 가지고 있다는 생각이다. 생각하기에 따라서 무한한 가능성을 가질 수 있는 것이다.

자신에 대해 존중할 줄 아는 마음을 가져야 한다. 내가 내 자신을 어떻게 평가하느냐 하는 것은 행동이나 하고자 하는 일의 범위를 결정하는 것이기 때문에 매우 중요하다.

동네에서 '대영이 할머니'라고 하면 모르는 사람이 없었다. 할머니는 장구를 잘 치셨다. 동네 잔치가 있는 자리에는 늘 할머니가 계셨다. 더운 여름날 하얀 모시 저고리를 입으시고 할머니는 큰 장구를 한쪽 어깨에 비스듬히 메시고 장구를 치셨다. 손에 쥐인 장구채가 움직일 때마다 소리는 흥이 났다. '덩 더 덩더 쿵, 덩 더 덩더쿵' 장구 가락은 빨라지기도 하고 느려지기도 하고 그렇게 몇 시간이고 잔치가 끝날 때까지 할머니는 장구를 치셨다. 할머니의 콧잔등에 송골송골 땀이 맺혔다. 나를 보고 할머니가 활짝 웃으셨다. 맏손자인 내게 베풀어주신 할머니의 사랑이 남달랐다. 할머니는 그렇게 잔치가 끝나면 잔치 집에서 잔치 음식을 한 가득 얻어 오셨다.

할머니는 한쪽 다리가 무릎 아래가 없는 장애를 가지고 사셨다. 오래전에 시집와서 얼마 지나지 않아 전차에 다리를 다치셨다고 했다. 할머니는 늘 목발을 짚고 다니셨다. 그 몸으로 서울에도 가셨고, 시골로도 다니셨다. 할머니가 장구를 치시는 모습은 늘 아름다웠다. 마당 한 가운데 서서 흰 옷을 입으시고 덩더 쿵 장구를 치시는 모습이 늘 눈에 아른거린다. 할머니는 증손주를 보시고 몇 년 지난 뒤에 돌아가셨다. 할머니는 아무것도 부끄러워하지 않으셨다. 사람들은 할머니의 장구 소리를 오래도록 기억했다.

사람들이 원하는 것은 나만이 가진 내 이야기다. 그 한 가지에 집중을 하고 최선을 다하면 된다. '이것 하나는 내가 제일이다'라고 어필할 수 있는 증거를 보여줘라. 살펴보면 쓸모없는 것이 없다. 내가 어떻게 생각하는가에 따라서 달라진다. '나도 할 수 있을까?' 하는 마음의 벽을 허물어야 한다. 필자의 할머니도 그렇게 사셨다. 닉 부이치치도 그렇게 살고 있다. 세상에는 그 어떤 것도 한세가 될 수 없다. '당신은 존재 자체로 이미 작품입니다.'라는 말에 귀를 기울이라. 인생은 똑똑한 사람의 점유물이 아니라 똑똑하다고 생각하는 사람들의 것이다.

'이것 하나는 내가 제일이다'라고
어필할 수 있는 증거를 보여줘라.

불안한 것은 미래가 아니라 '나'라는 사실 때문이다

2013년 초, 아침 6시도 안된 시간인데 삼성전자 서초사옥에는 그룹 미래전략실 직원들과 임원들이 속속 모여들었다. 미국 라스베이거스에서 개최된 CES 2013글로벌 가전 전시회을 참관하고 막 돌아온 삼성전자 부회장과 사장 역시 그 속에 있었다. 여독을 풀기도 전에 업무 보고와 회의가 열렸다. 삼성전자는 지난해 거둔 경이적인 실적을 축하하기는커녕 이건희 회장의 신년사를 통해 위기의식을 강조했다.

"중국은 경제대국으로 성장했고, 일본의 기술력은 여전합니다. 이런 상황이라면 10년 안에 삼성의 모든 사업이 사라져 버릴지도 모릅니다."

CES 이후 위기감이 더욱 짙어졌다. 세계 전자업계의 기술력과 트렌

드를 보여주는 이 전시회에서 일본과 중국 업체들의 공세가 예상을 뛰어넘었던 것이다. 일본의 소니는 위기라고 하지만 뛰어난 사양의 차세대 제품을 내놓았고, 파나소닉과 샤프 역시 새로운 기술을 선보였다. 중국의 추격 속도 역시 놀랄 정도였다. 짝퉁의 나라에서 기술력으로 승부하는 나라가 되고 있었다. 저가, 저사양은 옛말이 된 지 오래였다.

이건희 회장의 멘트가 바뀌기는 했지만 삼성은 여전히 '10년 후 삼성'을 이끌어 갈 아이템을 찾고 있다. 생각해 보면 삼성, LG, 현대, SK 등 대기업마다 '미래전략실'을 두고 있다. 부서의 이름은 조금씩 달라도 하는 일은 모두 같다. 앞으로 기업을 이끌어 갈 미래 동력, 미래 사업의 아이템을 찾는 것이다.

프랑스의 시인이자, 비평가, 사상가였던 폴 발레리Paul Valery는 "생각하는 대로 살지 않으면 사는 대로 생각하게 된다"라고 말했다. 나에 대한 생각, 나에 대한 그림이 없이 그냥 살면 지금은 당장 아무런 문제가 없지만, 나도 모르게 1년을 그렇게 살고, 10년, 20년을 그렇게 살면 달라지는 것은 아무것도 없는 것이다. 마치 연구실 비이커 안에서 물이 데워져 오는지도 모르고 서서히 죽어가는 개구리와 같다.

사람들이 '지금 나의 삶은 어떤가?' 하는 질문을 하지 않고 살고 있다. 나 역시도 마찬가지였다. 겨우 한다는 게 신년도가 되면 새로 구입한 다이어리에 기념일을 찾아 표시하고 중요한 것을 메모하고 하는 정도였다. 1년에 대한 생각밖에 없었던 것이다.

내가 지금 이 글을 쓰는 이유도 여기에 있다. 인생의 주인공은 나인데 나를 방치하고 사는 청춘들이 많기 때문이다. 너무 쉽게 꿈을 포기하고, 인생 될 대로 되라는 식으로 사는 청춘들이 많다. 그런 청춘들을 볼 때마다 늘 안타깝다. 학교를 다녀도, 공부를 해도 이유가 있어야 한다. 목적이 있어야 한다. 먹기 위해 사느냐? 살기 위해서 먹느냐? 하는 아무 의미 없는 질문은 하지 않았으면 한다. 어느 가수가 노래한 것처럼 '내 인생은 나의 것'이지 남의 것이 결코 아니기 때문이다.

성공학의 대가인 브라이언 트레이시Brian Tracy는 "당신은 당신 운명의 건축가이고, 당신 운명의 주인이며, 당신 인생의 운전자이다. 당신이 할 수 있는 것, 가질 수 있는 것, 될 수 있는 것에 한계란 없다"라고 말했다. 우리 인생은 다른 사람에게 맡길 수도 없고, 맡겨서도 안 된다. 실패를 해도 내가 하고, 성공을 해도 내가 하는 것이다. 이왕이면 성공하는 인생들이 되었으면 한다. 그렇게 되기 위해서는 성공을 위한 인생 로드맵이 있어야 한다.

인생을 살다보면 불안하기는 마찬가지다. 청춘이라고 불안하고, 어른이라고 불안하지 않는 것이 아니다. 청춘만 아픈 것이 아니다. 서른도 아프고, 마흔도 아프기는 마찬가지다. 쉰 살이라고 아프지 않은 것이 아니다. 스무 살 청춘이 가장 많이 아픈 것은 평생의 진로를 결정하는 중요한 시기이기 때문이다. 그렇기 때문에 불안하고 더 아픈 것처럼 보이는 것이다. 다만 어른은 살아오면서 인생의 여러 과정을 겪었기 때문에 적어도 똑같은 일을 다시 경험할 때에는 불안감이 처음보다는 많이 줄어든다. 피할 수 있는 방법을 알고, 해결해 나가는 방법을 많이 알고 있기 때문이다. 마치 택시를 운전하는 기사 아저씨들이 길이 막히면 옆 길로 빠져나가는 것과 같다. 많은 길을 다녀본 경험이 있기 때문이다. 어른들도 청춘의 터널을 지나온 경험이 있다.

직장에 처음 들어가면 '수습기간Probation'이라는 것을 거친다. 처음 들어가는 직장은 모든 것이 낯설기만 한다. 모르는 것 투성이다. 학교 에서 배운 것과는 많이 다르다. 그게 사실이다. 시간이 지나면서 학교 에서 배운 것은 학문에 불과하구나 하는 생각을 많이 하게 된다. 그렇 기 때문에 신입사원의 경우에는 실수도 많고 허점도 많다. 그러나 크 게 나무라지 않는다. 왜냐하면 충분히 그럴 때이기 때문이다. 갓난아 기가 이제 막 걸음마를 배울 때에 넘어지고 일어서는 것과 같다. 그렇 게 하면서 일을 배워 나가는 것이다.

나는 신입사원 시절 회사 지하실에 있는 서류고에서 많은 시간을 보 냈다. 거기에 가면 여러 종류의 서류들이 산더미처럼 쌓여 있다. 마치 도서관의 서가처럼 놓인 진열대에는 각종 품의서는 물론이고, 보고서, 기안서, 각종 영수증과 외국 바이어들과 주고받은 텔렉스컴퓨터와 인터넷이 보급되기 전에는 전화국 회선을 통하여 전보처럼 주고받았다 내용들로 가득 차 있었다. 그 것들은 나에게 일을 가르쳐 주는 스승이었다. 아마도 나를 맡아서 교 육시키던 선배는 그것 때문에 그 일을 맡겼던 것 같다.

그렇게 먼지를 마셔가며 서류더미와 같이 몇 달을 보낸 후 나는 많 은 것을 알게 되었다. 나는 일을 하면서 서류고에서 봤던 내용들을 생 각하면서 일을 해결해 나갔다. 모르면 다시 서류고에 내려가 그 서류들을 찾아보기도 했다. 다음해 신입사원들이 우리 부서에 왔을 때 나 역시 그들에게 내가 경험한 것을 똑같이 경험하게 했다. 우리는 그렇게 일을 배워나갔다.

영국의 주간 경제지 〈이코노미스트〉가 컨설팅회사 부즈앤컴퍼니의 보고서를 인용해 발표한 내용에 따르면, 2011년도 연구개발비R&D, Spending 1,000개 기업 중 1위가 일본의 토요타 99억 달러10조 7,910억 원, 2위 스위스 제약회사인 노바티스 96억 달러10조 4,640억 원, 3위 스위스 제약회사 로슈홀딩 94억 달러10조 2,460억 원, 4위 미국의 제약회사 화이자 91억 달러9조 9,190억 원, 공동 5위가 미국의 마이크로소프트 90억 달러9조 8,100억 원, 삼성 90억 달러9조 8,100억 원라고 한다.

기업도 불확실한 미래를 위해 이처럼 막대한 금액을 연구개발비로 투자한다. 준비가 되어 있으면 불안하지 않다. 두려워 할 필요도 없다. 지금 당장 눈앞의 편안함만 추구해서는 안 된다. 그것으로 만족해서도 안 된다. 미래를 위해서 현재를 투자할 수 있어야 한다.

청춘은 투자하는 시기이지 거두는 시기가 아니다. 지금은 불안한 것이 맞다. 나도 그런 터널을 지나왔다. 그러나 터널도 언젠가는 끝이 있다. 나도 성공할 수 있다는 자신감을 가지자. 나는 오늘도 청춘들을 믿는다.

지금 당장 눈앞의 편안함만 추구해서는 안 된다.
그것으로 만족해서도 안 된다.
미래를 위해서 현재를 투자할 수 있어야 한다.

내 안에 잠자는 거인을 깨워라

인생을 살아가면서 우리는 가치 있는 삶에 대해 꿈을 꾼다. 그리고 그것이 이루어지기를 갈망하면서 언젠가는 꼭 누리리라 다짐하면서 산다. 그러나 예상치 않은 좌절을 겪으면서 꿈을 붙잡는 힘이 약해진다. 심한 경우에는 더 이상 붙잡지 않는다. 의지마저 잃은 채 자신의 능력에 대한 확신까지 잃어버리고 만다. 그렇기 때문에 살아가면서 '단 하나만'이라도 실행에 옮기고 성과를 내는 사람들을 보면 참 부럽다는 생각이 든다. 다른 사람들은 아무리 해도 안 된다고 하는데, 어떻게 그렇게 찾아서 할 수 있을까?

전 세계 540개가 넘는 호텔 지점을 갖고 있으며, 직원 10만 명이 일하는 거대호텔 힐튼을 창립한 콘래드 힐튼Conrad Hilton. 글씨도 쓸 줄 몰랐던 청년이 세계적인 호텔 부호가 되었을 때 수많은 기자들이 그에게 성공의 비결을 물었다. 그러자 콘래드 힐튼은 옆에 있던 쇠막대기를 집어 들고는 이렇게 말했다. 그 막대는 단돈 몇 센트면 살 수 있는 평범한 것이었다.

"지금은 단지 쇠막대기일 뿐이죠? 하지만 이것을 불에 달군 뒤 두들겨 말발굽을 만들면 두 배의 돈을 벌 수 있습니다. 거기에 더 세밀하게 가공을 해서 바늘과 같은 제품을 만들면 열 배를 받을 수 있고, 시계의 정교한 부속품을 만들어 팔면 다시 열 배 즉, 처음 것의 100배 이상의 돈을 벌 수 있죠."

그리고는 들었던 쇠막대기를 내려놓으며 기자들을 향해 말했다.

"성공은 행동과 관련이 있습니다. 성공하는 사람들은 계속해서 움직이고 또 움직입니다. 물론 그들도 가끔 실수를 하지만, 절대 중단하는 법이 없습니다. 그리고 벨 보이 시절, 나보다 일을 잘하는 사람도 많았고, 나보다 경영능력이 뛰어난 사람도 많았습니다. 하지만 자신이 호텔을 경영하게 되리라 믿은 사람은 나 혼자뿐이었습니다. 사람들은 스스로를 과소평가하고 자신의 가능성을 믿지 못합니다. 꿈을 가지십시오. 그리고 실행 하십시오."

빅터라는 아이가 있었다. 말투가 조금 어눌하고 수줍음이 많아서 사람들 앞에 나서기를 싫어하고 항상 주눅이 든 모습 때문에 늘 아이들에게 따돌림을 당하며 살았다. 어느 날 학교에서 IQ테스트를 받게 되었는데 결과는 놀라웠다. 무려 173이라는 숫자가 나왔던 것이다. 그러나 선생님은 그 숫자를 믿지 않았다. '아마도 잘못된 것일 거야.'라는 생각에 첫 번째 자리를 지워 버리고 73이라고만 써서 알려주었다. 아이들은 그런 빅터를 '바보 빅터'라고 부르며 놀렸다. 빅터 역시 자신이 바보라는 생각을 가지게 되었고 점점 용기를 잃어갔다.

그러던 어느 날 비터에게 우연한 기회가 찾아왔다. 도로가의 광고판의 수학 공식을 무심코 풀게 되었는데, 이것이 계기가 되어 창의력 있는 직원을 원하고 있던 에프리사에 입사하게 되었다. 빅터는 새로운 일을 얻었다는 것에 용기를 얻고 자신도 무언가를 할 수 있다는 생각을 가지게 되었다. 그러나 자신의 과거가 밝혀지면서 회사에서 바보라고 찍히며 그만두게 된다. 그리고 떠돌이 생활을 하게 된다. 그러나 그렇게 상실감에 빠져 있던 그에게는 항상 자신을 믿어주던 레이챌이라는 선생님이 있었다. 빅터가 바보가 아니라는 것을 끝까지 믿고 또 그것을 빅터 스스로 깨우칠 수 있도록 많은 용기를 안겨 주었다. 레이챌 선생님의 끊임없는 노력 덕분에 빅터는 자신이 바보가 아니라는 사실과 자신의 IQ가 잘못된 것이라는 것을 알게 된다.

빅터는 그때부터 그동안의 상처를 치유하기 위해 노력하게 되고, 새로운 긍정과 희망으로 미래를 계획하게 된다. 항상 자기 자신에게 믿음이 없고, 부정적이었던 자신의 모습이 오히려 평범한 삶조차 가로막고 있다는 사실을 깨닫게 된다.

호아 킴 데 포사다의 《바보 빅터》에 나오는 빅터의 실제인물은 국제멘사협회 빅터 세레브리아코프 회장을 가리키는데 그가 한 강연에서 이렇게 말했다.

"콘래드 힐튼(호텔 힐튼 창업주)은 많은 사람들이 성공하지 못하는 이유를 스스로 과소평가하기 때문이라고 했습니다. 우리는 콘래드 힐튼의 쇠막대기처럼 무한한 가능성을 갖고 있습니다. 절대로 우리의 가치는 정해져 있지 않습니다. 몇몇 사람들은 제가 IQ가 높기 때문에 성공했다고 말합니다. 하지만 여러분도 아시다시피 저는 17년 동안 바보로 살았습니다. 아무리 뛰어난 재능을 지닌 사람도 자신을 과소평가하면 재능을 펼치지 못합니다. 자신이 말굽밖에 될 수 없다고 생각하면 진짜 바보가 되는 것입니다. 콘래드 힐튼은 또 이렇게 말했습니다. "남의 재능을 부러워하지 말고 자기가 가진 재능을 발견하라." 당신의 가치는 당신 자신이 만드는 틀에 의해 결정됩니다. 우리는 숫자로 가늠할 수 없는 능력을 가지고 있습니다. 해보지도 않고 절대 자신의 능력을 재단하지 마십시오. 자신을 믿으십시오. 그러면 행동도 위대하게 변하게 될 것입니다. 때때로 현실은 여러분의 기대를 배반할 것입니다. 앞으로 여러분은 몇 번의 고배를 마실 것이고 그때마다 스스로에 대한 실망감이 밀려 올 것입니다. 하지만 마지막까지 자신의 가능성을 의심해서는 안 됩니다. 의기소침해 지거나 미래에 대한 불안함이 찾아올 때마다 17년을 바보로 살았던 빅터 로저스의 인생을 기억해주시기 바랍니다. 세상에서 가장 멍청했던 남자의 이야기를 들어주

서서 감사합니다."

《연금술사》의 저자 파울로 코엘료는 "인간은 너무나 쉽게 꿈을 포기한다. 그러나 우주는 늘 인간이 꿈을 이루도록 도와줄 준비가 되어있다"고 말했다.

나는 청춘들이 꿈을 이루고 싶다면 무엇이든지 너무 일찍 포기하지 않았으면 한다. 청춘 때에 너무 일찍 포기하는 습관을 가지면 자신의 일을 찾기도 전에 자신의 한계를 스스로 작게 만들어 버리고, 자신의 존재와 그 가능성까지 약해지고 만다. 빅터가 바보 빅터로 오랫동안 살아야만 했던 이유는 '나는 다른 아이들보다 못해', '할 수 있는 게 없어'라고 자기 존재와 능력을 부정했기 때문이다. 그것은 세상 역사라고 크게 다르지 않다. 사람들은 다음과 같이 생각했다.

'시속 30마일 이상의 속도로 여행하면 사람들은 질식하고 말 것이다.'1840년

'달에 가는 것은 불가능하다. 그것은 어리석은 생각일 뿐만 아니라 근본적으로 불가능한 일이다.'1930년

'인간의 비행을 실현시키는 실제적인 기계의 조립은 불가능하다.'1901년

믿기 어렵겠지만 실제로 당시 신문들에 실린 기사의 헤드 카피들이다. 그러나 지금은 모든 것이 현실에서 이루어졌다. 사람들은 자신의

단점을 알고 있다면서, 살면서 경험했던 실패의 경험을 근거로 스스로를 한계라는 감옥에 가두어 버린다. 자신의 능력을 평가절하하고 스스로를 멈춰 버린다. 아쉽지만 그런 일들은 역사 속에서 수없이 있어 왔다. 그러나 사람들은 다시 역사를 써야 했다. 왜냐하면 안 된다고 믿었던 일들이 이루어졌고 바뀌었기 때문이다.

소셜미디어를 통해 많은 사람들과 적극적으로 교류하고 있는 베스트셀러 작가 이외수도 오늘날 수많은 독자와 팬들의 열렬한 지지와 사랑을 받고 있지만 지금처럼 부와 명성을 얻기까지 말로 표현하지 못할 엄청난 시련의 과정을 겪었다.

그가 겪은 일화 중에 '감옥 철문'이라는 유명한 에피소드가 있다. 젊은 시절, 무명에 가까웠던 그는 결혼은 했지만 수입이 거의 없었던 탓에 지독한 생활고에 시달려야만 했다. 그러던 중 어느 순간, 계속 이렇게 살 수 없다고 생각한 그는 목표를 하나 세웠다. 그 목표는 최고의 소설을 한편 쓰는 것이었다. 구체적인 목표가 정해지자 그는 오직 글 쓰는 일에만 전념하기 위해 아내에게 감옥 철문을 하나 만들어 달라고 부탁했다.

며칠 후, 이외수의 아내는 철공소에 주문하여 진짜 철문을 만들어 왔다. 그는 그 철문을 집에 설치한 다음 마치 죄수처럼 철문 밑구멍으로 아내가 넣어주는 밥을 먹으면서 미친 듯이 글을 썼다. 그렇게 철저히 자신의 욕망을 억제하고 정신이 나태해질 때마다 스스로에게 모질게 채찍질을 가하며 글 쓰는 일에 몰입한 결과 탄생한 소설이 바로

《벽오금학도》였다. 이 작품을 계기로 이외수는 대중으로부터 많은 사랑을 받게 되었다.

이외수처럼 우리 안에도 엄청난 거인이 살고 있다. 그 거인은 오래전부터 우리 안에 있어 왔다. 그러나 우리는 그 사실을 모르고 있다. 왜냐하면 그 거인은 '능력이 있다' '할 수 있다'는 존재감을 통해서만 바깥으로 나올 수 있기 때문이다. 다시 말해서 그동안 우리는 한 번도 내가 가진 능력에 대해서 후한 점수를 준 적이 별로 없었다. 거인을 깊은 잠에 빠지게 했다. '에이 설마, 내 안에 거인이 있으려고?' '내가 그것을 할 수 있을까?' 하면서 거인을 깨우지 않았다. 거인에게 기회를 주지 않은 것이다. 그러다가 결국에 거인은 힘도 한번 써보지도 못하고 늙고 마는 것이다. 그리고 나중에는 후회한다. '그때 거인을 한 번 깨워보기라도 할 걸?'

우리 내면 안에는 깨어나기만을 기다리는 잠재력이 있다. 두드려도 만들어지지 않는 자신의 모습을 보고 포기하고 싶은 마음도 들 것이다. 아무리 이 모양 저 모양으로 만들려고 해도 도무지 생각처럼 되지 않을 수도 있다. 깎이는 돌조각만 무성하지 어떤 형상도 만들어지지 않는 것을 보고 실망할 수도 있다. 그러나 중요한 것은 그렇더라도 스스로 내 안에 천사가 있다고 믿고 열심히 조각해 나가는 것이나.

청춘들이 청춘이라는 특유의 기질을 잃어버리고 기성 성인들처럼 멋을 내려고 해서는 안 된다. 청춘 특유의 뚝심으로 밀고나가야 한다.

실패해도 좋다는 오기로 밀어붙여야 한다. 벤저민 디즈레일리는 "어떤 것도 분명한 목표를 위해 존재하려는 인간의 의지에 저항할 수 없다"라고 말했다. 할 수 있다는 결단을 내리면 모든 것을 할 수 있다.

우리에게도 충분한 능력이 있고 가능성이 있다. 그것을 받아들이고 꿈을 이루기 위해 노력한다면 분명히 목적지에 도달할 수 있고 완전한 삶을 살 수 있다.

어니스트 헤밍웨이는 "직접 해보기 전에는 아무도 자기 안에 어떤 능력이 있는지 알 수 없다"고 했다. 지금 당장 시작하는 것보다 중요한 일은 없다. 지금 이 순간에도 자신의 능력을 알고만 있는 사람이 있는가 하면, 알면서 즉시 시행하는 사람도 있다. 누구에게 기회가 많겠는가?

내 안에 잠자는 거인을 깨워야 한다. 그동안 너무 오랫동안 돌보지 않아서 힘을 잃고 있을 것이다. 거인이 나오는 순간 많은 적들이 거인을 공격할 것이다. 마치 아마존에 사는 피라니 떼가 동물이 물에 빠지는 순간 일제히 달려들 듯이 예상치 못한 공격들을 접하게 될 것이다.

그러나 그렇더라도 한번 나온 거인을 다시 들어가게 하지 말아야 한다. 한번 겁을 먹고 들어간 거인은 다시 나오지 않기 때문이다. 거인의 힘을 길러야 한다. 싸우는 방법이 서툴지도 모른다. 나도 내 삶에서 거인을 제대로 훈련시키지 못했다. 숨기고 감추고 잠재우면서 산 적이 많았다. 거인을 철창 밖으로 나가도록 해야 한다. 거인이 살아야 내가 살기 때문이다.

"이 세상에 완벽하게 준비된 인간이란 존재하지 않아. 또 완벽한 환경도 존재하지 않고. 존재하는 건 가능성뿐이야. 시도하지 않고는 알수가 없어. 그러니 두려움 따윈 던져버리고 부딪쳐보렴. 너희들은 잘할 수 있어. 스스로를 믿어봐."

바보 빅터에서 레이첼 선생님이 들려주신 말처럼 우리 자신을 한번 믿어 보자. 내 안에 거인이 있다는 사실을 믿어 보자. 이제 그 거인이 나오기만 하면 되는 것이다.

우리 자신을 한번 믿어보자.
내 안에 거인이 있다는 사실을 믿어보자.
이제 그 거인이 나오기만 하면 되는 것이다.

작심삼일이면 어때? 삼일을 해냈잖아

"사랑하는 재면아!

어제 한 일의 결과는 오늘 나타나고, 오늘 한 일의 결과는 반드시 내일 나타나는 것이 우리네 삶이다. 날마다 내가 해야 할 일이고 나날이 내가 가야 할 길인데, 어제 빈둥거리고 게으름을 피웠으면 오늘은 어제의 일까지 더해져 숨 가쁘게 뛰어야 한단다. 그런데 오늘 할 일을 오늘 다 하면 내일은 편안하고 행복하게 새 길을 걷게 되는 것 아니겠니. 매일매일 꾸준히 한다는 것이 아주 쉬운 일 같지만, 사실은 가장 어려운 일이다, 그래서 작심삼일作心三日이라는 교훈이 수천 년 전부터 전해져 내려오는 게 아니겠니. 꾸준히, 성실하게, 오늘 일은 꼭 오늘 하기 바란다."

위의 글은 여성중앙 2014년도 6월호에 '시인 김초혜가 손자 세대에게'라는 제목으로 실린 글을 필자가 옮긴 것이다. 시인 김초혜는 최근 출간된 소설 《정글만리》의 작가 조정래의 부인이다. 그들 사이에는 외아들이 있고 큰 손자의 이름이 재면이다. 그녀는 2008년 1월 1일부터 그해 말까지 하루도 빠트리지 않고 매일 한통씩 손자 재면이에게 편지를 썼다. 제주도에서 뿐만이 아니라, 멀리 캐나다 땅에서도 어김없이 그날분의 편지를 써서 보냈다고 한다.

글을 읽으면 손자 재면이에 대한 할머니 김초혜의 사랑이 얼마나 큰지를 알 수 있다. 하루하루의 삶에 대해 게으르지 않고 꾸준히 최선을 다할 것을 당부하는 모습을 보면서 "인생은 자고 쉬는데 있는 것이 아니라 한 걸음 한 걸음 이기고 걸어가는 그 속에 있다"고 말한 로버트 브라우닝의 말이 생각난다. 대게 행복하게 지내는 사람은 노력하는 사람이라고 한다. 게으름뱅이가 행복하게 사는 것을 보지 못했다. 행복도 노력에 대한 보상의 결과물인 것이다. "삼일을 이기고 견디면 행복이 주어진다"라는 말처럼 말대로 하면 못해 낼 것이 없을 것이다.

생각해보면 나도 살면서 삼일을 채우지 못하고 중간에 포기한 일들이 너무도 많았다. 그 중에서도 어릴 적 집 뒤에 있는 산으로 새벽 공기를 마시면서 등산을 했던 일이 생각났다. 아버지는 시간이 있을 때마다 일찍 일어나서 운동도 하고 등산도 하라고 하시면서 성화가 많으셨다. 그 말을 들으면서 가만히 이불을 덮고 누워 있다가는 더 큰 잔소리를 듣게 마련이었다. 그래서 나는 할 수 없이 이불을 박차고 옷을 챙겨 입고 산으로 등산을 나섰다.

　등산도 봄이나 여름 같은 경우에는 공기가 차지 않아 그래도 괜찮다. 그런데 문제는 겨울 새벽에 맞는 공기였다. 그 공기는 정말로 정신을 번쩍 들게 한다. 날이 어둡기도 하거니와 공기를 쐬면 코끝이 찡하는 것을 느낄 수 있다. 손에 장갑을 끼고 마스크를 하고 무장을 했지만 찬 공기는 옷깃 사이 틈을 뚫고 몸 안으로 스며들었다. 겨울 새벽은 밤이나 마찬가지였다. 혼자 산으로 올라가면 주위에 있는 나무들이 꼭 귀신처럼 느껴져서 얼마나 무서웠는지 모른다. 그러다가 등산을 하는 사람들을 만나면 그렇게 반가울 수 없었다. 그래서 꾀를 내어서 날이 조금 밝거나 산에 등산객들이 조금 많이 다니는 시간을 택해서 산에 오르기도 했다.

　산 정상에 올라가면 약수터가 있었다. 정상쯤 올라가면 어두웠던 새벽 날씨가 조금씩 밝아지기 시작한다. 산 정상에서 산 아래를 내려다보면 온 시내가 한눈에 다 보였다. 서서히 사람들이 일어나기 시작하는지 여기저기 집들 굴뚝에서 흰 연기가 모락모락 피어나기 시작했다. 산에 올라가서 그 광경을 바라보는 것도 괜찮았다. 얼음을 깨고 세수를 하고 내려오면 그 상쾌함은 이루 말할 수 없었다. 그러나 약수 한 바가지를 마시는 것보다, 얼음을 깨고 세수를 하고 정신이 맑아지는 것보다도 더 좋은 게 있었는데 그것은 포근한 이불 잠자리였다.

　처음 시작은 아버지 잔소리에 할 수 없이 시작했지만 그것도 2, 3일을 가지 못했다. 3일째 되는 날에는 핑계를 대고 새벽 등산을 가지 않고 그러다가 4일을 넘기고 5일을 넘기면서 새벽 등산은 막을 내렸다. 3일도 채우지 못하고 포기하고 만 것이다. 그럴 때마다 나는 "꼭 산에 가야만 운동인가? 여기서도 충분히 잘할 수 있는데"라는 말로서 나를 정당화시켰다. 3일을 채우지 못하는 일에는 꼭 이유가 따라 다녔다. 마치 핑계 없는 무덤 꼴이었다.

왜? 3일을 채우지 못하는 것일까? 일본의 이시우라 쇼이치라 교수에 의하면 습관을 바꾸는 일은 뇌 구조가 변해야 가능하고, 그러기 위해서는 최소한 한 달의 반복이 필요하다고 한다. 즉 그의 주장대로 한다면 '작심 삼십일'은 되어야 습관을 고칠 수 있다는 계산이다. 3일도 지키기가 어려운데 30일을 견뎌야 한다니 꿈같은 이야기다.

그러나 내가 이런 일을 겪으면서 생각한 것이 있는데 그것은 3일을 채우지 못하면 어떻게 하나 하는 생각이 아니라, 3일이라도 채워 보자는 생각을 가지고 3일을 대하는 자세다. 3일을 채우는 것과 3일을 채우지 못하는 것은 분명히 다르다. 하루 이틀과 삼일은 분명히 다르다. 3일을 채우면 3일 한만큼 수확이 있는 것이다. 대개의 경우 하루, 이틀은 잘 해낸다. 그러나 경험해 봐서 알겠지만 3일째 되는 날에는 생각이 달라진다.

왜 그럴까? 목표를 3일이 아니라 한 달, 일 년이라는 시간으로 정했기 때문이다. 그래서 3일을 할 수 있음에도 불구하고 1년이라는 시간을 생각하니 너무 길어서 자신이 없는 것이다. 그래서 3일을 채우지 못하는 것이다. 그러나 3일을 목표로 정하면 3일을 채우기 위해 최선을 다한다. 당연히 성공할 수밖에 없다. 비록 남들이 보기에는 시시해 보여도 3일을 채운 사람에게는 큰 의미가 아닐 수 없다.

계획을 세우고 결의를 다지고 행동해야 한다. 그것은 마치 기타를 배우는 것과 같다. 결혼하기 전에 기타를 배우려고 한 적이 있다. 제법 큰마음을 먹고 악기 상가에 가서 최고급의 기타를 구입했다. 마음은 내일이라도 당장 기타를 멋지게 잘 칠 수 있을 것 같았다. 클래식 기타를 구입했는데. 클래식의 중저음 선율이 마음에 들었다. 낮게 깔리는 소리를 들으면 사람들이 감탄을 할 것 같았다. 기타 치는 모습만 상상해도 기분이 좋았다.

첫날은 코드를 잡으며 잘 견뎠다, 기타 줄을 잡느라 손가락이 아팠다. 그래도 이정도 쯤이야 하면서 견뎠다. 둘째 날도 똑같이 기타코드 잡는 것을 반복했다. 기타 줄을 잡을 때마다 아픈 것이 더 심했다. 기타 줄을 잡기 싫다는 생각이 들 정도였다. 기타를 잘 쳐야겠다는 생각보다는 어떻게 하면 손가락이 아프지 않게 할 수 있을까 하는 생각이 먼저 들었다. 그러다가 3일 후부터는 기타를 잡는 시간이 점점 짧아지기 시작했다. 기타를 치다가 손가락이 아프면 아프다는 핑계로 기타를 놓았다. 그 다음날도 마찬가지였다. 그러다가 결국에는 기타 치는 것을 포기하고 말았다. 며칠을 견뎠지만 오래 가지 못했다.

그런데 그 기타를 남동생이 배우기 시작했다. 나중에는 기타 연주를 할 수 있는 수준까지 발전했다. 나는 그 뒤에도 여러 번 시도했지만 그때마다 번번이 며칠을 못가고 물러서고 말았다.

기타를 잘 칠 거라고 생각하면 매일 매일 꾸준히 기타를 잡아야 한다. 손가락이 아프고 물집이 생기는 것을 견뎌야 한다. 처음에는 단순하게 박자만 연습하고, 음계나 연습하지만, 시간이 지나면 달라진다. 꾸준히 연습하면 점차 실력이 쌓이는 것이다. 3일을 넘기지 못하는 사람은 3일만이라도 넘겨보자는 오기를 가져야 한다. 3일을 넘기면 4일을 넘겨보자는 생각을 해야 한다. 4일을 넘기면 일주일을 목표로 잡고, 그러다보면 어느새 익숙해지는 것이다. 공부도 그렇고, 운동도 그렇다. 금연이나 다이어트와 같이 습관과 관련된 모든 것이 그렇다.

20세기 가장 뛰어난 바이올린 독주자라고 알려져 있는 이자크 펄만 역시 단 하루도 쉬지 않고 연습한 결과 얻은 명성이다. 그는 10살 무렵부터 하루에 4시간씩 끊임없이 연습을 했다. 언론과의 인터뷰에서 그는 이렇게 말했다.

"어릴 때는 반복적으로 연습하는 게 정말 싫었습니다. 똑같은 것을 하루에 수 시간씩 연습한다고 생각해보세요. 정말로 넌더리가 납니다. 하지만 그런 고된 연습이 없었다면 지금의 저는 없을 것입니다. 반복적인 연습을 꾸준히 하다보면 경지에 오르게 됩니다. 본능이 되는 거죠. 공연을 할 때 성공하느냐 실패하느냐는 결국 얼마만큼 연습을 했느냐에 달려 있는 것입니다."

연습벌레라면 발레리나 강수진을 빼놓을 수 없다. 언젠가 그녀는 자신을 심심한 사람이라고 말했다.

"아침 6시 30분에 눈을 뜨자마자 가장 먼저 하는 건 가볍게 몸을 푸는 것입니다. 1시간가량 스트레칭을 하고 극장으로 가서 본격적으로 연습을 합니다. 공연이 없을 때는 6시 30분쯤 집에 돌아오고, 공연이 있을 때는 밤 11시까지 연습을 합니다. 다른 일은 하지 않고, 오직 연습만 합니다. 어쩌다 사우나를 하는 거 빼고는요. 제 삶은 참 단조롭습니다. 사실 전 심심한 여자입니다."

심리학자 사이먼스는 국제체스대회에 참석해 좋은 성적을 올리기 위해서는 적어도 10년 동안 체스에 몰입해야 한다고 주장했다. 신경과학자 다니엘 레비틴 역시 '1만 시간의 법칙'이라는 이론을 통해 비슷한 말을 주장했다.

"어떤 분야에서든 최고의 전문가가 되기 위해서는 하루도 빼놓지 않고 3시간 이상 10년 동안 열정을 쏟아 부어야 합니다. 다시 말해서 1만 시간을 투자해야 남들이 감히 넘볼 수 없는 경지에 오를 수 있다는 얘깁니다."

시도하지 않으면 실패는 하지 않겠지만 성공률은 0%다. 아무 것도 하지 않으면 아무것도 남지 않는다. 그러나 3일을 견디면 3%의 성과가 남는다. 인생의 3일을 견뎌라. 남아 있는 인생의 97%를 보장해 줄 것이다. 오늘은 어제의 작은 조각들이 모여서 이루어진 것이다. 성공한 사람들도 3일이라는 시간을 지나왔다. 성공을 꿈꾸기 위해서는 3일에 먼저 승부를 걸어야 할 것이다. "천리 길도 한걸음부터"라고 했다. 거창한 계획을 잡지 말라. 그 대신 부족하지만 꾸준히 계속 할 수 있는 계획을 세워라. 찾아보면 나에게 맞는 계획이 있을 것이다. 그게 성공의 시작이다

부족하지만 꾸준히 계속 할 수 있는 계획을 세워라.
찾아보면 나에게 맞는 계획이 있을 것이다.
그게 성공의 시작이다.

실패해도 주눅 들지 마라

미래학자이자 《새로운 미래가 온다》의 저자인 다니엘 핑크가 2009년 우리나라를 방문했을 때의 일이다. 어느 기자가 한국의 젊은이들에게 해주고 싶은 조언을 구하자 이렇게 말했다.

"계획을 세우지 마라"

무슨 말인가? 계획을 세우지 말라니? 기자가 어리둥절해하자, 그는 이렇게 말했다.

"스무 살에 이걸 하고 다음에는 저걸 하고, 하는 식의 계획은 내가 볼 때 완전히 난센스다. 그대로 될 리가 없다. 세상은 복잡하고 너무 빨리 변해서 절대 예상대로 되지 않는다. 대신 뭔가 새로운 것을 배우고 뭔가 새로운 것을 시도해보라. 그래서 멋진 실수를 해 보라. 실수는 자산이다. 대신 어리석은 실수를 반복하지 말고, 멋진 실수를 통해 배워라."

　세상사는 사람들 누구나 한번쯤은 실수_{나는 여기서 '실패'라고 하겠다}를 해본 적이 있을 것이다. 무엇인가를 시도해 보지만 뜻대로 되지 않고 급기야 실패로 결론지어질 때 마음의 허탈함은 이루 말할 수 없다. 일의 중요성만큼이나 무겁다. 사람들은 그럴 때 충격을 느낀다. 세계적으로 성공한 사람들 중에는 그 성공만큼이나 큰 실패를 경험한 사람들이 많다.

　세계 최대 피트니스 클럽 '커버스'의 창업자 게리 헤이븐도 실패를 경험한 인물이다.

　헤이븐의 어머니는 이혼 때문에 충격을 받아서 허전한 마음을 채우기 위해 폭식을 했다. 헤이븐은 어머니의 마음을 모르는 것은 아니지만 그래도 어머니의 터질 듯한 뱃살과 코끼리에 맞먹는 엉덩이를 볼 때마다 걱정이 앞서는 것은 어쩔 수가 없었다.

　그러던 어느 날 불안한 예감이 적중하고 말았다. 바로 그의 어머니가 갑자기 심장마비로 세상을 떠나고 말았다. 심장마비로 인한 사망이었지만 헤이븐은 비만이 어머니를 죽음으로 몰고 갔다고 확신했다. 어머니의 죽음은 헤이븐을 혼란에 빠지게 했다. 어머니 생각에 눈물이 마를 날이 없었다. 그러다가 그는 생각했다. 반드시 훌륭한 의사가 되어 어머니와 같은 여성들을 꼭 낫게 해야 되겠다고 결심했다. 그리고 세월이 흘러서 헤이븐은 의대생이 되었다. 그는 여성들이 어머니의 전철을 밟지 않기 위해서는 질병이 생기기 전에 미리 예방해야 된다는 확고한 신념을 갖게 되었다. 그래서 그는 영양학자나 피트니스 전문가가 되기로 결심했다.

그리고 그는 마침내 꿈에 그리던 대형 피트니스 클럽을 열었다. 이제 성공하는 길만 남았다는 생각이 들었다. 그리고 예상대로 많은 사람들이 모였다. 너무나 많은 사람들이 몰려들어 하루 24시간이 모자랄 정도였다. 그러나 한두 달이 지나면서 회원 수가 줄기 시작했다. '장비 때문일까?'라는 생각에 더 많은 투자를 했지만 소용이 없었다. 결국 헤이븐은 비싼 임대료와 운영비를 감당하지 못해 망하고 말았다. 그에게 남은 것은 엄청난 빚과 실패라는 멍에뿐이었다.

그는 절망에 빠져 아무 것도 할 수 없었다. 그러나 그는 아내의 격려에 용기를 내어 다시 시작하기로 했다. 그는 실패의 원인부터 찾아보았다. 사람들의 불만이 모아졌다.

"장비에 대한 불만은 없어요, 다만 남자와 함께 운동을 하니 불편했어요. 남자들이 시선이 자꾸 신경 쓰였거든요."

"대형 거울 때문에 운동에 집중할 수 없어요. 거울에 보이는 제 모습을 보면 한숨만 나왔거든요."

회원들의 얘기를 종합해 본 결과 헤이븐은 자신이 실패할 수밖에 없었던 이유를 깨달았다. 그래서 남성을 위한 운동기구나 샤워시설을 없애고 여성들만을 위한 시설을 보완하고 문을 열었다. 그것이 바로 여성 전용 피트니스인 '커버스'인 것이다.

커버스는 1995년 프랜차이즈 1호점을 개설한 후, 지금은 미국에서만 7,000여 개에 이르고, 전 세계 44개국에 10,000여 개가 넘는 클럽으로 성장했다.

최근 미국 시사주간지 〈뉴스위크〉는 '실패를 딛고 일어선 위대한 인물 10인'에 월트 디즈니와 헨리 포드, 발명가 토마스 에디슨 등과 함께 헤이븐을 넣었다.

"실패를 끝이라 생각했다면 지금의 성공은 없었을 것입니다. 실패는 끝이 아니라 기존의 방식과 과거의 삶을 뒤집는 좋은 계기이며 출발점입니다. 즉, 실패는 블루오션으로 가는 과정입니다."

만약 헤이븐에게 회원 수가 줄지 않고 약간의 변동만 있었다면 그는 오늘날의 커버스를 창출해내지 못했을 것이다. 어머니의 죽음과 처음 열었던 피트니스 클럽이 망한 것은 있을 수 없는 일이 아니라 있을 수 있는 일이었다. 그는 거기에서 힘을 잃지 않았고 힘을 얻었던 것이다. 역경은 그에게 에너지가 되었다. 마치 자전거 페달을 열심히 밟으면 자전거 앞에 달린 전구에서 불이 커지듯이, 페달을 밟는 발과 무릎은 힘이 들지만 빛이라는 것으로 자신이 안전하게 앞으로 갈 수 있는 것이다.

주위를 둘러보면 실패하지 않은 것이 없다. 지금 굴러다니는 자동차도 처음부터 완벽하게 도로를 질주했을까? 하늘을 날아다니는 비행기도 처음부터 완벽하게 하늘을 날았을까? 우주선도 처음부터 달에 착륙하였을까? 오늘 성공이라는 것도 수많은 실패의 반복과 연습으로 탄생한 것이다. 일이란 성공할 때도 있고 실패할 때도 있다. 그것이 바로 세상 일이다. 신이 아닌 이상 아무도 일의 성공여부를 장담할 수 없다. 우리는 다만 성공하기를 바랄 뿐이다. 그렇기 때문에 한편으로는 실패할 수도 있다는 마음의 문을 열어 놓아야 한다. 그래야만 실패했을 때도 마음의 여유가 생긴다.

농부는 거름으로 쓰일 자신의 배설물을 결코 함부로 취급하지 않는다. 우리도 각자의 배설물, 우리 자신의 개인적인 실패를 농부의 배설물처럼 귀하게 여겨야 한다. 좋은 거름에서 지독한 냄새가 나듯이 실패에 대한 기억이 너무 괴로워 피하고 싶겠지만 그렇다고 실패의 배설물 더미를 경멸해서는 안 된다. 이 거름 덕분에 새로운 것이 자라기 때문이다.

스키장에 가면 초보 수강생들이 많다. 지금 당장에라도 슬로프에 올라가서 시원하게 멋진 폼으로 내려오고 싶지만 그렇게 하다가는 폼은 고사하고 한 발자국도 못 가서 넘어지고 만다. 스키를 타봐서 알겠지만 넘어지는 것은 쉽지만 긴 스키를 타고 일어선다는 건 여간 어려운 일이 아니다.

그래서 강습 코치는 초보 수강들을 모아 놓고 넘어졌을 때 어떻게 일어서는가를 맨 먼저 가르친다. 넘어지면 그냥 일어서면 된다고 생각하지만 쉽지 않다. 나도 잘 되지 않아 참 민망했다. 넘어지고 일어서

기를 여러 번 연습한 후에야 비로소 슬로프에 올라갈 수 있었다. 올라가서도 넘어지는 것은 여전했다. 그러나 넘어졌을 때 일어서는 연습을 한 덕분에 조금만 움직여도 금방 일어나 설 수 있었다. 나는 그때 넘어지는 실패를 통해서 일어서는 방법을 배울 수 있었다.

괴테는 "내가 사람이었다는 것은 내가 싸우는 사람이었다"라는 뜻이라고 했다.

실패에 대한 두려움은 누구나 가지고 있다. 그러나 실패에 대한 기억이나 생각들을 반복적으로 계속 떠올리면 생각이 건강하지 못하게 된다. 생각은 씨앗과 같아서 좋은 생각의 씨앗을 심으면 좋은 열매, 좋은 나무를 거둔다. 그러나 부정적인 생각이나 원망은 부정적인 결과밖에 거두지 못한다.

환경 때문에 기죽을 필요 없다. 학벌이나 학력 때문에 기죽을 필요 없다. 실패도 마찬가지다. 회계학에서 자산+부채=자본이라고 가르친다. 나는 자산을 성공으로, 부채를 실패로 생각한다. 실패 역시도 훌륭한 자본이기 때문이다. 실패를 두려워하는 성공자들보다 실패도 받아들일 줄 아는 성공자들이 되기를 바란다.

✱

나는 자산을 성공으로 보고,
부채를 실패로 생각한다.
실패 역시도 훌륭한 자본이기 때문이다.

후회하지 않을 인생을 살라

중학교 선생님이 꿈의 중요성에 대해 이야기하기 위해 학생들에게 이렇게 질문했다.

"여러분들이 꿈을 펼치는데 가장 큰 장애요소는 무엇일까요?

그러자 학생들은 쭈뼛거리기만 할 뿐, 쉽게 대답을 하지 못했다. 그러자 선생님은 친절하게 힌트를 주었다.

"자, 잘 생각해보렴. 답은 '자'로 시작하는 네 글자야. 선생님이 생각하는 이 두 가지 장애물은 너희들도 많이 가지고 있는 것이란다."

선생님이 말하려던 두 가지 장애물은 '자기비하'와 '자기부정'이었다고 한다. 그때 한 학생이 천연덕스럽게 대답했다.

"자기부모요!"

최근 방송되는 TV 프로그램 중에 〈용서〉라는 프로가 있다.

친한 사이임에도 불구하고 용서하지 못하고 용서받지 못하는 마음의 감정들을 여행을 통해서 서로 풀어 나가는 내용이다.

36살에 연기자가 되고 싶어 하는 딸과 수 십 년 동안 배를 타면서 선장으로 있다가 은퇴한 아버지와의 갈등이 여행을 통해 소개되었다.

이해하지 못하는 아버지와 이해해 주기를 바라는 딸 사이에 무수한 말들이 오고갔다. 언성이 높아지고 갈등의 골은 깊어만 갔다. 그러다가 딸의 약한 모습 앞에서 아버지의 마음이 조금씩 흔들렸다. 1년 동안 기다려 줄 테니 최선을 다해서 노력해야 한다는 아버지의 말에 딸은 눈물을 흘리고 말았다. 마지막 장면에서 두 부녀는 손을 잡고 멋지게 춤을 추었다. 아버지의 손을 잡은 딸과 딸의 손을 잡은 아버지의 얼굴에서 웃음꽃이 피었다.

옆에서 아내가 "딸의 나이가 36살인데 그 나이에 연기자를 해서 뭐해요?" 하면서 핀잔이다. 나는 대답하지 못했다. 나는 비록 나이가 많지만 36살의 딸에게 마음이 많이 갔기 때문이다. 물론 아버지의 마음도 모르는 것이 아니다. 시집갈 나이에 어쩌겠다는 말인가. 연기자를 하기엔 늦은 나이라는 것도 안다. 그게 일반 상식이다. 그러나 나는 나이가 문제가 아니라 자신이 하고 싶은 일이라면 하도록 해줘야 한다는 생각이 들었다. 살면서 자신이 하고자 하는 일은 나이보다 마음이 중요하다는 것을 느꼈다. 나이가 들어서도 후회하지 않을 일을 하면 좋겠다는 생각이 든다.

청춘들이 묻는 질문 중에 하나가 '이것을 해야 합니까?, 하지 말아야 합니까?' 하는 질문이다.

매 순간이 중요한 그들에게 있어서 선택은 아주 중요하다. 그래서 경험이 있는 어른들에게 많이 묻는 것이다. 나는 그럴 때마다 어느 한 가지를 정해주기 보다는 많은 것을 이야기 해 준다. 그것은 대부분 경험에 대한 이야기다. 그들에게 선택할 수 있는 폭을 넓혀 주는 것이다. 나는 그것이 어른들이 해야 할 역할이라고 생각한다.

나는 그들에게 '아니다'라는 말은 가급적 하지 않는다. 생각의 확장을 막지 않기 위해서다. 내 생각을 이야기하는 것은 좋은데, 내 생각대로 따라 하지 않도록 하는 것이 중요하다. 불안한 그들에게 선택이라는 부담까지 지우려고 하니 마음이 무겁다. 그러나 그것이 청춘들이 앞으로 인생을 살아가는데 중요한 것이라고 생각했기 때문에 감히 이 말을 하는 것이다. 그것은 마치 알래스카의 눈 덮인 들판으로 새끼들을 내모는 어미 북극곰의 심정 같은 것이다. 언제까지 냇가에서 숭어를 잡아서 새끼 입에 물어다 줄 수만은 없기 때문이다. 스스로 잡는 것도 배워야 살 수 있는 것이다.

2012년 4월, 한 남자가 2년 동안의 긴 여행을 시작했다. 어머니를 일찍 여의고 아버지와 단둘이 살던 그였다. 하지만 그가 20대가 되면서 아버지마저 돌아가시자 세상에 혼자 남겨진 기분이 들었다. 그게 계기였다. 20대 끝자락에 서서 지나온 길을 돌아보니 남들과 다를 바 없이 살았다는 생각도 들었다. '그래, 이제 혼자니까 내 마음껏 놀아

보자.' 이게 그가 여행을 시작하게 된 계기였다. 자신이 만든 이동형 노점인 커피트럭_{공간이라고 불렀다}을 타고 여행을 하는 33살의 김현두 씨의 이야기다.

그는 오랜 기간 여행을 하면서 많은 어려움을 겪었다. 무엇보다 생활고가 컸었다. 커피가 기본적인 여행자금을 모으기 위한 수단이었기 때문에 커피를 팔아서 생활하는 일은 불가능했다. 그렇지만 덕분에 돈에 대한 배움도 얻었다고 한다.

여행을 하면서 느낀 어려움 가운데 또 하나는 외로움이라고 했다. 여행 초반에는 하루에도 수십 번씩 '왜 이 여행을 했을까?' 하는 후회도 했다고 한다. 친구들의 도움으로 10일 동안 겨우 만 원만 가지고 산 적도 있다고 한다. 그는 자신의 고향인 전북 진안에 카페를 만드는 것이 꿈이라고 한다. 여행은 그 꿈을 위한 첫걸음이었다.

"지금 하는 일이 과연 내가 좋아서 하는 건지, 아니면 내가 아닌 다른_{부모, 친구, 세상} 것들이 나에게 만들어준 꿈인지를 고민해야 합니다. 내가 지금 누구의 꿈을 꾸고 있는가를 고민했으면 좋겠습니다. 꿈을 꾸는 건 당연한 것이지만, 누구나 꾸는 꿈이 아니라 남들이 꿀 수 없는 나만의 꿈을 꾸라고 말해주고 싶습니다. 말도 안 되게 유치한 꿈이 될 수 있습니다. 이루기 어렵더라도 나만의 꿈이 있는 게 중요하다고 생각합니다."

2014년 통계청이 발표한 내용을 보니 청소년들이 직업을 선택할 때

'보람·자아성취'나 '발전성·장래성' 보다는 '안정성·수입·흥미' 등을 가장 중요한 요소로 꼽았다. 통계청 관계자들의 말에 의하면 "도전 정신과 창의력, 열정 등이 앞서기 보다는 청소년들이 너무 일찍 현실적이 돼 버린 것 같다"고 하였다.

어른들과 똑같이 청소년들도 생각하고 있는 것이다. 살아가는 것이 다를 수는 없지만, 살아보기도 전에 처음부터 겁을 내는 것 같아서 많은 아쉬움을 느낀다. 시도해 보지 않고 비리 후회부터 하는 것 같다. 실패하지 않으려는 생각이 도전의 길을 막아 버리는 것이다.

한 인터뷰에서 이석우 카카오톡 대표에게 성공의 비결을 물었다. 그러자 이렇게 대답했다.

"모두가 명문대학, 대기업, 높은 연봉이라는 동일 관점으로 달려가기 때문에 개성이 사라지고 스트레스만 받는 것입니다. 우리나라 대부분의 학생은 정답을 찾는데 많은 시간을 보내는데 그러나 어떤 질문을 할 수 있는지가 더 중요합니다. 대학 강연을 가면 어떤 직장이 좋은 곳인지, 면접은 어떻게 준비해야 하는지 묻는 학생들이 꼭 있습니다. 자신에게 좋은 직장을 타인이 알려줄 수는 없습니다. 나에게 좋은 직장이 무엇이고 나에게 맞는 면접은 무엇인지를 고민하는 사람만이 자신만의 관점을 찾고 성공할 수 있습니다. 남에게 보여주기 위한 일이 아니라 자신이 즐겁게 몰두할 수 있는 목표를 찾는 게 가장 중요합니다."

'해보지도 않고 후회하기 보다는 해보고 후회하는 편이 낫다'는 말이 있다. 나는 시도조차 하지 않는 것보다는 차라리 망하더라도 해보는 것이 백번 낫다고 생각한다. 사람들은 늘 후회만 남기기 때문이다. 간혹 '번개시장'에서 자신들이 만든 아기자기한 소품들을 시장에 가지고 나와 장사하는 청년들을 본다. 어떤 여학생 둘은 동업을 하는 모양인데 파는 것보다 먹는 게 더 많다고 말하면서 깔깔거린다. 나는 그 모습이 보기 좋았다. 장사는 안 되더라도 먹는 게 남는 것이기 때문이다. 그렇게라도 해보면서 인생을 알아가지 않을까. 사람들과 이야기하면서, 해 볼까? 하는 인생보다 해 보는 인생이 낫지 않을까. 언제까지 생각만 하면서 살 수는 없다. '후회하지 않을 인생'은 살아가면서 얻어지는 것이다. 그것인 바로 인생의 비밀이다.

✱

'후회하지 않을 인생'은 살아가면서 얻어지는 것이다.
그것이 바로 인생의 비밀이다.

부러워하지 말고
부러운 자가 되라

우연에 기대지 말고 기회를 만들라

신학교에 다닐 때 동기 친구가 재미있는 이야기를 들려줬다. 자기가 살던 고향집에 가면 옆에 큰 저수지가 있는데 고기를 잡으려고 아무리 낚싯대를 던져도 고기가 안 잡힐 때는 어떻게 하는지 아느냐? 하는 질문이었다. 나는 "그래도 잡힐 때까지 오랫동안 낚싯대를 드리우고 있으면 되겠지"라고 대답했다. 그런데 친구의 대답이 걸작이었다.

"그럴 때는 그렇게 하면 안 되고 막고 푸면 돼"

나는 처음에 그 말이 무슨 뜻인지 몰랐다.

알고 보니 친구의 말이 이랬다.

저수지의 물을 모두 막고 그릇으로 바닥이 보일 때까지 물을 퍼내면 고기를 잡을 수 있다는 것이었다. 나는 그 말이 맞다는 생각이 들었다. 방법이야 좀 미련해 보이지만 틀림없이 고기를 잡을 수 있는 방법이었다.

청춘들이 자신에게도 기회가 오면 좋겠다고 말한다. 그러면 마음껏 자신 있게 해 보이겠다고 호언한다. 그러나 나는 그 모습을 보면서 기회가 아니라, 기회가 왔을 때 어떻게 하는가를 배웠으면 한다는 생각이 들었다. 마치 강에서 낚시를 하는 낚시꾼들 중에 낚시를 처음 하는 초보 낚시꾼이 고기를 잡았지만 낚시 바늘에서 고기를 빼기도 전에 눈앞에서 놓치는 것과 같다. 어떤 낚시꾼은 고기 입에서 낚시 바늘을 빼지도 못하고 쩔쩔맨다.

함위라는 사람이 있었다. 그는 와플을 파는 노점상이었다. 1904년 미국 세인트루이스에서 만국박람회가 열릴 때 함위는 박람회장 밖에서 장사를 하고 있었다. 그리고 그의 옆자리엔 아이스크림 노점상이 자리를 잡고 있었다.

찜통더위가 계속되자 사람들은 더위를 식히기 위해 아이스크림 가게로 몰렸고 더운 와플은 쳐다보지도 않았다. 아이스크림 가게는 순식간에 손님들로 장사진을 이루었다. 게다가 많은 손님을 상대하기에는 아이스크림을 담을 그릇이 턱없이 부족했다. 이 상황을 옆에서 지켜보던 함위는 갑자기 뭔가 떠오른 듯 사신이 만든 와플을 원뿔 모양으로 돌돌 말아 아이스크림을 담아 먹을 수 있도록 제공했다. 그의 아이디어는 적중했고 손님들은 아이스크림과 바삭바삭한 와플을 동시에 먹는 재미에 쏙 빠져 들었다. 이렇게 해서 아이스크림콘이 대대적인 인기몰이를 하게 되었고, 함위는 생각지도 못한 곳에서 아이디어를 얻어 단숨에 부자가 되었다.

함위에게 찾아온 것은 우연이라는 기회였다. 그러나 그 기회 이전에 와플이 팔리지 않는 위기를 겪어야 했다. 나는 청춘들이 기회도 중요하지만 가능하면 위기를 어떻게 해결해 나가는가를 배웠으면 한다. 대부분의 청춘들이 실수와 실패의 순간들을 그냥 지나친다. 실패가 와도 위기가 와도 기회인 줄 모른다.

고등학교에 다닐 때 한번은 늦은 시간까지 미술실에서 그림을 그리다가 늦게 하교한 적이 있다. 버스를 기다리는데 늦도록 오지 않았다. 그러다가 마침내 버스가 도착했는데 차는 거의 만원이었다. 막차 같았다. 그러나 사람이 많아서 더 이상 탈 수가 없었다. 그런 와중에도 학생들 몇은 사람들 사이를 비집고 버스를 탔고 버스는 겨우 문을 닫고 출발했다. 나는 버스를 타지 못했다. 그 버스가 막차라는 사실을 나는 반신반의 하면서 다음 차를 기다렸지만 버스는 더 이상 오지 않았다. 그 버스가 마지막 탈 수 있었던 기회였던 것이다. 나는 기회는 항상 좋은 모습으로만 오지 않는다는 사실을 깨달았다. 언제든지 다양한 모습으로 우리 앞에 올 수 있다.

세계적인 명지휘자 토스카니니는 첼리스트였다. 18살 때 악단의 단원이 되었는데 시력이 너무 나빠서 악보를 보고 연주를 할 수 없었다.

그래서 그는 자기 악보를 다 외워버렸다. 그것이 습관이 되어 버렸다. 오케스트라의 특성상 자기 악보뿐만 아니라 다른 사람의 악보까지도 다 외우게 되었다.

그러던 어느 날 한번은 연주를 앞두고 지휘자가 나타나지 않는 사고가 터지게 된다. 부득이 대원들 중에서 누군가가 지휘를 해야 하는 상황에 처하게 되는데 모든 악보를 다 외우고 있는 토스카니니에게 기회가 주어지고 그가 지휘를 하는 것이 좋겠다고 단원들이 의견을 모으게 된다. 결국 그는 지휘를 하게 되었고, 그것을 계기로 세계적인 명지휘자로 발돋움을 하게 된다. 훗날 그는 "나의 나쁜 시력이 나를 명지휘자로 만들어 주었습니다."라고 고백했다.

나는 그 말을 들으면서 그의 나쁜 시력이 그를 명지휘자로 만들어 주었다고 생각하지 않았다. 그를 명지휘자로 만든 것은 어떤 상황에서도 성실하게 최선을 다하는 그의 삶의 태도가 그를 명지휘자로 만들어 준 것이라고 생각한다.

아무리 어려운 상황을 겪게 되더라도 항상 최선을 다하며 긍정적인 마음을 가지고 사는 것이 중요하다. 할 수 있다고 생각하느냐, 할 수 없다고 생각하느냐에 따라서 결과가 달라진다. 일이란 무엇이든 '불가능하다'라고 생각하면 그것으로 끝이다. '가능하다'라는 믿음이 바로 불가능을 가능으로 만든다.

기회를 보는 능력이 성공을 이루는데 없어서는 안 될 결정적인 요소이지만 그것은 단지 시작일 뿐이다. 성공한 사람들은 하나의 기회에도 그 이용 방법이 수없이 많음을 알고 있다. 그들은 그 기회를 평가하여 자신의 능력에 맞추거나, 아니면 그것을 이용하는데 필요한 기술을 지닌 사람들을 모아 팀을 조직한다. 그리고 멋있게 성공을 거둔다.

전 세계적인 베스트셀러 작가인 스펜스 존슨이 쓴 책 중에 《선물》이라는 책이 있다. 이 책의 주인공은 한 노인과 한 소년이다. 어느 날 노인이 주인공 소년에게 세상에서 가장 귀한 선물, 평생에 행복을 약속하는 선물을 주겠다고 했다. 그러나 그 선물이 무엇인지는 직접 알려주지 않았다. 소년은 그 선물을 찾고자 노력했지만 찾지 못한 채 시간만 흘러갔다. 그리고 소년은 성장해 가면서 점차 선물에 대한 생각을 잊어버린다.

세월이 흘러 사회인이 되면서 그에게는 이제 해야 할 일이 많아지고 책임이 커지면서 직장 승진에도 실패하고 점차 삶의 좌절을 경험하는 시간이 많아진다. 어느 날 문득 그는 오래전 노인이 말한 선물 생각이 나서 그를 다시 찾아갔다. 노인은 아직도 선물을 찾지 못했느냐고 말하면서 지금까지 살아온 인생의 마당에서 행복했던 장면들을 떠올려보고 그때 어떤 공통점이 있었는지를 생각해 보라고 말한다. 그 순간 청년이 된 이 소년은 노인이 말한 가장 소중한 선물이 무엇인가를 깨닫는다. 그것은 바로 무엇인가에 집중하고 있었던 '그 순간'이었다. 영어로는 현재나 선물을 'Present'라고 말하는데 이 책의 원제가 바로 《Present》이다.

세계 5대 보석생산국은 스리랑카다. 보석을 얻기 위해서는 강 밑으로 굴을 파고 내려가서 흙과 돌을 퍼낸다. 그리고 그 흙과 돌을 물에 씻는다. 그 중에 색상이 선명한 돌들이 보인다. 그것은 보석 원석이다. 그리고 그 돌을 연마기를 돌리며 수십 수백 번을 반복하면 마침내 영롱한 보석이 된다. 청춘들은 끊임없이 기회를 찾지만 지금이 바로 그 기회인지 모른다. 주어진 것을 제대로 볼 수 있고 알 수 있으면 좋겠다. 기회라는 돌을 다듬어서 보석으로 만들었으면 한다.

내 경험으로도 기회라는 것은 처음부터 영롱한 빛을 내며 나타나지 않았다. 현재의 일에 최선을 다할 때 흙을 벗고 보석이 되어서 나타났다. 주어진 것을 기회로 만들 수 있다. 인생은 그렇게 만들어진 기회들이 모인 것이다. 빛나지 않아도 소중하게 다뤘으면 한다. 그것은 기회라는 돌이다.

기회가 왔을 때 어떻게 해야 하는지를 배워라.

철이 철을 날카롭게 한다

　한국인 최초로 PGA^{미국프로골프협회, Professional Golfers Association of America} 골
퍼에서 8번 우승을 했던 최경주 선수가 인터뷰에서 자신의 훈련 모습
을 이야기했다.

　"폐타이어를 땅에 절반쯤 묻어놓고 골프채로 하루 종일 두들기니까
골프채가 금방 부러져요. 그래서 수도 파이프를 120cm쯤 길이로 자
르고 그 끝에 쇠뭉치를 용접합니다. 쇠뭉치 밑을 둥그렇게 자르고요.
다른 끝엔 반창고를 둘둘 감죠. 그러면 대충 골프채 모양이 됩니다.
무게는 보통 드라이버의 열 배 정도 됩니다. 그걸로 폐타이어를 치는
데 몇 천 번을 치면 땅에 박힌 타이어가 흔들흔들하다가 결국 뽑혀요.
그래서 친구들과 '누가 타이어를 빨리 뽑나' 시합을 했어요. 아침저녁

으로 타이어를 한 번씩 뽑았습니다. 그렇게 훈련하다가 골프채를 잡으면, 이건 뭐 회초리밖에 안 되는 거죠."

그는 《코리안 탱크, 최경주》에서 "그렇게 극도로 집중해서 훈련을 하면 나중에는 사람이 멍해지고 주변이 깜깜해지다가 다시 하얗게 된다"고 했다. 마라톤에서는 이것을 '러너스 하이runner's high'라고 하는데, 주변의 환경자극이 있는 상태에서 운동을 했을 때 나타나는 신체적인 스트레스로 인해 발생하는 행복감이라고 한다.

그런 기록은 그냥 얻어지는 것이 아니었다. 자신이 하고 싶고 잘할 수 있는 일을 줄곧 따라간 결과로 얻었다고 하지만, 그것은 자신을 혹독하게 몰아 부친 결과였다.

성공은 그냥 쉽게 얻어지는 것이 아니다. 남들만큼 했는데도 성과가 없으면 남들 이상으로 해 보는 용기도 필요하다. 가까운 산을 등산하는 것과 안나푸르나와 같은 설산을 등반하는 것은 엄청난 차이가 있다. 그들은 겨울에 한라산이나 설악산에 가서 얼어있는 폭포의 빙벽을 오르는 훈련을 한다. 떨어지는 얼음 낙석을 헬멧에 맞으면서도 빙벽을 오른다. 체력이 바닥나고 더 이상 오를 힘이 없을 때까지 훈련은 계속된다. 외국에 나가서도 비슷한 조건의 산을 정해서 등반 훈련을 한다. 고생은 이루 말할 수 없다. 산악인 엄홍길 대장은 동상에 손가락이 잘리는 고통을 겪기도 했다. 그것은 그가 어떤 조건에서 산에 올랐는지를 우리에게 보여주는 생생한 증거다.

영화 〈록키 발보아〉에서 주인공 록키는 링에 오르기 전에 이렇게 말한다.

"링에서 계속 맞아 팔이 너무 아플 땐 상대가 차라리 내 턱을 쳐주길 바라지. 쓰러져 편해지게 말이야. 하지만 마음 한 구석에선 문득 이런 마음이 생겨. 한번만 더 해보자. 한 라운드만 더 뛰어보자. 지금은 절망적이지만 다음 라운드에서 모든 걸 바꿔 놓을 수 있어."

아픈 것을 이기지 못하면 더 큰 성공은 기대하기 어렵다. 아프다고 수술을 하지 않으면 어떤 일이 일어날지 모른다. 지금 당장에는 고통스럽고 힘들지만 그런 과정을 통해서 점점 변해가는 것이다. 경마기수는 경마장에서 달리는 말에 채찍을 더 친다. 잘 먹는 홍당무를 주면 더 잘 달리겠지 생각되지만 그것은 편안히 휴식을 취할 때 이야기다. 달리는 말에게는 채찍과 기수의 장화에 달린 박차로서 말에게 고통을 더한다. 채찍으로 엉덩이를 사정없이 맞으면서 말은 트랙을 돈다.

대장간에서 대장장이가 무쇠를 다루고 있다. 검게 그을린 얼굴과 체격에서 그가 쇠를 어떻게 다루는지 짐작할 수 있다. 이마에서 뚝뚝 떨어지는 땀방울은 인정사정 봐주지 않는 힘을 느끼게 한다. 훨훨 타는 풀무불 속에서 쇠를 꺼낸다. 꺼내어진 쇠에게 망치가 더해진다. 쇠를 둘러싼 망치 잡이들이 서로 번갈아 가면서 쇠를 벼른다. 처음에는 두드리는 강도가 약하지만 조금 시간이 지나자 그 세기가 점차 강해진다. 나중에는 온 힘을 다해서 때린다. 얼핏 설핏 불안하게 붙어있던 쇠 찌꺼기들이 약한 불을 머금은 채 사방으로 튄다. 망치로 벼르기가 조금 잦아들 즈음 쇠는 다시 풀무 불 속으로 들어간다. 한참을 그렇게 있다가 다시 불 밖으로 나온 쇠는 다시 두드려진다. 그것으로 끝난 것이 아니다. 이번에는 차가운 물에 쉬익 하는 소리와 연기를 내뿜으며 담금질이 시작된다. 몇 번을 그렇게 물속에서 뒤적여진 쇠는 물 바깥으로 나와 다시 망치로 두드려진다. 점점 쇠가 단단해진다. 오랫동안 그렇게 두드려진 쇠는 휘어지지도 않고 부러지지도 않는다. 무두질과 담금질이 쇠를 단단하게 한 것이다. 엄청난 열기를 이긴 결과다. 뜨거운 것은 물론이고 차가운 것도 견딘 결과다.

"세상의 모든 것을 팝니다"라는 말로 유명한 세계적인 인터넷 서점 '아마존amazon'이 20년이 되었다. 이제 아마존은 도서뿐만이 아니라, 옷, 손목시계, 전자제품, 구두 등 고객이 원하는 제품이면 무엇이든지 쇼핑할 수 있도록 그 범위가 광대해졌다. 이제 얼마 안 있으면 한국에도 상륙할 것이라는 소문에 기존 쇼핑업체들이 잔뜩 긴장하고 있다. 그렇지 않아도 경기가 좋지 않은데 아마존까지 경쟁에 가세한다고 하니 시선이 별로 곱지 않다. 어쩌면 흑색선전까지 준비하고 있을지도 모른다. 그러나 그것은 아마존이 기다리는 바다. 그것은 아마존이 어떤 기업인가 하는 것을 알면 쉽게 이해된다.

아마존은 처음 '부정적인 품평을 허용하는 서점'으로 출발했다. 아마존은 고객들이 자신들의 책을 읽고 서평한 글을 그대로 노출시켰다. 출판사들이 보기에 그것은 위험한 발상이었다. 나쁜 평이 달린 글을 보고 누가 책을 사겠는가? 그러나 창업자 제프 베조스는 그것을 숨기지 않았다. 그가 생각한 것은 고객들에게 정확한 정보를 제공하겠다는 것이었다. 비록 나쁜 악평이라도 고객들에게 가감 없이 밝혀서 알게 하는 것이 그의 철학이었다. 그의 그러한 생각은 아마존을 믿음직한 기업으로 성장하게 만들었다.

　신학교에 다닐 때 전교 학생회장을 했다. 회장 선거에는 늘 상대방이 있기 마련이다. 서로 힘 자랑을 하고 네 편 내 편을 만들려고 한다. 그러다보면 없는 말도 만들어내고, 오해도 생기기 마련이다. 흔히 말하는 네가티브성 이야기가 나온다. 흠집을 내려고 하고, 인격을 무시하고, 비아냥거림과 모욕감 주는 일도 생긴다. 공격할 수 있는 것이라면 무엇이든 마다하지 않는다. 그러나 거기에 똑같이 휩싸일 수는 없다. 사실이라면 언젠가는 나타날 수밖에 없기 때문이다.

　사회생활도 마찬가지다. 말로서 받는 상처가 크다. 자존심 상하게 하는 말을 들을 때도 있다. 비난도 있다. 혹평과 악평이 끊이지 않는다. 전쟁터가 따로 없다. 죽이고 살리는 무수한 전쟁이 시시각각으로 일어나는 곳이 우리가 사는 곳이다. 아군만 있는 것이 아니라, 적군도 있다. 적자생존의 법칙이 동물의 왕국에서만 일어나는 것이 아니다. 힘과 권력의 구조가 있는 곳이라면 어느 곳이든 그런 일은 일어난다. 최근 문제가 된 갑과 을의 입장에서 을의 위치에 있다면 갑으로 받는 많은 불합리한 일들이 있을 수 있다. 그렇다고 그것을 뒤바꾸기란 어렵다. 그렇다고 포기할 수도 없는 노릇이다. 그러나 그것을 내 것으로 삼을 수 있는 방법이 여기에 있다. 그것은 바로 유대인의 공부법인 '하브루타^{학습 파트너}' 식으로 받아들이는 것이다.

하브루타는 두 사람씩 짝을 지어서 서로 토론하며 공부하는 방식인데, 한쪽이 질문하면 한쪽은 대답하는 공부법이다. 그 공부법의 핵심은 '논쟁^{dispute}'이다. 그러나 싸우는 논쟁이 아니라, 문제 해결을 위해 같이 의견을 나누는 긍정적인 논쟁이다. 서로 언성을 높이며 싸우는 우리 모습과는 다르다. 그들은 그렇게 논쟁을 통해서 서로의 마음을 날카롭게^{내용에 깊이 빠져드는} 하는 것을 배운다. 노벨상을 수상한 사람들 중에 많은 수가 유대인이라는 사실은 바로 이런 논쟁이 있었기 때문에 가능한 것이다.

"용장勇壯 앞에 약졸弱卒 없다"는 말이 있다. 용장 밑에서 훈련되고 연습되어진 군사 중에는 약한 병사가 하나도 없다는 말이다. 스승이 누구인가를 알아야 한다. 따뜻한 격려의 말만 하는 스승이 좋은지? 아니면 달리는 말에 혹독하게 채찍으로 때리는 조련사처럼 나를 혹독하게 다루는 스승이 좋은지? 생각해 봐야 한다.

가끔 길을 가다가 나도 모르게 몇 시간이고 계속 걷는 버릇이 있다. 어릴 때부터 걷던 버릇이 남아 있어서 어지간한 거리는 걸어도 피곤하지 않다. 중학교를 다닐 때에도 2시간은 족히 더 걸리는 거리를 3년 동안이나 걸어서 다녔다. 산동네에서 살면서 산으로 들로 돌아다니던 발은 시내라고 다르지 않았다. 걷는 일에 이미 이골이 났던 터였다.

수원에 처음 발을 내디뎠을 때 눈이 내리고 있었다. 수원역뿐만 아니라 시내 전체가 온통 은세계였다. 그렇게 많은 눈은 처음 보았다. 나는 그때 회사까지 버스를 타고 가지 않고 그냥 걸었다. 눈 구경도 하면서 거리 구경도 하면서 걷기 시작했다. 그렇게 해서 회사 정문 앞에까지 도착하니 족히 몇 시간이 넘었었다. 다리가 아픈 줄도 몰랐다. 눈이 좋아서 걷고, 회사에 처음 간다는 기쁨이 그렇게 오래 걸어도 피곤하지 않게 했다.

　좋아하는 것이 있으면 지금의 고통을 이길 수 있다. 러시아의 미녀 테니스 선수 샤라 포바가 이를 악물면서 공을 네트 위로 쳐 넘기는 모습을 보면 경기에서 이기고 싶다는 마음이 얼마나 강한지 알 수 있다. 1980년대 신경질적인 모습으로 '테니스의 악동' '코트의 망나니' 로 불렸던 미국의 존 매캔로나 그 뒤를 이어 똑같이 악동의 이름을 전수 받은 라트비아의 에르네스트 굴비스에게 사람들의 야유와 말은 문제도 아니었다. 그들은 그럴수록 더욱 강해졌다. 자신들의 페이스를 잃지 않은 것이다.

　어제와 오늘이 다르고 그리고 내일이 다르고, 또 아침과 저녁 날씨도 일교차가 있듯이, 우리들의 삶에도 일교차가 있다. 어떤 때는 좀 무미건조하고 추웠다가 또 어떤 날은 한없이 달달하고 따뜻하다. 인생이란 일교차와 같은 것이다. 일교차를 잘 극복하면 머지않은 그때에 보람된 열매가 나에게 보일 것이다.

　인생의 무두질을 견뎌야 한다. 뜨거운 불 속에서 풀무질을 견뎌야 강해진다. 담금질도 견뎌야 한다. 우리 인생에 있어서 필요하지 않은 것이 없다. 그것들은 나를 단련시키는 대장장이의 망치질이다. 강한 철은 강한 철로서만이 만들어 낼 수 있다. 견디고 이기는 방법밖에 없다.

일이란 무엇이든 '불가능하다'라고 생각하면
그것으로 끝이다.
가능하다는 믿음이 불가능을 가능으로 만든다.

세상과 충돌해도 아프지 않다

그동안 통 소식이 없던 K군에게 전화로 문자를 보냈다. 가끔 소식을 나누었는데 최근에 소식이 뚝 끊겼기 때문이다. 그러자 문자를 보낸 지 몇 분 지나지 않아 다시 문자가 왔다.

"저, 군대 가요."

"아……. 그래. 언제 가니?"

"다음 주 목요일 날 가요?"

"어디로 가는데?"

"해운대로요. 4주만 훈련 받으면 되요, 그러면 면제래요."

"아, 그래. 금방 끝나겠네. 잘 받고 와."

"예."

그렇게 문자가 끝나고 시간이 조금 지났다고 생각되는데 다시 문자가 왔다.

"힘 안 들어요?"

"힘은 무슨, 금방 끝나. 별로 어려운 것도 없어. 다 하는데 뭘."

"알았어요. 가기 전에 꼭 한번 찾아뵐게요. 안녕히 계세요."

"그래, 꼭 들러. 알았지."

"예."

나는 왜 면제인지 물어보고 싶었지만 감추고 싶은데 억지로 묻는 것 같아서 더 이상 물어보지 못했다. 학교를 졸업하고 방위산업체에 취직할 것 같다는 이야기를 오래 전에 들은 적이 있다. 가정 형편도 그렇게 넉넉하지 않았다. 키도 크지 않았다. 총이랑 군복을 받으면 어떻게 하나 할 정도로 키가 작았다. 아마도 대충 그런 이유 때문에 군 면제를 받지 않았나 생각되었다.

K는 늘 씩씩하고 용감했다. 나와 만난 것은 초등학교 6학년 때 축구교실에서였다. 그때 K는 키는 작았지만 다른 아이들에 비해 유난히 몸이 빨랐다. K군의 어머니는 내가 K군을 만나고 얼마 되지 않아서 암으로 돌아가셨다. 할머니와 아버지 그리고 여동생과 그렇게 살고 있었다. 그리고 초등학교를 졸업하면서 다른 동네로 이사를 갔고 중학교, 고등학교로 진학하면서 소식이 뜸해졌다. 간간이 전화를 하거나 문자를 주고받으며 소식을 듣는 정도였다.

K가 축구교실에서 축구를 하다가 다른 아이와 시비가 붙어 싸운

적이 있었다. 자기보다 덩치가 큰 친구와 죽기 살기로 싸웠다. 다른 아이의 코에서 코피가 나는데도 싸움을 그칠 줄 몰랐다. 무서운 줄 모르고 덤볐다. 그런데 군에 간다고 하니 내심 겁이 났던 모양이다. 크게 한번 겁을 내주고 싶었지만 약한 마음에 더 마음이 약해질까 봐 그러지 못했다. 비록 짧은 4주간의 훈련이지만 마치고 나올 때쯤이면 달라져 있을 것 같다. 4주 동안 많은 것을 느끼지는 못하지만 그래도 훈련을 받기 전과는 많이 달라져 있을 것이다.

얼마 전에 하늘에서 운석이 떨어져 사람들이 운석을 찾느라 한바탕 야단법석을 떨었다. 사람들은 운석이 떨어진 곳이 어딘가? 궁금해 했고, 전국에서 자칭 '운석전문가'라는 사람들이 모여 들었다. 운석을 발견하기만 하면 로또나 다름없다는 황당한 소문이 나돌았고, 외국에서 운석전문가라고 하는 사람들까지 한국을 찾았다. 며칠 동안 사람들은 길거리에 이상하게 생긴 돌을 보면 그냥 지나치지 못했다. 혹시나 운석이 아닌가 하면서 사람들은 한동안 몸살을 앓았다.

길에 흔하게 굴러다니는 돌멩이에 대해서는 눈길조차 주지 않으면서 단지 우주에서 지구로 날아왔다는 것만으로도 사람들의 이목을 집중시켰다. 물론 거기에는 우주에서 날아왔다는 희귀성이 한몫하고 있다. 지구에는 그런 돌이 많지 않다는 것이다. 만약에 누군가가 다른 사람들 모르게 돌멩이를 우주선 가득 싣고 가서 우주에서 지구를 향해 던지면 어떤 일이 일어날까? 하는 엉뚱한 생각을 해 봤다. 아마도 사람들은 그 돌멩이를 주우러 사방천지로 돌아다닐 것이다. 사람들은 그것을 운석으로 알고 찾으러 다닐 것이다.

그런데 중요한 것은 그 지구에서 가져간 돌멩이가 지구 대기권 안으로 들어올 때 엄청난 압력을 견딜 수 있을까 하는 것이 문제다. 실제로 지구 대기권 안으로 들어오면서 많은 부분이 타서 없어진다고 한다. 우리가 발견하고 보는 것은 그것을 견디고 남아서 겨우 지구에 떨어진 것 중에 일부라고 한다. 운석은 그래서 겉이 새까맣게 타 있다. 얼마나 큰 압력과 불과 열을 견뎠는지 알 수 있다.

사막을 달리는 마라토너 윤승철 씨는 사하라사막과 아타카마사막, 고비사막 그리고 남극을 완주하였다. 그는 '최연소 극지 마라톤 그랜드 슬램 달성'이라는 기록을 가지고 있다. 사람들은 대부분 사막에 아무런 관심도 없다. 허허벌판 사막은 아무 매력이 없다. 일반 마라톤 같으면 응원하는 사람도 있고, 달리면서 구경할 경치도 있지만, 사막은 말 그대로 타는 듯한 목마름과 언제 어떻게 될지 모르는 위험 외에는 아무것도 없는 곳이다. 그런 곳을 달렸던 것이다. 그리고 문제는 단순히 사막이라는 환경만이 아니다. 수백 만 원의 경비를 스스로 충당해야 했고, 후원자를 찾으러 다니면서 20번, 30번의 퇴짜를 맞기도 했고, 심지어는 자신이 살고 있던 전세방의 전세금을 빼서 충당을 하고, 바퀴벌레가 우글거리는 월세 방으로 옮기면서 그 일을 해야만 했다.

그가 그렇게 악착같이 사막을 달렸던 이유는 무엇일까? 한 인터뷰에서 이렇게 밝혔다.

"나는 나만의 길을 가고 내가 하고 싶은 걸 하고 싶었습니다. 그 선택이 즉흥적인 것이든 고민의 결과든 정해지면 무조건 이뤄내려고 애썼고, 모두 내 인생에 큰 획을 긋게 될 길을 찾는 연습이라고 생각했습니다. 한 가지 나름대로의 소신이 있다면 남들이 가는 길, 대부분이 가는 길은 가지 않을 것입니다. 내가 정말 하고 싶은 일을 그때 그때 찾다 보면 평생 내가 해야 할 일도 찾을 수 있을 거라고 생각합니다. 나는 또 다시 한 번 내 가슴을 설레게 할 일을 찾고 있는 중입니다. 그 일을 하면서 다시 내 한계에 부딪힐 거고 넘어지기도 하겠지만, 그 한계를 뛰어넘는 짜릿한 경험도 다시 할 수 있지 않겠습니까?"

윤승철, 그는 자신의 한계를 시험해 보고 싶었던 것이다. 자신이 얼마나 사막에서 견딜 수 있는지, 얼마나 오랫동안 물을 먹지 않고, 얼마나 오랫동안 음식을 먹지 않고 견딜 수 있는지를 보고 싶었던 것이다. 그 장소가 꼭 사막이었느냐? 하는 것은 그렇게 중요하지 않다. 사막은 그가 우연히 본 것에 불과하다. 중요한 것은 한계에 대한 도전이었다. 그것 때문에 그는 자신의 모든 것을 투자해서 사막 달리기에 도전했던 것이다.

많은 사람들이 한계 안에서만 산다. 한계를 돌파하고 넘어서려는 모습을 찾아보기 어렵다. 동네 청년들이 좁은 동네 안에서 오토바이를 타고 배달을 왔다 갔다 하는 모습을 볼 때마다 안타깝다. 배달하는 직업이 나쁘다는 말이 아니다. 자신을 시험해 보려는 시도가 없다는 것이다. 마치 우물 안 개구리처럼 사는 것 같다. 동네 안에서 아무리 돌아다녀봤자 동네 안이다. 동네 안에서 이 가게 저 가게를 아무리 돌아다녀봤자 시급 몇 천원, 몇 백 원 더 받는 것 외에는 아무 것도 없다. 다른 아무런 차이가 없는 것이다. 지금 단순히 편안한 것만 즐기고 있는 것이다.

삼성그룹의 창업주이셨던 고 이병철 회장의 자서전인 《호암자전湖巖 自傳》의 서문에 보면 이렇게 지난 일을 회고하고 있다.

"지금 돌이켜보면, 지혜나 체력에 한계가 있는 한 인간으로서, 이토록 여러 가지 분야의 사업을 다행하게도 하나하나 이룩하였다. 길고도 험난한 여정이었다. 그 길고도 험난한 길을 마치 단거리 경주나 하는 것처럼 전력 질주했다는 실감이 새삼스럽다. 이것은 마음속 은근히 간직하고 있는 자부심이기도 하다. 그 험한 길을 걸어오면서 내가 얻은 하나의 결론은, 기업에는 지름길이 없다는 것이다. 지름길이 없는 이상 그 길은 험난하다. 험난함에 지친 나머지 이따금 찾아드는 좌절감을 극복하면서 스스로 견딜 수 있었던 것은, 봉사야말로 최고의 도덕이라는 나의 신조 바로 그것이 있었기 때문이다."

미국 신대륙을 발견한 콜럼버스, 어릴 적 병아리를 품었던 빌명왕 에디슨, 디즈니랜드를 세운 월트 디즈니, 자신이 만들었던 애플사에서 처음 쫓겨남을 당했던 스티브 잡스, 남아프리가 흑인들의 해방을 위해 자신의 전 생애를 바쳤던 넬슨 만델라, 노르웨이에서 전설의 라면왕으로 불리는 이철호 씨, 세계 산악계를 주름잡았던 산악인 허영호 대장, 흑인여성으로서 토크쇼의 여왕이라 불리는 오프라 윈프리. 그리고 삼성그룹의 이병철 회장. 이들은 모두 자신의 한계를 돌파했던 사람들이다. 위험하다는 수평선으로 배를 몰았고, 가난이라는 벽에 부딪혀도 약해지지 않았으며, 퇴출이라는 고난 앞에서도 물러서지 않았으며, 동상으로 손가락 마디를 잘라내야 하는 고통을 겪으면서도 물러서지 않았다. 흑인이라는 편견도, 뚱뚱하다는 사람들의 시선도 그들의 의지를 가로막지 못했다.

한계를 돌파하는 사람들은 치열하게 산다. 우주인들이 대기권을 벗어날 때 엄청난 압력을 몸으로 받는 것처럼, 한계라는 수치를 넘어서기 위해서는 그런 압력을 각오해야만 한다.

언제까지나 안전한 길만 찾아서 다니면 운전을 제대로 배울 수 없다. 남들이 속도를 내며 고속도로를 달리고, 가고 싶은 곳을 마음껏 다니는 것을 부러워해서는 안 된다. 다른 사람들에게 핀잔을 듣더라도, 잘못한다는 말을 듣더라도 나가봐야 한다. 부딪히는 것을 아파해서는 안 된다. 부딪히는 것을 두려워해서도 안 된다. 경험으로 고통이라는 것은 그렇게 오래 가지 않는다. '그렇게까지 할 필요 없어'라는 말에 속아서는 안 된다. 생각만으로는 꿈을 이룰 수 없다. 신은 스스로를 돕는 자를 돕는다고 하지 않는가. 한번 두드려 보자. 신은 우리가 우리를 도울 때 우리가 가진 꿈이라는 문을 분명히 열어줄 것이다.

✳

나만의 길을 가고, 내가 하고 싶은 걸 하라.

좋아하는 것이 특기가 되게 하라

경쟁사회에서는 어쩔 수 없이 모든 것이 경쟁 논리에 의해 비교되고 결정된다. 그것이 패러다임이다. 그렇기 때문에 사람들은 다른 사람들과의 경쟁에서 이기기 위해 자신만이 가진 강점을 찾으려고 노력한다. 그러나 그렇다고 모두가 다 원하는 대로 되는 것이 아니다. 자신이 지닌 강점을 찾기 위해서는 강점이 요구하는 몇 가지 법칙을 알아야만 가능하다. 그 내용은 다음과 같다.

첫째, 잘하고 평생을 업으로 삼을 때 행복할 것 같은 일이 곧 자신의 강점에 가깝다.

피터 드러커 교수는 "어떤 일을 이루고자 한다면 '어떻게 해야 하는가'라는 것이 아니라, '이것을 이루기 위해서 무엇이 필요한가?' 하는 것이 중요하다"고 말했다.

피터 드러커 교수는 어린 시절 지독한 악필로 글씨연습 학원까지 다녔지만 교정되지 않았다. 그의 장점은 작문이었다. 선생님은 드러커의 글 쓰는 솜씨를 눈여겨보고 더욱 연습해보라고 권유했다고 한다. 그때 경험으로 드러커는 인간은 약점을 개선하려는 노력보다 강점을 키우는데 초점을 맞추어야 함을 스스로 깨달았다고 한다. 약점을 고치고 보완하려고 노력하다보면 강점을 살려서 성과를 올릴 기회를 놓치고 만다. 평범한 사람들이 비범한 성과를 만들어내는 비밀은 자신의 강점을 믿고 그것을 밀고 나갔기 때문이다.

세계적인 골퍼 양용은 선수가 이렇게 말했다.

"재미있게, 즐겁게 하세요. 시합이든 연습이든, 좋아하면 많이 하게 되고, 많이 하다 보면 더 잘할 수 있죠. 골프 얘기만은 아닙니다. 열심히, 항상 최선을 다하다 보면 반드시 보답이 따릅니다."

낚시가게 주인은 낚시에 대해서 잘 아는 것도 중요하지만, 낚시를 취미 이상으로 재미있게 즐기는 마음이 있어야 한다. 그래서 그런지는 몰라도 낚시가게 주인들은 거의가 '낚시 광'처럼 보인다. 낚시꾼들을 모아서 며칠씩 바다로 나가 낚시하는 것을 볼 수 있다. 업이 그래서이기도 하지만, 무엇보다 중요한 것은 낚시를 어느 누구보다도 좋아한다는 것이다. 그런 사람들에게는 고기 잡는 일을 여러 날 맡겨도 좋다고 한다. 낚시를 금방 다녀왔는데도 또 그 다음날 되면 보이지 않는다. 다른 팀들을 데리고 또 낚시를 떠난 것이다. 일 년 365일 중에 집에 있는 날이 그렇게 많지 않다. 낚시는 곧 자신의 업이자 좋아하는 것이고 그의 강점인 셈이다.

둘째, 다양한 경험을 통해서 자신의 강점을 찾는 것이다.

경남 산청 산골짜기에 자리한 민들레공동체의 24살 청년 김진하 씨. 어른 30명과 학생 70명이 같이 살며 배우는 그곳에서 농사를 책임지고 있다. 밭에서 벼와 밀, 그리고 푸성귀를 기른다. 염소 10마리, 닭 1,000마리도 키우고 있다. 올해는 벌통도 들여놓고, 물고기도 몇 마리 기를 요량이라고 한다.

그도 처음부터 농사꾼이 된 것이 아니었다. 그가 처음 하고 싶었던 일은 정원사였다. 마당에 캐머마일, 베르가모트, 민트 따위의 허브를 심었다. 그런데 그때 공동체를 열고 농사일이 바빠지면서 아버지를 돕자는 생각으로 농사를 돕다가 농부로서의 삶에 대한 확신이 굳어져 갔다. 그가 하는 말은 이렇다. "해야 하는 일이나 할 수 있는 일을 하다 보니 바로 그것이 내가 이루고 싶었던 것이구나 싶어요." 그는 농사를 통해 순명하는 삶의 이치를 깨달았다.

마이클 조던, 그도 한때 할리우드 배우보다 더 많은 인기와 명예를 얻었지만, 그가 처음부터 농구를 한 것은 아니다. 그는 중학교 때까지 야구선수로 활약했다. 학교에서 최고의 야구선수였으며, 각종 대회에서 우승컵을 거머쥐었다.

그러던 어느 날, 길거리에서 농구를 하는 아이들을 보고 농구의 매력에 흠뻑 빠졌다. 그리고 스스로에게 물었다.

'야구가 정말 나의 길일까?'

수많은 고민 끝에 그는 '야구가 좋긴 하지만 그렇다고 목숨을 걸 정도는 아니다'라는 것을 깨달았다. 그래서 농구선수가 되기로 했다. 운동신경이 남달랐기 때문에 그는 금방 농구에 적응했고, 곧 발군의 실력을 발휘했다. 그렇게 해서 그는 '농구 황제 마이클 조던'이라는 이름을 전 세계 사람들에게 알릴 수 있었다.

플라시도 도밍고, 호세 카레라스와 함께 '세계 3대 테너'로 꼽히는 루치아노 파바로티 역시 자신의 꿈에 대해서 수많은 고민을 했다. 선생님도 되고 싶었고, 성악가도 되고 싶었다. 어느 날, 그의 아버지가 이렇게 말했다.

"거리를 둔 두 개의 의자가 있다. 만약 그 두 개의 의자에 앉으려고 한다면 그 사이로 떨어지고 만다. 한 개의 의자를 선택해야 한다. 네가 진정으로 하고 싶은 것, 그게 바로 너의 꿈이자, 너의 가슴이 네게 명령하는 일이다." 그는 결국 성악가의 길을 가기로 했다.

자신의 장래를 선택하는데 가장 어려운 사람이 적성검사를 해도 사회성이나 예술성 등 어느 한 분야가 특별히 월등하게 수치가 높지 않고 모든 수치가 거의 비슷하게 나오는 사람이다. 그런 사람들은 모든 방면에 능력이 있다고 하기에는 정말 애매하다. 그렇다고 모든 것을 다 할 수 없다. 그런 경우를 많이 보았다. 나는 그럴 때 하고 싶은 일을 다양하게 많이 경험해 보라고 말한다. 마음이 가는 데로 해보라고 말한다. 물론 그렇게 경험하면서 이것도 하고 싶고 저것도 하고 싶다고 한다. 당연한 일이다. 그러나 그러다 보면 언젠가는 자신이 원하는 것을 찾을 수 있을 것이다. 그런 것은 경험으로밖에 찾을 수 없다.

셋째, 필요 없는 것은 버리고 단순해지는 것이다.

일본을 건너 우리나라에서도 인기를 끌고 있는 책 한권이 있다. 이 책의 저자는 일본 야마구치현 태생으로 도쿄 대학교 교양학부를 졸업하고 현재 야마구치의 쇼겐지[正現寺]와 세카가야구의 쓰쿠요미지[月現寺]의 주지로 일하고 있는 '코이케 류노스케[小池龍之介]'이다.

이 책에서 저자는 지나치게 많은 생각이 오히려 마음을 병들게 하고 행동을 방해한다고 말한다. 그렇기 때문에 뭔가를 하고자 한다면 잡념과 고민을 버리고 단순한 생각과 즉각적인 행동으로 목표를 향해 달려가야 한다고 말한다.

광고계의 최고 브랜드로 알려진 광고인 이용찬이 수년 전 모 회사의 광고를 시연하고 있을 때의 일이다. 회사의 임원 중 한명이 고개를 내저으며 이렇게 말했다.

"우리 제품의 장점은 10가지도 넘습니다. 그런데 왜 하나만 내세우는 겁니까? 장점을 추가했으면 좋겠습니다."

그러자 그는 테이블 위에 있던 귤 5개를 던졌다. 그러나 임원은 하나도 받지 못했다.

그러자 그가 다시 말했다.

"보십시오. 한꺼번에 5개가 날아오니까 결국 하나도 받지 못하잖습니까. 광고도 마찬가지입니다. 메시지가 너무 많으면 결국 소비자의 뇌리 속에 하나도 남지 않습니다. 오직 하나의 메시지에 집중해야만 살아남습니다." 결국 그의 말에 따라 단일 메시지만을 광고에 담았는데, 결과는 대성공이었다.

4조 원이 넘는 기업 가치를 가지고 있는 무료 소셜 네트워킹인 '트위터'의 성공 비결 역시 단순함에 있다. 대화 상대가 접속한 상태일 때만 글을 주고받을 수 있는 기존의 메신저와 달리 트위터는 언제 어느 때라도 자신의 소식을 상대방에게 전달할 수 있다. 장문에 대한 부담감도 없다. 140자만이 허락된다. 콘텐츠의 단순함은 사람들의 접근성을 높였고, 신속한 전파력은 사람들을 열광케 했다.

모든 것을 다 잘할 수 없다. 그러나 다양하게 시도해 보면 자신이 무엇을 잘하고 못하는지 명확하게 알 수 있다. 장점은 경험과 성과를 통해서 알 수 있다. 좋아하는 것이 있다면 장점에 가깝다. 그러나 좋아하는 것이 꼭 장점이라고는 말할 수 없다. 장점이라고 하더라도 다른 사람들과 같은 장점이라면 소용이 없다. 정말 그 사람에게 'ㅇㅇ이 장점'이라고 말하는 것은 그 사람에게 특기가 된다. 누구도 따라 할 수 없는 그 사람만이 가지고 있는 장점이기도 하다. 태어나면서 가진 것도 있지만 끊임없는 수고와 노력으로 얻는 강점도 있다. 어떤 것이든 모두 소중하다. 내가 지금 좋아서 하는 일인지, 잘해서 하는 일인지를 생각하면서 강점으로 만들고, 그렇게 만들어진 강점을 나만의 특기로 승화시켜야 할 것이다.

시은 우리가 우리를 도울 때
우리가 가진 꿈이라는 문을 분명히 열어 줄 것이다.

책에서 스승을 만나다

내가 교과서 외에 책이라는 것을 처음 접한 것은 초등학교 3학년 때였다. 어느 날 수업 중에 아저씨 한 분이 교실 문을 열고 불쑥 들어왔다. 선생님과는 미리 이야기가 되어 있었는지 아저씨는 선생님에게 인사를 하고 곧장 책에 대해 소개했다. 아이들 눈이 소개하는 책에 쏠렸다. 교과서 외에는 다른 책을 별로 본 적이 없던 터라 아이들은 금방 호기심을 가졌다.

아저씨는 아이들에게 책을 사고 싶은 사람은 나눠 주는 종이에 이름만 적으면 된다고 했다. 아이들은 하루에 10원씩만 내면 된다는 말에 나눠 준 종이에 모두들 이름을 적었다. 아마도 내 생각에 500원 정도로 생각되는 금액이었다. 푸른 하늘색에 하얀 뭉게구름이 그려진

하드커버로 된 예쁜 동화책이었다. 나는 그 책에서 거인이 땅으로 떨어지는 이야기가 담긴 '잭과 콩나무', 독이 든 사과를 먹고 잠이 든 '백설 공주 이야기', "열려라 참깨!" 하고 소리치면 돌문이 열리는 '알리바바와 40인의 도둑'과 같은 이야기들을 볼 수 있었다. 하루 10원은 아이들에게 큰돈이었다. 어쩌다 아침에 엄마에게 10원을 얻지 못하면 다음날 20원을 갚아야만 되는 부담되는 금액이었다.

중·고등학교 때는 많은 책을 읽지 못했다. 내가 읽었던 책으로 기억되는 것은 카네기전집과 일본의 상도商道를 다룬 소설과 도서관에서 대출해서 읽은 고전들이 대부분이었다. 국어 시간과 도서관에서 대출해서 읽은 책들은 문학적인 순수성을 길러 주었다. 거칠지도 않고, 각지지도 않은 책의 내용들은 유유히 흐르는 물처럼 술술 읽혔다. 이광수의 《무정》, 《흙》, 김동인의 《배따라기》, 이효석의 《메밀꽃 필 무렵》, 손창섭의 《비오는 날》, 박경리의 《토지》. 작은 문고판으로 출판된 책들은 흔들리는 버스 안에서 읽어도 좋을 만큼 작았다. 책은 언제나 늘 내 손에 들려 있었다.

청춘 때에도 읽은 책은 주로 소설 위주였다. 그 당시 단연 최고 인기 있던 작가는 이외수 선생이었다. 선생이 쓴 《장수하늘소》, 《들개》, 《칼》, 《벽오금학도》는 일상의 무료함을 벗어나게 하는 흥미로운 책으로 읽혀졌다. 그리고 1981년도 발표된 김홍신의 《인간시상》은 시대적인 모습을 반영한 까닭인지는 모르지만 밤을 새워서 읽었다. 책에서 주인공 '장총찬'은 마치 홍길동처럼 사람들의 마음을 시원하게 썻어 주었다. 그 기분에 사람들은 인간시장을 많이 읽었다. 그리고 그것은 나중에 드라마로 만들어지기도 했다.

작가 신정일이 《모든 것은 지나가고 또 지나간다》에서 "나는 누구에게도 과시하는 것도 아니고, 시험을 보기 위한 것도 아닌 자발적으로 책을 읽었다. 그때 내가 혼자 무언가를 모를 미지의 세계가 도래하기를 갈망하며 읽었던 독서는 그 어떤 것보다 효과적인 교육의 한 방법이었는지도 모른다."고 말했다. 생각해 보면 나 역시도 경험해 보지 않고 상상해 보지 않았던 미지의 세계를 책을 통해서 많이 알게 되었다.

명사들의 성공 비결 역시 책 읽기였다. 안철수 의원은 초등학교 때 도서관에 있는 책을 모두 읽었다고 한다. 자기가 경험한 것을 책을 통해서 다시 이해할 수 있기 때문에 다양한 분야의 책 읽기를 권했다. 시골의사로 유명한 박경철은 중학교 때 학교 수업이 끝나면 학교 도서관에서 밤 12시까지 책을 읽었다고 한다. 기인으로 유명한 도올 김용옥 교수는 전문가를 찾아가 많은 이야기를 듣고, 그들이 소개한 책을 읽는 방법으로 자신을 성장시켰다고 한다. 에디슨은 10살 때 이미 2만 권의 책을 읽었으며, 나폴레옹은 전쟁터에서 말을 타고 달리면서도 책을 읽었다고 한다. 일본 소프트뱅크 손정의 회장은 간염으로 입원해 있을 때 3년 동안 4,500권의 책을 읽었다고 한다. 빌 게이츠는 세계 최고의 갑부가 되었지만 아직까지도 자기 집에 도서관을 만들어 두고 책을 읽는다고 한다.

많은 이들이 책을 읽고 있는데, 그 내막을 살펴보면 본질적으로 하나로 귀결되는데 그것은 바로 '생존'이라는 것이다. 물론 문학적으로 탐독하는 이들도 있지만, 그들의 모습을 보면 단순히 책을 읽는 것으로 그치는 것이 아니라, 생존을 위해 책을 읽고 있다는 생각이 많이 든다.

책은 어디까지나 우리에게 인생의 길을 보여주고 난세의 위인들을 만나게 해주는 좋은 스승이다. 리차드 베리는 〈책사랑〉이라는 글을 통해 "책은 회초리나 막대기도 갖고 있지 않고, 고함도 치지 않는 영혼의 스승이다. 언제 어느 때 만나고 싶으면 자유롭게 만날 수 있는 다정한 친구와 같다"고 말했다. 책은 방황을 먼저 지나온 선배로서, 그리고 나의 미래와 장래를 걱정해 주는 부모로서, 나와 같이 동행해 주는 친구로서의 역할을 톡톡히 감당해 주고 있다.

《책은 언제나 내 편이었어》의 저자인 김애리는 남부럽지 않은 직장(삼성전자)에 다녔다. 그러나 그녀는 지독한 억압과 콤플렉스라는 내면의 병을 앓고 있었다. 그때 그녀는 자신의 병을 치료하기 위해 '책'을 찾았다. 책은 그녀에게 수많은 스승을 소개해 주었다. 서머싯 몸, 마루야마 겐지, 무라카미 하루키, 이용범, 신경숙, 펄 벅, 공지영, 니코스 카잔차키스. 그들 스승은 일이 힘들 때, 사랑에 실패했을 때, 인간관계 문제 때문에 힘들 때, 언제든지 상담자가 되어 주고 위로자가 되어 주었다.

필자 또한 좋은 스승을 통해서 인생의 의미를 많이 깨달았다. 그 중에 도스토예프스키가 지은 《카르마조프가의 형제들》은 신학을 하는 동안 나에게 많은 도움을 주었다. 나는 이 책을 통해서 삶과 죽음, 신과 종교, 선과 악, 사랑과 욕망에 대한 인간의 생각들을 들여다 볼 수 있었고, '인간이란 어떤 존재인가?' 하는 것에 대해서 많은 답을 얻었다. 그리고 자신이 절망적인 인생을 살아왔음에도 불구하고 그는 인간 내면의 추악함에만 집착하지 않고 영혼의 아름다움과 궁극적인 정화에 대한 기대를 포기하지 않았다. 그가 쓴 작품들의 사상적인 기초는 인간 생활에 있어서 모순되는 선과 악의 투쟁이며, 그러한 사실은 그의 작품 전반에 나타났다. 작품에서 그가 말하고자 하는 것은 '신과 신념'에 관한 문제였다.

마이클 샌델 교수가 지은 《정의란 무엇인가》는 필자의 성격 탓인지 모르지만 제목부터 마음에 끌렸던 책이다. 저자는 일반적인 사고로 무장되어 있는 우리에게(물론 필자도 그렇다) '자유사회의 시민은 타인에게 어떤 의무를 지는가?', '정부는 부자에게 세금을 부과해 가난한 사람을 도와야 하는가?', '자유시장은 공정한가?', '진실을 말하는 것이 잘못인 때도 있는가?', '도덕적으로 살인을 해야 하는 때도 있는가?' 와 같은 우리가 시민으로 살면서 부딪히는 어려운 질문들을 던졌다. 이 책의 목적은 독자들이 정의에 관한 자신의 견해를 비판적으로 고찰하면서, 자신의 생각을 확인하고, 왜 그렇게 생각하는지 고민하게 하는데 목적이 있다. 이 책을 읽고 청춘들과 이야기하면서 모두들 고개를 저었다, 책이 너무 어렵다는 것이다. 당연한 말이다. 청춘들과 이야기를 하면서 나도 똑같이 샌델 교수처럼 주제를 가지고 이야기를 나누었지만 답이라는 것이 만들어지지 않았다. 그러나 우리는 그러면서 이야기하기를 '나는 정의를 어떻게 생각하는가?' 하는 적어도 정의에 대해서 생각해 볼 수 있는 계기가 되었다는 데에는 모두 동의했다. 이 부분은 필자가 청춘들과 공동체 사역을 같이 하면서 아마도 오래도록 나눌 주제가 될 것 같다.

　책은 사람들에게 꿈과 성공과 행복에 관한 메시지를 전달해 준다. 꿈을 향해 도전하는 사람들에게는 용기와 희망을 주고, 현실이라는 벽에 가로막혀 숨조차 쉬지 못하는 사람들에게는 숨을 트이게 하는 활성 산소의 역할을 한다. 하루하루 별 다른 의욕 없이 그냥 살아가는 사람에게는 충격이라는 요법을 사용하면서 정신이 들게 만든다.
　책에서 인물들이 살아왔던 이야기와 그들의 삶과 그들이 반응했던 자세, 성공한 방법을 하나도 빠짐없이 모두 받아들인다면 우리 역시도 그들과 같은 삶을 살게 될 것이다.
　"내일은 비가 올 것으로 보이니 꼭 우산을 준비하시기 바랍니다."
　내일 어떤 날씨가 될지 궁금하면 일기예보를 들으면 된다. 날씨를 알 수 있고 준비를 할 수 있다. 요즘은 친절하게도 차를 세차해도 되고, 어떤 날에는 비가 올 것 같으니 세차를 다음날로 미루라고 미리 이야기해 준다.
　만약 우리들의 삶도 일기예보처럼 미리 알 수 있다면 얼마나 좋을까. 그러면 비를 피하고 소나기를 피하면서 우산까지 준비하며 살아갈 수 있지 않을까.

그러나 우리네 삶에는 아직 그런 일이 일어나기 어렵다. 내일 당장 무슨 일이 일어날 지도 모른다. 우산을 준비해도 해가 쨍쨍 내리 쬘 수도 있고, 빈손으로 나갔다가 갑자기 내리는 소나기로 비를 흠뻑 맞고 돌아올 수도 있다.

1975년 프랑스 공쿠르상을 수상한 에밀 아자르Emile Ajard의 《자기 앞의 생》에서 열네 살 소년 모모가 들려주는 이야기는 지나온 과거에 대한 이야기가 아니다. 모모가 남은 생애에 대해 기대감과 꿈에 부풀어 사는 것처럼 우리도 이제 우리 인생에 대해 대답을 할 수 있어야 한다.

나는 모모가 로자 아줌마를 돌보면서 '하층민들의 삶에서도 삶의 가치를 찾을 수 있는가', 그리고 '삶이란 무엇인가?'에 대해서 모모처럼 깨닫고 순수하게 생각할 수 있을지 늘 의문을 갖고 읽었다.

"하밀 할아버지, 사람은 사랑 없이도 살 수 있나요?"

"하밀 할아버지, 왜 대답을 안 해 주세요?"

"넌 아직 어려. 어릴 때는 차라리 모르고 지내는 게 더 나은 일들이 많이 있는 법이란다."

"할아버지, 사람이 사랑 없이 살 수 있어요?"

"그렇단다."

할아버지는 부끄러운 듯 고개를 숙였다. 우리는 너무 사랑을 공식화 하고 있는 것 같다. 모모가 로자 아줌마를 통해 배운 것, 나는 모모를 통해서 다시 배운다. 책은 우리에게 다시 한 번 사랑을 가르쳐 준다.

누구도 따라 할 수 없는
나만의 가치와 장점을 만들어라.

정상은 생각보다 가까이에 있다

　친구들과 등산을 갔을 때 일이다. 등산을 마치고 하산하는 길에 한 무리의 아이들이 서로 앞서거니 뒤서거니 하면서 산을 올라오고 있었다. 조금 높은 산이라 숨이 막히는지 아이들의 코와 입에서 씩씩거리는 소리가 나왔다. 생전 그런 높은 산은 올라보지 않은 아이들 같았다. 학교와 학원에만 왔다 갔다 했지 언제 그런 가파른 산을 올라 보기나 했을까.

　산에서 내려오는 우리 일행을 발견하고 아이들이 물었다.

"아저씨! 얼마큼 남았어요?"

"아저씨! 얼마큼 남았어요?"

　만나는 아이들마다 묻는 질문이 모두 똑같았다.

"응, 조금만 더 올라가면 돼, 다 왔어."

"정말요?"

"그래, 이제 조금만 더 올라가면 돼, 다 왔다니깐."

"고맙습니다."

"그래, 조심해서 올라가."

가쁜 숨을 몰아가며 올라오던 아이들의 얼굴이 밝아졌다. 이제 다 왔다고 생각하니 힘이 나는 모양이었다. 어떤 애는 뛰기도 했다. 앞에 가던 아이들이 빠른 걸음으로 올라가니 뒤 따라 오던 아이들도 힘이 나는지 모두 뛰기 시작했다. 순식간에 우리 앞을 지나 숲 속으로 사라졌다. 얼마쯤 내려왔을까. 산 정상 부근에서 "와!" 하는 함성이 들렸다. 아이들이 산 정상을 밟은 모양이었다. 지금쯤 기분 좋은 모습으로 산 아래 경치를 구경하고 있을 것 같았다. 산을 내려 올 때는 한결 발걸음이 가벼울 것이다. 산에 오르는 사람들은 "반갑습니다."라는 인사를 빼놓지 않는다. 산에서 하는 인사는 산을 오르는 사람들에게 힘이 된다. 그래서 산에 오르는 사람들은 모두가 하나가 되는지도 모른다.

살다보면 목적지가 멀게 느껴질 때가 있다. 지금 하고 있는 일을 보면 목적지와 너무 동떨어진 것처럼 느껴지기도 한다. 언제 목적한 것을 이룰까 하는 생각에 힘이 빠지기도 한다. 언제 산 정상까지 올라갈 수 있을까 하는 생각에 뒤로 물러서고 싶은 생각이 들지도 모른다. 그러나 의외로 산 정상은 내 생각보다 더 가까이에 있다. 한 발자국만 더 걸으면 된다는 것을 산을 오르면서 느낀다.

기억 속에 어릴 적 모습이 생각난다. 아마도 여름 더운 철이었던 것으로 생각된다.

그때가 몇 살 때였는지는 모르지만 동네 형들을 따라서 해수욕장에 간 일이 있다. 차가 별로 많이 다니지 않던 때라 나는 동네 형들을 따라 걸어서 해수욕장을 찾아 갔다. 산에서 내려와 해수욕장이 있다는 곳으로 방향을 잡아서 몇 시간을 걸었던 것 같다. 먹을 것도 없고, 마실 물도 없고 우리는 걷다가 모두 지쳐버렸다. 먹을 것이 없던 시절이었다. 아이들에게 돈이라는 것도 없었다. 걷다가 간신히 길옆에 언덕에서 흘러내리는 물을 먹으며 걸었다. 아무리 가도 해수욕장은 나타나지 않았다. 이미 해는 저물고 있었다. 우리는 다시 그냥 집으로 돌아가기로 하였다.

집에 도착하니 집에서는 난리가 났다. 해가 져도 아이들이 집으로 돌아오지 않으니 집집마다 발칵 뒤집혔다. 혹시나 아이들이 길을 잃은 것은 아닌지 하는 염려 때문에 부모님들이 모두 우리 집에 모여 있었다. 우리가 집으로 들어서자 부모님들은 한편으로는 반가우면서도 한편으로는 얼마나 화가 났는지 그날 우리는 회초리로 종아리가 시퍼렇도록 매를 맞았다.

나중에 시간이 지난 후 생각해 보니 아마도 남천동 정도쯤 된 것 같았다. 남천동에서 광안리 해수욕장까지는 걸어서 약 10분 정도 거리

인데, 우리는 다 온 줄도 모르고 그냥 발걸음을 돌려서 와버렸던 것이다. 고생은 고생대로 하고 말이다.

석유 재벌이 된 존 매칼은 대학에서 지질학을 공부했다. 그는 전공을 살려 전 재산과 빚을 내어 한 폐광을 인수했다. 많은 노력을 기울여 1,800미터 가까이 파내려 갔지만 석유가 나오지 않았다. 상황이 이렇게 되자 빚쟁이들이 몰려오기 시작했다. 가족, 친구, 친척들마저 그를 비난했다. 그는 도저히 견딜 수가 없어 자살을 시도했지만 그것마저도 실패하고 말았다.

그런데 자살에 실패하자 '어차피 죽었던 목숨인데 이왕 시작한 것 끝장을 봐야겠다' 는 생각이 들었다. 그래서 힘을 내어서 한 20미터를 더 파내려가니 엄청난 석유가 터져 나왔다. 마지막 한 순간까지 포기하지 않고 인내한 결과 얻은 값진 선물이었다.

필자에게도 여러분들과 같이 이제 청춘을 시작하는 큰 아들이 있다. 이야기를 들어보면 꿈도 많고 계획도 크다. 군대를 제대하고 서울에서 생활하고 있다. 백화점 지하 주차장에서 세차하는 아르바이트를 하고, 지금은 백화점 옷 매장에서 일을 하고 있다. 전화로 이야기를 할 때마다, 자신의 꿈 이야기를 들려준다. 그렇게 하면서 자기의 꿈을 다시 한 번 확인해 보는 모양이다. 이야기를 듣는 나도 용기를 심어 주고 힘을 실어 주는 이야기로 전화 내용은 채워진다.

여러분들처럼 생각이 많은 것 같다. 영화나 방송 시나리오 작가가 되고 싶은데 생각해 보니 만만치 않은 것 같다. 짬짬이 시간을 내어서 습작한 원고를 내게 보내는데 읽어보니 내용이 괜찮다. 조금만 더 다듬고 고치면 좋은 글이 될 것 같다. 그러나 아직 정식으로 테스트를 거쳐 보지 않았으니 자신의 실력을 다 모른다. 물론 아직은 설익은 게 분명하다. 지금 미리 익어버리면 먹지도 못하고 버리고 말 것이다.

늘 같은 내용, 같은 말이 반복되지만 그럼에도 불구하고 나는 절대 기대감을 버리지 말라고 말한다. '우리 인생은 꿈보다는 기대를 따라 간다'고 한다. 긍정적인 생각을 품은 인생은 긍정적인 방향으로 흘러 가고, 부정적인 생각에 사로잡혀 살면 부정적인 생활로 점철되어지는 것이다.

플로리다 키스 제도Florida Keys Is에 "오늘이 그날이다"를 모토로 삼은 멜 피셔Mel Fisher라는 보물 사냥꾼이 있었다. 1622년에 침몰한 스페인의 보물선을 찾던 그는 16년 동안 하루도 빠짐없이 "오늘이 그날이다"라는 격려의 말과 함께 다이버들을 바다 속으로 내려 보냈다. 하지만 임금을 지급하랴, 빚쟁이들을 피해 다니랴, 사실상 여간 힘든 세월이 아니었다. 피셔의 가족들은 오랫동안 바람이 들이치는 배 위에서 살아야 했다. 뿐만 아니라 아들 하나와 며느리는 바다에서 보물을 찾다가 실종되었다.

그래도 피셔는 포기하지 않았다. 주위에서 그 어떤 비판과 의심이 쏟아져도 꿈을 저버리지 않았다. 피셔는 매일같이 '오늘이 그날'일 거

라는 희망으로 꿋꿋이 버텨 나갔다. 그러던 중 1985년 7월, 그의 다이
버들이 드디어 스페인 돛배의 잔해에서 금은보석의 '원천'을 발견했다.
그로부터 거의 30여 년이 지난 지금까지도 다이버들은 그 장소에서 보
물을 길어 올리고 있다.

  오늘 내가 생각하는 목표를 이룰 수 있을까? 내가 원하는 직장을
찾을 수 있을까? 내가 원하는 사람을 만날 수 있을까? 어제보다 더
좋아질 수 있을까? 그러나 '더 좋은', '더 나은', '더 행복한', '더 기쁜'이
라는 정상은 생각보다 우리 가까이에 있다. 감옥에 갇혀 있는 장기수
들 사이에 "네게 미래란 없어!"라고 하는 말이 유행이라고 하지만, 우
리는 "나는 반드시 성공할 거야!, 성공하고 말거야!"라는 희망의 포로
가 되어야 한다.

  청춘들이 "얼마만큼 해야 합니까?" 하고 물으면 나는 "한번만 더 해
보라"고 말한다. "최선을 다 했는데요"라고 말하면 "한번만 더 최선을
다해 보라"고 말한다.

  청춘들이 포기하지 않는다면 언젠가는 정상을 밟을 것이다. 가쁜
숨을 몰아쉬더라도 멈추지 말아야 한다. 잠시 쉬더라도 올라가는 길
에서 시선을 떼지 말아야 한다. 길을 잃지 않으면 언젠가는 정상에 다
다르게 되어 있다. 정상은 가까이에 있다.

산 정상은 내 생각보다 더 가까이에 있다.
한 발자국만 더 걸으면 정상이다.

PART
5

청춘, 희망이라는
신을 신고 달린다

꿈이라는 신을 신고 걷는다

　프랑스 파리에 있는 퐁피두센터의 건축가이자 세계적인 건축가로 알려져 있는 이탈리아 출신의 렌초 피아노Renzo Piano는 아름다운 집과 건축물들을 수없이 설계했다. 한 기자가 그에게 물었다. "근사한 건축물을 많이 설계하셨는데, 어떤 건축물이 가장 마음에 드세요?"

　그러자 그는 조금도 망설이지 않고 대답했다. "그야 다음번 건축물이죠."

　충분히 지금까지 건축한 수많은 건축물을 자랑해도 될 법하지만, 현재의 성공에 안주하지 않고 끊임없이 전진하겠다는 굳은 결의가 엿보이는 말이다.

　나는 현재에 멈추지 않고 계속해서 도전하고 전진하는 사람들을 볼 때마다 얼마나 힘이 나는지 모른다.

　내 주변에도 그런 사람들이 많다. 내가 아는 K씨도 그 중에 한 사람이다.

　고향이 울산인 그는 학창시절에 부모님을 모두 여의었다. 위에 계신 형님들의 도움으로 가까스로 학교를 마치고 전기기사 자격증을 따서 생계를 꾸려 나갔다. 그리고 결혼도 하고 가정을 꾸렸다. 조금 모은 돈으로 작은 상가를 하나 사서 장사를 했다. 그러다가 조금 모은 돈으로 이번에는 김해비행장 부근에 있는 세차장과 주차장을 임대해서 영업을 시작했다. 하루 종일 바쁘게 일해야 하는 까닭에 외모에 관심을 쓸 겨를이 없었다. 자동차 정비는 책을 보면서 공부해서 자격증을 땄다. 한번 하겠다고 마음먹으면 끝까지 이루는 성격이었다. 그리고 이번에는 다시 행사장비 임대업을 시작했다. 처음 시작할 때에는 거래처가 없다 보니 무조건 열심히 하는 길밖에 없었다. 마침 재개발 붐이 불어서 재개발 사무실마다 집기들이 들어갔다. K씨 부부와 아르바이트 직원 2명으로 밤낮으로 뛰었다. 점심 먹을 겨를이 없었다. 일이 많을 때면 차 안이나 사무실에서 쪽잠을 자야만 했다. 알게 모르게 서러움도 많이 당했다. 한국 사람들이 특히 그렇지 않은가. 사람을 외모로만 평가하는 습성이 있기 때문에 눈에 보는 대로 대했을 것이다. 굽실거려야 하는 것은 기본이다. 나이가 많든 적든 반말하는 것이 예사였다. 그 말을 들어야 했다. 비가 오는 날이면 비를 맞아가면서 일을 하고, 다른

✳

사람들 놀러 갈 때면 일 하러 나가고 그렇게 고생을 하며 살았다.

몇 년이 지나면서 회사가 안정되었다. 번듯한 사무실은 아니지만 작은 사무실이랑 여직원도 생겼고 직원들도 몇 명 들어오면서 사업이 나아졌다. 신도시에 아파트도 한 채 사 놓고 대학교 앞에 원룸 건물도 구입하고 생활이 몰라보게 달라졌다. 이제 좀 쉬어도 될 듯해 보였다. 그러나 일을 계속했다. 앞으로 몇 년만 더 고생하고 편안하게 살 거라고 말했다. 젊어서는 열심히 고생하고 나중에 때가 되면 여행도 다니면서 지낼 거라고 한다. 인생 스케줄이 완벽해 보였다. 조금 여유 있다고 쉬었으면 지금 그렇게까지는 되지 못했을 것이다.

어릴 적 산에 올라가면 산 정상에서 시내를 내려다보면서 "야~호" 하고 외쳤다. 늘 산에 올라갈 때마다 그렇게 외쳤다, 뜻도 모른 체 남들이 다 그렇게 하니 나도 따라했다. 그렇게 큰 소리로 외치고 나면 가슴이 시원했다. 그런데 '야호'가 무슨 뜻일까? 사람들은 왜 '야호'라고 외치는 것일까? 산길을 가다가 돌탑이 쌓인 것도 본다. 처음에는 작았는데 시간이 지나자 조금씩 돌탑이 커지기 시작했다. 사람들은 뜻도 모르고 그 돌탑 위에 돌을 쌓았다. 나도 그 돌탑에 돌을 쌓았다. 어떤 때는 몇 십 개를 쌓아 올린 적도 있다. 누구는 그 탑을 무너뜨리면 산신이 노한다고 했다. 그래서 돌탑을 쌓으면서도 얼마나 조심했는지 모른다. 그런데 왜? 사람들은 거기에 돌탑을 계속 쌓을까? 이 글을 쓰면서 생각해 보니 '야~호'라고 외치지 말고 꿈을 생각하면서 크게 외쳤으면 어땠을까 하는 생각이 들었다. 지금 내 꿈은 '베스트셀러 작가'가 되는 것이다. 아직 몇 권 밖에 책을 내지 않았지만 나는 분명히 그렇게 될 것으로 믿는다. 이제부터라도 산에 올라가면 조금 얼굴이 붉어질지는 모르지만 이렇게 외치고 싶다.

"나는 베스트셀러 작가다!"

청춘들과 산에 올라가서도 그렇게 외치면 좋을 것 같다. 아무 뜻도 없이 잠자는 산 동물들만 놀라게 하지 말고 자신의 꿈을 크게 외쳐 보는 것이다. 그러면 자신의 꿈이 메아리가 되어서 한 발자국 다가올 것 같다.

꿈을 이루고 싶다면 언제나 머릿속엔 이미 꿈을 이룬 자신의 모습을 그려야 한다. 그리고 입만 열면 그 이야기를 말해야 한다. 그러면 언젠가는 실제로 그런 현실을 만나게 될 것이다.

영화 〈식객〉과 〈마린보이〉에서 요리사 '성찬' 역과 '천수' 역을 맡은 바 있는 배우 김강우는 한 신문과의 인터뷰에서 이렇게 말했다. "단역 시절 '앞으로 나는 잘될 것이다'라고 매일 스스로에게 최면을 걸었어요."

힐러리 클린턴의 남편인 빌 클린턴은 일곱 살 때부터 미합중국 대통령이 될 거라고 말하고 다녔다. 빌 클린턴은 자신의 꿈을 분명하게 말했던 것 같다. 그의 어머니, 친구들, 선생님들이 모두 그의 꿈에 감염된 나머지 "빌은 언젠가 반드시 백악관으로 가게 될 거야"라고 말했기 때문이다.

꿈을 이루고 싶다면 오직 꿈만 바라보고 꿈만 말하며 살아야 한다. 주위의 반응이나 사람들의 시선은 무시해 버리자. 성공학의 천재인 오리슨 스웨튼 마든은 저서 《하고 싶은 일을 하라》에서 이렇게 말했다.

"만일 당신이 시골에 사는 가난한 소년일지라도, 그리고 늙고 불쌍한 부모님을 떠날 수 없어 원하는 직업을 가질 수 없다 할지라도 절대 꿈을 포기하지 말아라. 그 꿈이 음악이든 예술, 문학, 사업, 전문직이든 끝까지 간직해라. 미래가 아무리 캄캄할지라도, 끊임없이 원하는 것을 마음속에 그려라. 그리하면 그 꿈을 현실로 이룰 수 있도록 만드는 빛과 기회가 반드시 올 것이다. 당신이 꿈에 매달리고, 그것을 성취하기 위하여 최선을 다한다면 신은 당신에게 기회를 줄 것이다."

아인슈타인의 서재에는 세 명의 초상화가 걸려 있었다고 한다. 과학사에 한 획을 그은 위대한 과학자 뉴턴, 패러데이, 맥스웰의 초상화였다. 전해지는 이야기에 따르면 아인슈타인은 틈만 나면 세 사람의 초상화를 뚫어지게 바라보면서 그들처럼 위대한 과학적 발견을 하는 자신의 모습을 생생하게 꿈꾸었다고 한다.

톨스토이의 책상 앞에는 두 명의 초상화가 걸려 있었다고 한다. 한 명은 이름이 알려지지 않은 위대한 성자였고, 다른 한 명은 철학자 쇼펜하우어였다. 그리고 톨스토이의 목에는 위대한 사상가 루소의 초상화가 새겨진 메달이 항상 걸려 있었다고 한다. 톨스토이 역시 세 사람의 초상을 바라보면서 자신 또한 위대해지는 꿈을 생생하게 꾸었다고 전해진다.

청춘들에게 지금 당장 발에 맞는 신발을 찾아 신으라고 말하면 그건 무리다. 우리도 그렇지 않은가. 언제 우리가 한 번에 덜컥 하고 발에 맞는 신발을 찾아 신었던가. 상가 집에 가서도 제 신발을 못 찾아 허둥대면서, 청춘들에게 아직도 제 신발을 못 찾았다고 닦달하면 그건 청춘들을 너무도 모르는 소리다. 나는 청춘들에게 늘 여유 있게 말한다. 지금 맨발이라도 좋다. 맨발로 걸을 수 있으면 실컷 걸어라. 참을 수 있으면 참을 수 있을 때까지 맨발로 다녀라. 그러다가 제 신발처럼 보이면 발을 쑥 넣어 보아라. 따뜻하다고 느껴지면 내 것이라고 생각을 해도 좋다. 남의 신발인데 내 신발처럼 느껴지면 얼른 들고 튀어라. 그리고 내 신발인 것처럼 신고 다녀라. 세상에는 같은 신발이 너무나 많다. 같은 생각, 같은 꿈을 가진 사람들이 너무도 많다. 그 신발을 신고 다닐 적마다 그 신발의 주인에게 감사하라. 내 신발을 찾게 해줘서 고맙다고 말이다. 그러나 청춘아 오해하지 마라. 그건 꿈이라는 신발이다.

할 수만 있다면 어릴 적 걸음마 할 때 신겼던 예쁜 신발을 사다주고 싶다. 신을 신겨 줄 때까지 가만히 쳐다보던 그 얼굴이 그립다. 그러나 이제는 스스로 제 신발을 찾아서 신어야만 한다. 무늬도 다르고 취향도 달라서 쉽게 권하지 못한다. 조금 지체되더라도 좋으니 제 신발을 신었으면 한다. 어릴 적 아이들의 노래 소리가 들린다.

"새 신을 신고 뛰어보자 팔짝, 머리가 하늘까지 닿겠네."

현재에 멈추지 않고
도전하고 전진하는 사람을 볼 때마다 힘이 솟는다.

롤 모델을 정하고 환경에서 배운다

　사람들마다 자신에게 모델이 되는 인물이 있다. 과학자가 꿈인 사람은 아인슈타인이나 스티븐 호킹을 모델로 삼을 것이고, 기업가를 꿈꾸는 사람은 빌 게이츠나 카네기를 바라볼 것이다. 축구 선수나 야구 선수를 꿈꾸는 사람들은 리오넬 메시나 호나우두, 알렉스 로드리게스, 커쇼, 류현진 같은 선수들을 모델로 삼을 것이다. 자신이 원하는 분야의 최고의 권위자를 모델로 삼는다는 것은 참으로 바람직한 일이다.

　이들은 모두 성공이나 꿈의 아이콘으로 손색이 없다. 사람들에게 용기를 주고 꿈을 줄 수 있는 그들이 있다는 것이 얼마나 다행한 일인지 모른다. 아이들은 물론이고 때로는 나 같은 어른들에게도 그들의 성공과 일대기는 많은 교훈이 되고 있다. 가끔 나 자신과 비교할 때도 있지만 그래도 나는 그들의 이야기에 귀를 많이 기울인다.

롤 모델이 꿈으로 이끄는 것은 분명하다. 그러나 중요한 것은 롤 모델이 아니라 롤이 되었을 때의 모습이다. 사람들은 그것을 가리켜서 '노블리스 오블리제'라고 말한다.

세계 금융 시장에서 가장 주목받는 펀드 매니저의 한 사람인 조지 소로스는 1930년, 헝가리 부다페스트에서 상류 생활을 하던 유태인 변호사 티바다르 소로스의 아들로 태어났다. 오늘날 그의 성공 밑바탕에는 아버지로부터 물려받은 생존의 본능 외에도 영국 이민 시절의 어려운 경험이 깔려 있다. 그 시절은 훗날 그가 "영국에서의 생활은 내 생애에서 가장 어려웠던 시절이었다."라고 회상할 정도로 힘들고 고달픈 나날이었다. 오랜 세월 소로스는 새벽녘까지 부자들이 춤추고 술 마시던 '쿼그리노'의 웨이터로 일하며, 식사비를 아끼기 위해 새벽에 그들이 남기고 간 음식 찌꺼기로 배를 채워야 했다. 소로스는 웨이터 생활을 하면서 힘들게 모은 돈으로 런던 경제 스쿨LSE에 진학했다. 그리고 공부를 마친 후 월가Well Street로 진출했다. 마침내 어려운 고생 속에서도 포기하지 않고 노력한 끝에 세계 증권 시장에서 '살아 있는 신'으로 불리며 워렌 버핏과 더불어 20세기 최고의 펀드 매니저가 되었다. 몇 년 전 그는 뉴욕의 빈곤층 어린이들을 위해 3,500만 달러433억 원을 쾌척했다. 그는 "이 기부금은 빈곤층 아동의 학용품 및 의류 구입비 지원에 쓰일 예정이며, 지원 대상은 뉴욕 주에 거주하면서 사회보장기금을 받거나 푸드 스탬프식품구입권 지원을 받는 3~17세 아동 85만 명이라"고 밝혔다.

나에게도 많은 은사들이 계신다. 초등학교 3학년 때 이경주 선생님은 육성회비 500원이 없어서 못 내고 있던 나를 위해 선생님의 봉급에서 대신 내어 주셨다. 6학년 때 안정규 선생님은 학교 쓰레기장에서 손수 쓰레기를 치우시면서 성실함을 가르쳐 주셨다. 중학교, 고등학교, 대학교에서 만났던 여러 분의 은사들은 무엇이 되라는 말씀보다는 책임감과 사람 됨됨이에 대해 많은 말씀을 해주셨다.

영화배우에서 유니세프 대사가 된 오드리 헵번, 팔도 다리도 없지만 세계 곳곳에 희망을 전파하고 다니는 닉 부이치지, 한국 최초의 수영 금메달리스트 마린보이 박태환 같은 사람들은 자신에게 주어진 환경에 굴하지 않고 묵묵히 자기 생각대로 살았기에 오늘도 우리에게 감동을 주고 있다. 그들의 삶은 가난, 어려움, 장애, 편견 등 그 어떤 것도 넘지 못할 것이 없다는 것을 말해 준다. 그들 또한 직접적인 가르침은 없지만 훌륭한 인생의 모델로서의 스승들인 것은 분명하다.

인생은 그 자체가 배우는 학교다. 우리는 끊임없이 배우고 성장한다. 어디에 있건, 무슨 일을 하던지, 삶은 하루하루가 배움의 연속인 것이다. 성공한 이들은 그 배움을 열심히 실천한 사람들이다. 많은 청춘들이 마치 단과학원에서 공부하듯이 벼락치기로 무언가를 이루고 싶어 한다. 실력으로 승부하기 보다는 방법으로 승부하려고 한다. 마치 당구장에서 정식으로 당구를 배우는 것이 아니라, 또래 친구들의 당구하는 자세를 곁눈질해 눈치로 당구를 배우는 것과 같다. 그런 실력은 늘 엉성하다. 점수는 나올지 모르지만 결국에는 제대로 해내지 못한다.

필자가 잘 아는 여사장님 한 분은 레스토랑 업계에서 꽤나 잘 알려진 유명인사다. 마흔 중반의 나이에도 아직은 소녀 같은 외모 때문에 마치 부잣집 딸로 자랐을 것 같은 외모다. 식사 자리에서 나는 그분의 대학교 시절 이야기를 듣고 깜짝 놀랐다.

내가 놀란 것은 그녀가 대학 시절에 레스토랑에서 서빙을 하면서 아르바이트를 하며 살았다는 이야기다. 그녀가 지금 이렇게 큰 레스토랑을 경영할 수 있는 이유도 알고 보면 그녀의 성실함 때문이었다는 것을 알 수 있다. 어떻게나 열심히 일을 했던지 일을 한지 몇 달이 지나지 않아 마침 지배인이 공석인 자리에 레스토랑 사장이 그녀를 전격적으로 발탁해서 지배인 자리를 맡겼다고 했다. 다른 직원들보다 1시간 먼저 나와서 청소를 하고, 궂은 일, 힘든 일을 여자의 몸으로 억척스럽게 하는 모습을 사장이 보았던 것이다. 손님들에게 친절한 것은 말할 나위 없었다. 한번 다녀간 손님이 다시 찾아올 때면 이름도 기억하고, 주문한 음식이 무엇이고 무엇을 좋아하는지 손님의 취향까지도 모두 다 아니 손님들의 칭찬이 자자했던 것이다.

그녀는 현장에서 많은 것을 배웠다고 한다. 그러면서 나도 나중에 식당을 열면 이렇게 해야지 하는 생각을 하니 그냥 식당이 아니더라고 했다. 하나하나 모두가 자기에게 귀한 스승처럼 보이더라는 것이다. 노량진 수산시장에서 새벽같이 나가서 수산물을 사오는 것부터 시작해서, 청과물 시장에 가서 싱싱한 청과물을 사오는 것, 직원들 관리와 심지어는 청소의 디테일한 부분까지 모두 빼놓지 않고 배웠다는 것이었다.

그녀의 말이 아직도 생생하다.

"그냥 되는 것은 아무것도 없어요. 사람들은 대개 그냥 흘러 보내 버리죠. 우선 편하고, 좋은 것만 찾아요. 그러나 중요한 것은 지금 여기서 배워야 한다는 것이죠. 제가 사람들과 다른 것은 바로 그런 것이죠. 저는 그때 그 레스토랑이 제 것은 아니지만 마치 제가 사장인 것처럼 생각하고 일을 했어요. 저는 환경이라는 것이 우리에게 훌륭한 선생이 된다고 생각해요. 저 역시 거기서 배웠기 때문이죠."

나는 그 말이 맞다고 생각한다. 땀 흘려 일하고 있는 지금이야말로 그 무엇보다도 귀중한 기회요 스승이 되는 것이다. 그러나 많은 사람들이 그 사실을 잊고 있다. 그저 단순히 생계유지만을 위한 수단으로 생각하고, 배우는 것은 학교에서나 도서관에서 배우는 것으로만 생각한다. 지금에 별로 관심이 없는 것이다.

지금 만나는 사람도 중요하다. 날마다 우리는 숫자를 다 헤아릴

*

수 없을 만큼 많은 사람들을 만나고 그들 중 몇 몇 사람들과는 이야기도 나누면서 살아가고 있다. 사람들과 관계없이 살아간다는 것은 상상할 수도 없다. 그러면 사람은 과연 평생 몇 사람을 만나게 될까? 사회학자인 솔라 폴이 조사를 해보았다. 그는 사람이 누구를 만나고, 그와 무슨 이야기를 하는지 하는 것들을 상세하게 기록하고 조사했다. 조사 결과 한 사람이 평생 자주 만나는 사람은 약 3,500명 정도라고 밝혔다. 물론 사람마다 차이는 나겠지만 중요한 것은 사람을 만나서 무엇인가를 한다는 것이다. 거기서 배울 것이 분명히 있을 것이라고 생각했다.

어느 날 아침 한 남자가 신문을 가져오려고 현관문을 열자 건너편 집에 사는 작은 개가 뛰어와 신문을 물어다 주었다. 남자는 환한 미소를 띠며 개에게 먹을 것을 가져다주었다. 개는 정신없이 꼬리를 흔들며 먹이를 받아먹고 자기 집으로 돌아갔다.

이튿날 아침 여느 때처럼 신문을 가져오기 위해 현관문을 열었는데, 이번에는 그 개가 바로 문 앞에서 기다리고 있었다. 숨이 차서 헐떡이는 개 옆에는 온 동네를 돌며 물어 온 신문이 여덟 부나 놓여 있었다. 자기를 좋아해주니 온 동네 신문을 다 물어 온 것이었다.

우리도 누군가에게 보여지는 우리 모습이 있다. 이웃집 개가 옆집 사람이 칭찬하는 것을 보고 최선을 다하듯이, 우리 또한 우리 모습을 보고 사람들이 따를 것이다. 로마의 철학자 에픽테토스는 말했다.

"무엇이 되고자 하는가? 그것을 먼저 자신에게 말하라. 그리고 해야 할 일을 행하라."

되고자 하는 일을 먼저 쓰고, 그렇게 되었을 때 '어떻게 할 것이다'라고 써라. 그리고 해야 할 일을 하라. 사람이 모델이 될 수도 있고, 현장이 스승이 될 수도 있다. 학교가 따로 있는 것이 아니다. 인생 자체가 훌륭한 스승이다. 모든 것이 혼자 저절로 되는 것이 없다. 보고 배우는 것이다. 어려운 환경도 스승이 된다. 그 스승은 우리로 하여금 어려움에서 나오도록 가르친다.

자신이 원하는 분야의 최고권위자를 모델로 삼아라.

나는 상상하는 것만큼 만들어진다

여러 해 전에 친구 한명이 독일의 아우토반라이히스 아우토반, Reichs Autobahn을 질주할 기회가 생겼다. 잘 알려진 대로 아우토반에는 여느 고속도로와는 다르게 속도 제한이 없다. 얼마든지 가속 페달을 밟아도 좋다.

신이 난 친구가 가속 페달을 지그시 밟자 속도계의 바늘이 시속 120, 140, 160킬로미터를 넘어 180킬로미터까지 올라갔다고 한다. 양 옆으로 사람들이 순식간에 멀어지자 마치 도로 위의 제왕이라도 된 듯한 기분이었다.

그런데 얼마 가지 않아 차 한 대가 그 옆을 번개처럼 스치고 지나갔다. 내 친구의 차와 똑같은 모델이었다. 하지만 얼마나 빠른지 그에

비하면 친구의 차는 마치 멈춰 서 있는 것 같은 착각이 들 정도였다. 족히 시속 280킬로미터 쯤 돼 보였다.

그때 옆자리에 같이 타고 있던 사람들이 친구를 보며 킥킥거렸다.

"봐, 자네는 훨씬 더 빨리 달릴 수 있는데도 달리지 않고 있는 거야."

내 친구 차에는 막대한 잠재력이 있었다. 이 차도 똑같이 시속 280킬로미터 이상으로 달릴 수 있는 차였다. 고작 180킬로미터 이하로 달린 속도는 제조업체가 정해놓은 자동차의 잠재 성능과는 전혀 상관이 없었다. 친구가 잠재력을 사용하지 않았다고 해서 정해진 잠재력이 줄어든 것은 아니다. 그러나 잠재력이 아무리 풍부해도 그냥 썩혀두면 아무 소용이 없다.

조엘 오스틴이 지은 《잘되는 나》에 나오는 친구의 이야기다.

우리도 마찬가지다. 우리도 할 수 있는 잠재적인 능력이 있다. 한계는 있을지 모르지만 그렇다고 무조건 할 수 없는 것은 아니다. 그러나 부정적인 말이나 과거 때문에 우리 능력 자체를 막아 버리고 과소평가하는 경향이 많다. 때로는 아직 나이가 어리기 때문에, 해 본 경험이 없기 때문에, 괜히 했다가 안 되면 어떻게 하려고? 하는 말이나 생각 때문에 기가 죽어서 일찌감치 포기해 버린다.

직장 생활을 한지 이제 얼마 되지 않은 M군이 찾아왔다. M군의 이야기를 들어보니 직장 상사에게 상당한 스트레스를 받고 있는 모양이었다.

"이것도 일이라고 해?", "생각 좀 하면서 살아라.", "차라리 그렇게 하려면 그만둬.", "어디 다른데 가면 이런 말 해주는지 알아?", "다, 너 잘되라고 하는 소리야. 알아?", "이 친구 안 되겠네."

이런 말을 하도 많이 듣다보니 나중에는 요즘 흔히 하는 말로 멘붕이 오더라는 것이었다. 아침에 일어나면 그 직장 상사가 생각이 나서 회사에 가고 싶은 생각이 없어지더라고 했다. 말을 들어보니 자존감이 완전히 바닥나 있는 상태였다.

그때 내가 해 준 말이 있다. "그렇더라도 절대로 한 귀로 듣고 한 귀로 흘려버린다는 표정은 짓지 마라. 그 대신 한 가지 할 것이 있다. '나는 분명히 잘될 것이다.', '나는 꼭 성공 할 것이다.'라는 생각은 잃지 마라."

동화작가 안데르센이 지은 《미운오리새끼》에서 새끼 오리는 너무 다르다고, 너무 크고 못생겼다고 '왕따'를 당한다. 마찬가지로 사회에서도 많은 사람들이 성별이나 인종, 종교, 학벌, 기질 등이 다르다는 이유로 차별을 받는다고 느낀다. 그러나 그런 판단은 그 자체로 상처가 되는 것은 분명하지만, 보다 더 심각한 것은 다른 사람들의 생각을 마치 진짜처럼 수용할 때 발생한다. 미운오리새끼는 한 떼의 새들이 날아오르는 모습만 봐도 자기가 너무 흉측하게 생겨서 피하는 것이라고 생각했다. 사냥개가 자기를 물어가지 않았을 때에는 '얼마나 혐오

스러우면 사냥개조차 나를 물고 싶어 하지 않을까' 하며 절망했다.

우리 가운데도 자기의 단점을 상기하고 스스로의 자긍심을 깎아 내리는 사람들이 있다. 부정적인 생각으로 자신감과 자아상이 밑바닥을 헤매며 사는 사람이 얼마나 많은지 모른다. 주위의 반대나 스스로 느끼는 실망감으로 그 자리에 털썩 주저앉는 경우가 얼마나 많은지 모른다.

그러나 하루 종일 긍정적인 생각을 하고 상상을 하면 낮은 자아상이나 자신감 부족, 열등감 같은 고질적인 문제들이 도저히 들어 올 틈이 없다. 실제로 많은 사람들을 승리와 성공으로 이끈 것은 긍정적으로 생각하고 상상하는 힘이었다.

캐시어스 클레이, 1942년 미국 켄터키 주의 가난한 집에서 태어난 그는 어린 시절부터 권투를 무척 좋아했다. 날마다 권투 연습을 하며 청소년기를 보낸 그는 스무 살의 나이에 프로 권투에 입문했다.

1960년, 드디어 클레이가 링 위에 오르게 되었다. 그의 상대는 당시까지만 해도 권투 역사상 거의 전무후무한 기록이었던 131회 KO승을 거둔 라이트헤비급 챔피언 아치 무어였다.

"이 경기는 하나 마나야. 당연히 아치 무어가 이기지!"

"공이 울리자마자 아치 무어가 엄청난 강펀치를 날릴 거야. 그럼 클레이는 그 자리에서 바로 KO패 당하고 말걸!"

경기를 관람하는 사람이나 권투 관계자들은 거의 예외 없이 아치 무어의 일방적인 승리를 예상했다. 그러나 단 한 명만은 그렇지 않았다. 바로 클레이 자신이었다.

시합에 나가기 직전, 클레이는 선수 대기실에 있는 칠판에 다음과 같이 적었다.

'나, 케시어스 클레이는 아치 무어를 4회에 KO시킨다!'

주위에 있던 사람들은 클레이의 겁 없는 행동에 콧방귀를 뀌며 비웃었다.

"햇병아리 주제에 어떻게 세계 챔피언을 이기겠다는 거야!"

그러나 사람들의 비아냥거림과 노골적인 무시에도 클레이는 전혀 동요하지 않았다. 그는 그저 자기가 칠판에 적어 놓은 글을 보며 마치 주문을 외우듯 반복적으로 되뇔 뿐이었다.

드디어 종이 울리고 경기가 시작되었다, 결과는 어떻게 되었을까? 이날의 승리는 사람들의 조롱과 비아냥거림에도 불구하고 승리를 장담했던 케시어스 클레이에게 돌아갔다. 놀랍게도 그는 자신의 예언대로 4회에 아치 무어를 KO시켜 버렸다. 전혀 예상치 못한 클레이의 승리에 사람들은 입을 다물지 못했다. 그렇게 클레이는 미국 프로 권투계에 화려하게 데뷔했다. 그가 바로 훗날 세계 헤비급 챔피언이 된 전설적인 권투선수 '무하마드 알리'다.

10년 후, 20년 후 성공한 나를 상상하고 싶은 마음은 없는가? 지금 형편이 낫지 않다고 해서 평생 그렇게 살라는 법은 없다. 성공하고 싶다는 생각을 했지만 막상 무엇을 해야 할지를 모른다면 몇 년 후 되고 싶은 모습을 상상하기 바란다.

피터 콜웰은 "성공을 하고 싶으면 성공 주문을 걸어라"고 말했다. 남과 다른 상상을 하고, 상상하는 순간을 행동으로 옮기고, 그러면 오늘보다 더 나은 내일이 올 것이다"라고 말했다.

인생을 살아가면서 뭔가 꼭 이루고 싶은 사람은 그 꿈을 이룬 자신의 모습을 상상해 보라. 그리고 매일 아침 눈을 뜨자마자 성공을 부르는 다음의 문장들을 틈나는 대로 암송해 보라.

- 나는 자신감이 넘치는 사람이다.
- 내 꿈은 반드시 이루어진다.
- 나의 인생은 내가 만든다.
- 나는 나를 이긴다.
- 내가 세상을 이끌어 간다.
- 나는 나를 사랑한다.
- 내가 생각하는 대로, 말하는 대로 이루어진다.
- 된다, 된다, 나의 모든 것이 된다.
- 오늘 나는 행복하고, 내일 또한 행복할 것이다.

출처 : 김이율, 《돌파하는 힘》, 작은씨앗출판사

매일 아침 반복해서 큰 소리로 말한다면 하루하루가 달라질 것이다. 결국에는 부정적인 생각들은 모두 사라지고 긍정적인 마음밖에 남지 않을 것이다. 결국 모든 것은 생각하는 대로, 말하는 대로, 꿈꾸는 대로 이루어진다. 어제의 생각이 오늘의 나를 만들고, 오늘의 생각이 내일을 만든다. 성공 철학의 거장인 나폴레온 힐도 '생각의 학습효과'에 대해서 말한 적이 있다.

"원하는 금액을 종이에 적어라. 그리고 잠자리에 들기 전과 아침에 일어나자마자 그 종이에 적힌 금액을 되도록 큰소리로 외쳐라. 여러분은 그 돈을 이미 가졌다고 굳게 믿어야 한다. 그러면 분명히 원하는 금액을 손에 넣을 수 있을 것이다. 소망을 믿고 간절히 원한다면 소망의 문이 열릴 것이다."

어떻게 생각하느냐에 따라서 미래가 달라진다는 것을 알아야 한다. 지금 어떤 생각을 하고 있는가, 무슨 말을 하며 살고 있는가, 무엇을 꿈꾸고 있는가. 우리의 삶을 바꾸고 미래를 밝히는 것은 바로 자신의 생각에서부터 시작된다는 사실을 잊어서는 안 된다. 눈을 감고 자신이 이루고 싶은 것을 머릿속에서 구체적으로 그려 보기를 권한다.

"농부로 시작해서 미국 대통령이 된 링컨은 '내가 마음먹은 날, 이미 반은 이루어졌다.'라고 말했다. 가장 중요한 사실은 당신도 할 수 있다는 것을 아는 것이다."라고 말한 로버트 앨런의 말에도 귀 기울일 필요가 있다. 《공포의 외인구단》, 《아마겟돈》, 《남벌》 등 숱한 화제작을 남긴 이현세는 "나 자신을 믿는 힘, 기어코 될 것이라는 확신, 그것이 곧 험난한 세상을 정복하는 최고의 재능이다."고 말했다.

H 토프쉬 젠슨이라는 학자가 《미운오리새끼》에 대한 연구서에서 이렇게 밝혔다.

"저자는 미운오리새끼와 마찬가지로 불쌍한 어린 시절을 보냈다. 몇몇 후견인들에 의지해서 살아야 하는 처지였는데, 그들은 대부분 이해심이 부족한 사람들이어서 그를 학대하고 못살게 굴기 일쑤였다. 그러다 보니 그는 열등감에 빠졌고, 자기 자신의 가치에 대한 의심으로 고통 받는 길고도 힘겨운 시간을 견뎌내야 했다. 그러나 그의 내면 깊숙한 곳에서는 언젠간 인정받게 되리라는 비밀스런 확신이 움트고 있었다."

꿈은, 그 꿈을 꾸는 사람만이 이룰 수 있다. 내가 생각하는 것이 있다면 분명히 그렇게 될 것이다. 꿈으로 마음을 움직여야 한다. 매일 좋은 일을 기대하며 눈을 떠야 한다. 내가 갈망하는 것이 있으면 반드시 이루게 될 것이다. 날마다 무한 반복의 말을 재생해야 한다. "나는 잘 될 거야, 꼭 그렇게 될 거야." 우리는 지금 무엇을 상상하고 있는가?

‘나는 분명히 잘될 것이다.’,
‘나는 꼭 성공할 것이다.’라는 생각을 잃지 마라.

체면이 밥 먹여 주지 않는다

　더운 여름날 영업부서 직원들이 모두들 외근을 나갔다가 사무실로 들어오기 시작했다. 낮의 더위가 얼마나 심했던지 사무실로 들어오면서도 연신 부채질이다. 자리에 앉자마자 박 대리가 서무를 보는 여직원 미스 리를 불렀다.

　"미스 리, 나 시원한 커피 한잔만 타 줘"

　일이 바쁜지 컴퓨터 모니터만 뚫어지게 쳐다 볼 뿐 기척이 없었다.

　박 대리는 혹시 미스 리가 못 들었나 싶어서 다시 재차 불렀다.

　"미스 리, 나 커핀 한잔만 타 줘요?"

　그러자 미스 리가 퉁명스럽게 대꾸했다.

　"박 대리님, 제가 뭐 커피 타는 사람인 줄 아세요?"

"⋯⋯."

　박 대리는 갑자가 당한 일이라 무슨 말을 해야 할지 몰라 했다. 미안하기도 하고, 황당하기도 하고, 여자들이 그런 반응을 보이면 한 달에 한번 겪는 그날이라고 하는데. 그런데 미스 리는 그날이 되면 휴가를 내어서 쉬었다. 그건 아닌 것 같았다. 무슨 말 못할 사정이 있었던 모양이다. 성격 좋은 박 대리, "미안해." 하면서 일어나서 커피를 타러 나갔다.

　평소에 미스 리와는 달랐다. 미스 리는 남자 직원들이 일을 마치고 돌아올 때마다 자리에서 일어나 커피를 타와서 책상에 내려놓으면서 "수고 하셨어요"라고 상냥하게 인사하는 여직원이었다. 아침까지만 해도 "잘 다녀오세요"라고 인사하지 않았던가. 필시 무슨 일이 있었을 것이다.

　본사에 있을 때에는 복사만 전문적으로 맡아서 하는 여직원도 있었다. 커피 심부름은 기본이고, 회사 사무실마다 '급탕실', '탕비실'이라는 이름으로 커피와 차를 끓이고 준비할 수 있는 공간이 여직원들 탈의실 옆에 나란히 붙어 있었다. 손님이 오면 커피를 끓여서 내어 오고, 손님이 가면 치우고, 나는 미스 리보다 한참 먼저 입사한 선배 여직원들이 그렇게 하는 모습을 많이 보았다. 어떤 선배는 마치 맏며느리 같은 서글서글함으로 그런 일을 기쁜 표정으로 했다. 불평도 없었고, 커피 심부름을 한다고 해서 자기 스스로 낮다고 생각하지 않았다.

　그러나 이제는 많이 달라졌다. 일회용 커피 덕도 있고, 자판기 때문이기도 할 것이다. 그러나 그것보다는 문화가 많이 바뀌었기 때문일 것이다. 여권신장이라는 말은 오래전부터 있었다. 이제 그런 심부름을 시켰다가는 미개인 취급을 당하고 여직원들에게 좋은 대접을 받지 못한다. 말 그대로 남녀 동격이다. 남자들도 손이 있으니 제 손으로 타 먹으라는 말이다.

누구나 그렇듯이 처음에는 신입사원의 신분으로 시작한다. 각오가 대단하다. 무엇이든지 하겠다는 열정이 대단하다. 면접을 볼 때에도 "무엇이든지 맡겨 주시면 다 하겠습니다."라고 말하던 사람들이다. 그런데 막상 직장에 들어와서 보니 그게 아니다. 뭔가 고급스럽고 폼 나는 일을 할 줄 알았는데 폼은 고사하고 별로 시답지 않은 일들이다. 누가 보면 그 일 하려고 회사 들어갔냐? 하고 놀릴 것만 같다.

"어이, 커피 좀 타줘"라는 말은 기본이다. 이름도 없다. 성도 없다. 내 이름이 어떻게 '어이'란 말인가? 기도 안 찬다. 복사기도 있는데 본인이 알아서 복사하면 될 것 가지고 왜 나에게 맡기는가? 그것도 하루 이틀이 아니다. 그러나 필자가 일할 당시에는 A4용지나 B4용지 같은 크기의 종이에 자를 가지고 일정한 간격으로 줄만 긋다가 하루가 다 지나간 적도 있다. 그것도 거의 매일 하였다. 지금이야 컴퓨터 프린트기로 출력하면 되고 한글 문서로 작성하면 되지만, 그때만 해도 손으로 쓰거나 도형이나 도표 같은 것은 자를 대고 그리는 일이 다반사였다. 그리고 그런 일은 늘 신입사원 몫이었다.

막돼먹은 영자 씨라면 참고 넘어가겠지만 정말 막돼먹은 사람들이 있다. 현장에 있는 사람들 중에는 좀 말이 거친 사람들도 있다. 사무실 문을 열고 들어오자마자 다짜고짜 '미스 리!', 'ㅇ 양!' 하고 부른다. 꼭 무슨 다방 아가씨를 부르는 것 같아서 기분이 나쁘다. 나중에는 자꾸 그렇게 부르니 정말 내가 다방 아가씨가 된 기분이다. 나중에는 모두들 그렇게 부른다. 자존심이 상한다. 그만두고 싶다는 생각이 저절로 든다.

'남에게 굽히지 않고 자신의 품위를 스스로 지키는 마음'을 가리켜서 '자존심'이라고 한다. 그리고 이와 상관되는 것으로 '체면'이 있다. 체면은 '남을 대하기에 떳떳한 모습, 즉, 얼굴'을 가리킨다. 흔히 '체면을 구긴다'라고 하는데 이럴 때는 자존심이 상했다는 말이다. 즉, '얼굴이 말이 아니다'라는 것이다.

신입사원이나 여직원이 그렇게 체면과 자존심을 내세우는 것은 자신이 심한 모욕감을 받는다고 생각하기 때문이다. 자기가 나름대로 위신이 있다고 생각하기 때문이다. 나도 사회적으로 지위와 체면이 있는데 내가 어떻게 그런 일을 하겠는가? 하는 것이다. 공부를 많이 한 사람이라면 체면과 자존심이 상대적으로 그만큼 더 높다. 그래서 더 대접을 받으려고 하고, 더 인정을 받으려고 한다. 그래서 직상도 시시한 곳은 눈에 들어오지도 않는다. 자기에게 맞는 레벨을 찾고 기웃거린다.

✱

그러나 텔레비전을 보면 외국의 경우 임원급이었던 사람이 퇴직 후에 허드렛일을 하고, 식당 주방에서 접시를 닦고, 화장실 청소를 하고, 식당에서 서빙을 하는 모습을 심심찮게 볼 수 있다. 그런 일을 하면서 조금도 부끄러워하지 않는다. 남에게 부끄러워 할 일을 하지 않았으면 부끄러워 할 필요가 없다. 내가 나쁜 짓 하지 않았는데 뭐가 부끄럽냐고 도리어 묻는다. 미국의 한 사업가는 어떤 소년이 쓰레기통을 뒤지는 모습을 보고는 기꺼이 그의 '큰 형Big Brother'이 되어주었다고 한다.

《한국세시풍속사전》에 보니 '삼월 보름 무수기에는 선비 부인도 바구니 차고 내 닫는다'라는 말이 있다. 무슨 뜻인가 하고 보니 음력 삼월 보름날은 선비의 부인마저도 허리에 바구니를 차고 해산물을 채취하러 나설 정도로 물이 잘 썬다는 것을 강조하기 위한 속담이라고 한다. 먹고 살아가는 식생활의 본능에는 빈부귀천이 따로 없다는 말이다. 음력 삼월 보름날의 무수기는 칠월 보름 백중날과 함께 일 년 중 제일 물이 잘 썬는 날이다. 이날은 평소와는 달리 물에 잠겼던 부분들이 많이 드러나므로, 귀한 해산물인 전복, 소라, 해삼이 많이 잡힌다고 한다. 그래서 어촌의 주민은 물론이고 중 산간 농촌 사람들도 모여드는데, 선비의 부인이라고 체통만 지키고 있을 수는 없다는 것이다. 체면 무릅쓰고 바구니를 옆구리에 차고 바다로 나가지 않을 수 없다는 것이다. '체면이 사람 죽인다'는 말이다. 지나치게 체면만 차리다가 결국에 할 일도 못하고 먹을 것도 못 먹고 손해만 보게 되는 경우를 비유적으로 이르는 말이다. 비굴하게 느껴지고 심한 모욕감이 느끼면서까지 체면과 자존심을 버릴 필요는 없겠지만, 그게 아니라면 과감히 버릴 줄도 알아야 한다. 체면과 자존심을 세웠다가는 결국 아무것도 하지 못하고 말기 때문이다.

살면서 느끼는 것이지만 작가 홍성원이 지은 소설 《무사와 악사》에서 말하는 것처럼 필요하다고 생각되면 발길로 걷어차여도 다시 찾아가는 인간이 되어야 한다. 수치심은 고사하고 최소한의 자존심도 없어야 한다. 그렇다고 비굴해 지라는 것이 아니다. 때로는 큰 성공을 위해 작은 자존심은 잠시 접어두는 현명함이 필요하다. 살기 위해서 이 세상에 못할 것은 아무 것도 없기 때문이다.

《희망엽서》라는 글에 실린 어느 청춘의 사연이다.

"저는 남들이 모두 다 자는 늦은 밤이나 새벽에 청소를 합니다. 쓰레기 봉지에서 악취가 풍기고 찢어진 비닐봉지에서 누런 냄새나는 물이 뚝뚝 떨어지는 쓰레기를 치웁니다. 사람들이 많이 붐비는 번화가는 늦은 시간이 되어도 불이 꺼지지 않습니다. 제 또래 아이들이 삼삼오오 모여서 술에 취해 이리 비틀 저리 비틀하면서 거리를 활보합니다. 그러나 저는 전혀 그런 모습에 기죽지 않습니다. 저는 집에서 나올 때 저에게 인사를 합니다. 오늘도 좋은 하루가 시작된다고 말입니다. 지금 주어진 현실을 떳떳하고 당당하게 살려고 노력합니다. 청소 일을 해도 대충 대충 하지 않습니다. 같이 일하는 아저씨들이 일 잘한다고 합니다. 부끄럽지만 고마운 말씀입니다. 저도 언젠가는 꿈을 이룰 것입니다. 그러나 꿈을 이루기 전에 제가 먼저 해야 할 일은 저에게 맡겨진 일을 하는 것입니다. 저는 다시 일하러 갑니다."

자신의 야망이나 목표가 분명하다면 체면쯤이야 아무것도 아니다. 눈 한번 감으면 지나가는 것이 체면이다. 실패한 모습이 조금은 창피하고 부끄러울지는 모르지만 사실 남들은 크게 개의치 않는다. 체면을 지나치게 의식하는 것은 오히려 인생의 걸림돌이 될 수 있다. 그러나 체면을 포기한다면 많은 기회들을 가질 수 있다. 체면 때문에 내가 만나지 못하고 경험하지 못하는 것이 얼마나 많은지 모른다. 어느 생명심리학자가 사람이 사망한 후 15분 뒤에야 죽는 생명체는 자존심과 체면이라고 말한다. 청춘이 죽여야 하는 것은 내 안에 있는 자아自我 중 '체면'이라는 얼굴이다.

문화 우스갯소리로 중국 사람은 집 안에서 피우는 담배와 집 밖에서 피우는 담배 종류가 다르다고 한다. 중국의 '미엔즈(面子·체면)'는 과시욕이 크고 남의 눈을 의식하는 것이 크다. 체면에 대해 남들과 똑같은 획일화된 생각을 가질 필요가 없다. 때로는 손을 벌릴 때도 있고, 군사軍師를 얻기 위해서 무릎을 꿇어야 할 때도 있다. 큰 성공을 위해서 체면쯤이야 아무것도 아니다. 체면을 세울 때도 있고 체면을 버릴 때도 있다는 것을 알아야 한다.

＊

꿈은, 그 꿈을 꾸는 사람만이 이룰 수 있다.

현재만 있다면 나는 시도하지 않았을 것이다

　무작정 고향을 떠나 서울로 올라온 청년이 있었다. 손에는 연기학원 전화번호가 적힌 신문광고 쪽지와 어머니께 받은 30만 원이 전부였다. MBC 공채 개그맨 시험에 4번, KBS 시험에 3번이나 떨어졌다. 그뿐만이 아니다. 백제대 방송연예과 3번, 서울예전 연극과 6번, 전주우석대, 서일대, 명지대에도 모두 떨어졌다. 집에서와 친구들 앞에서 아무리 열심히 웃기는 개그를 하고 수만 번 연습을 해도 심사위원들 앞에만 서면 떨리고 얼어버렸다.

　잘 곳이 없어서 무대 위에서 잠을 자기도 했다. 공기가 안 좋아서 목이 아플 때에는 대학로 마로니에 공원에서 노숙을 했다. 공중화장실에서 몸을 씻다가 경비원 아저씨에게 망신을 당하기도 하고, 계속되는 오디션 낙방에 수면제도 모으고, 건물 옥상 난간에 서 보기도 했다. 그러나 비참하게 좌절했지만 포기는 하지 않았다. 그리고 7번의 낙방 만에 마침내 KBS 공채 개그맨에 합격을 했다.

무명 개그맨이었지만 무대에서 죽을 각오로 살았다. 동료 개그맨들이 무대에 올라가 준비한 모든 것을 마음껏 펼치는 모습이 부러웠다. 똑같은 시기에 데뷔했지만 동기들이 큰 인기를 얻고 유명해질 때 못 웃겨서 무대에 설 기회가 없어지면 이쩌나 하는 불안감에 단 하루도 쉴 수 없었다.

그런 그가 지금은 최고의 인기를 누리고 있다. 그는 달인 연기로 많은 사랑을 받고 있는 '달인 김병만'이다. 최근에는 그의 자전적 에세이 《꿈이 있는 거북이는 지치지 않습니다》를 출간하기도 했다. 그는 독자들과의 인터뷰에 이렇게 말했다.

"나는 엉금엉금 기어서 여기까지 왔습니다. 뛰지는 못하지만 쉬지 않고 계속 기어서 왔습니다. 한 순간에 확 뜨는 사람은 중간에 여유를 부릴 수 있겠지만, 나는 기어서라도 내 목표까지 가야만 했습니다. 토끼와 거북이 이야기를 보세요. 아무리 토끼가 빨라도 결국에는 거북이가 이겼지 않습니까."

나는 김병만을 보면서 정말 거북이가 그에게 잘 어울린다는 생각이 들었다. 멈춘 것 같지만 멈추지 않고 부지런히 계속 뛰는 모습이 거북이를 닮았다. 뛰는 것 같지는 않지만 그는 누구보다 열심히 뛰었다.

밀어 주는 사람 없이 혼자서 그 길을 걸어간다는 것이 쉽지 않다. 시작은 했지만 결과는 아무도 예측하지 못한다. 연예인 생활이 그렇다. 그도 무명 시절이 있었다. 고등학교를 졸업하고는 공사장을 전전하기도 했다. 남보다 많이 배운 것도, 가진 것도, 특별한 것도 없었다, 그러나 그는 희극배우의 꿈을 포기하지 않았다.

예전에 고등학교에 다닐 때 내가 사는 바로 옆방에 권투선수를 꿈꾸는 형이 있었다. 늘 권투 글러브를 어깨에 메고 아침저녁으로 권투 도장을 다녔다. 어느 날엔 얼굴이 퉁퉁 부어서 집으로 들어왔다. 그날 권투시합이 있었다고 했다. 아쉽지만 경기에 졌다고 했다. 나는 그 모습을 보면서 권투선수도 쉽지 않구나 하는 것을 느꼈다. 텔레비전을 보면 그냥 주먹을 맞는 것만 보였는데, 실제로 얼굴을 보니 겁이 났다. 그렇게 맞는데도 권투를 하는 이유를 몰랐다. 그러나 나중에 알게 되었는데 그것은 가난 때문이었다. 당시에 권투는 가난을 극복할 수 있는 통로였다. 실제로 유명 권투선수들은 대개가 모두 가난했다. 배를 고파가며 권투를 배우는 사람들이 많았다. 체육관에서 라면을 끓여서 먹었다는 말이 그냥 하는 말이 아니다. 배고프면 수돗가에 가서 수돗물로 배를 채우는 게 실제로 있었다. 먹을 게 없으니 물이라고 먹어서 배고픔을 해결하려는 것이다. 그러면서도 최고의 선수가 되겠다는 꿈만큼은 버리지 않았다. 새벽 일찍 운동복을 입고 로드 웍을 하면서 달리는 그 형을 보면서 나는 꿈이 꼭 이루어지기를 바랐다. 그러나 나중에 들어보니 너무 힘들어서 권투를 포기했다는 말을 들었다.

나는 그 형이 참 불쌍해 보였다. 극심한 가난을 이기지 못했기 때문이다. 가슴 아픈 일이었다.

미국의 유명한 여류 비행사인 아멜리아 에어하트라는 사람이 있었다. 그녀는 여성으로서 대서양 횡단에 처음으로 성공했다. 그런데 그녀가 비행기를 타고 바다 한복판을 건너가고 있을 때 엔진 고장이 일어났다. 그럼에도 불구하고 그녀는 무사히 위기를 모면하고 횡단에 성공할 수 있었다.

기자들이 물었다. "엔진이 고장 났을 때 그 어려운 순간을 어떻게 견딜 수가 있었습니까?" 그 질문에 그녀는 다음과 같이 말을 했다. "그것은 아주 간단합니다. 그 위기를 견딜 수 있었던 것은 제가 바다 한복판 위에 있었기 때문입니다. 이미 대서양을 반이나 건너왔는데 어떻게 돌아갈 수 있었겠습니까? 그리고 떨어지면 죽을 테고, 그러니 당시 제가 할 수 있었던 일은 앞으로 가는 것 밖에 없었습니다."

미국 최고의 부호였던 철강 왕 카네기의 사무실에는 볼 품 없는 그림이 한 점 걸려 있었다. 그 그림은 비싸 보이거나 가치 있어 보이는 그림이 아니었다. 어디서나 쉽게 볼 수 있는 그런 그림이었다. 그 그림은 커다란 배 한척이 썰물에 좌초되어 모래 해변에 올려져 있는 그림이었다. 노는 아무렇게나 방치되어 있어 보는 이로 하여금 버려진 배라는 인상을 주는 그런 그림이었다. 카네기는 세일즈맨을 하던 배고프고 어려웠던 젊은 시절 그 그림을 우연히 보았다. 그리고 그 그림 아래에 적혀 있는 작은 글귀를 보고 용기를 낼 수 있었다.

'반드시 밀물은 온다. 그 날 나는 바다로 나아가리라.'

카네기는 그 글귀를 보고 자신의 인생에도 밀물이 밀려 올 그 날이 있을 것이라고 믿었다. 그 글귀는 카네기가 시련을 이기고 극복하는 데 큰 힘이 되었고 그는 마침내 세계적인 대부호가 될 수 있었다.

살아가는데도 밀물과 썰물의 법칙이 있다. 사람들은 어렵고 힘든 일을 겪으면 모든 것이 끝났다고 말한다. 그러나 끝난 것이 아니라, 그때야말로 돛을 올리고 배를 저어서 나갈 준비를 해야 하는 기회다. 오랫동안 바다에서 산 사람들은 바다 냄새만 맡고도 그 느낌을 안다고 한다. 경험으로 밀물이 시작된다고 생각되면 천천히 몸을 일으켜서 어구들을 챙긴다. 신참 어부들은 아무리 바닷물을 봐도 모른다. 바닷물이 그대로이기 때문이다. 그들도 나중에 오래도록 바다 생활을 하면서 바닷물을 읽을 줄 알게 된다.

밀림의 제왕이라는 사자도 처음부터 그런 용맹함을 가지고 있었던 것이 아니다. 동물의 왕국 같은 곳에서 보면 어미 사자가 없는 틈을 타서 다른 맹수들이 사자 새끼들을 괴롭히는 것을 본다. 극히 드물지만 때로는 잡혀 먹히기도 했다. 조금 자랐다 싶으면 어미 사자는 새끼 사자들을 훈련시킨다. 직접 먹이를 사냥 하도록 시킨다. 잡으러 갔다가 되레 도망치기도 하고, 바위 언덕 같은 곳에서 굴러 떨어지기도 한다. 그러면서 점점 담력이 생기고 용맹스럽게 변해 간다.

《헤리 포터》로 유명한 조앤 롤링도 시련이 많았다. 그녀의 나이 25

살이 되던 해에 어머니가 돌아가시고, 임시직으로 일하던 직장에서 해고를 당했다. 그래서 그녀는 영어 강사로 일하기 위해 포르투갈로 떠났다. 거기서 한 기자를 만나 결혼을 하고 다음해에 제시카라는 이름을 가진 예쁜 딸을 낳았다. 그러나 결혼 생활은 3년도 못 되어 파경을 맞고 만다. 그녀는 할 수 없이 생후 4개월 된 딸을 안고 다시 조국인 영국으로 돌아왔다.

그리고 자기 여동생이 살고 있던 에든버러에 방 하나 딸린 아파트를 전세 내어 정착하게 된다. 그 후 3년 동안 주당 69파운드의 정부 생활 보조금을 받고 살았는데 때로는 이 보조금마저도 끊겨 아기에게 우유를 먹일 수가 없어서 맹물을 먹이는 비참한 생활을 겪기도 했다. 그러나 이러한 역경 속에서도 한 가지 포기하지 않은 소망이 있었다. 바로 작가가 되고자 하는 꿈이었다.

아이를 유모차에 태워 하릴 없이 공원을 돌아다니던 어느 날, 갑자기 그녀의 머릿속에 한 편의 이야기가 펼쳐졌다. 그래서 집으로 돌아오자마자 아기를 한쪽에 눕혀놓고 고물 타자기를 꺼내어 이야기를 쓰기 시작했다.

마침내 1996년 6월, 원고 한 뭉텅이를 들고 출판사를 찾아갔다. 그러나 보기 좋게 거절을 당했다. 그렇게 몇 번 거절을 당한 끝에 블룸스베리 출판사에서 겨우 출판이 되었다. 그런데 놀랍게도 이 책은 연속 3년 동안 영국은 물론 한국과 미국을 비롯해서 세계 40개국에서 베스트셀러에 올랐다. 뿐만 아니라 영화로도 만들어져서 세계 각국에서 최다 관객을 모으는 선풍적인 인기를 끌었다.

꿈이 있는 사람은 고난의 폭풍우 속에서도 결코 꺾이지 않고 아름다운 꽃을 피울 수 있다. 성공의 방정식이 꼭 정해진 것만은 아니다. 문이 닫혀 있다고 포기해서도 안 된다. 열릴 때까지 두드리고 기다려야 한다. 그러면 분명히 열릴 것이다.

권투는 열 번을 세면서 카운트아웃 되기 전에 일어나야 하지만, 우리 인생에서는 다시 일어날 수 있는 기회는 언제든지 있다. 쉽게 무릎을 꿇지 않는다면 우리는 시련을 통해 단련되고, 그 단련을 통해 더 강한 사람으로 태어날 수 있다. 꿈이 있는 사람은 어떤 경우에도 멈추지 않는다. 이해인 시인의 <희망은 깨어 있네>에 나오는 글귀처럼 자면서도 깨어 있는 희망을 가져야 한다. 오늘 조급하게 서두르지 않고 여유로운 마음을 가질 수 있는 이유는 바로 내일이 있기 때문이다. 밤 12시 자정이 넘어가는 시간에도 밤을 하얗게 지새울 수 있는 것은 내일 새벽이 있기 때문이다. 세상을 조금은 더 넓게 보는 여유가 필요하다. 힘들고 어렵지만 내일을 생각하면 지금 이것쯤이야 아무것도 아니다. 내일은 늘 새롭다. 그것이 바로 우리가 사는 이유다.

청춘이 죽여야 하는 것은 내 안에 있는
'체면'이라는 얼굴이다.

지금은 속도가 아니라 방법이다

"준비!"

"땅!"

요란한 딱총 소리가 귓전을 울리자 일제히 아이들이 달리기 시작했다. 이마에는 청색, 백색의 띠를 매고 있는 힘을 다해서 앞으로 달려나갔다. 저 멀리 반대편에는 흰색 테이프가 결승선이라는 것을 알리듯 바람에 나풀거렸다. 아이들은 가슴 두근거리며 뛸 준비를 하고 있었는데 어느새 결승선에 들어와 있었다. 순서대로 들어온 아이들의 손등에 선생님이 도장을 찍어 주었다.

'1등', '2등', '3등'

아이들은 희비가 엇갈렸다. 등수에 든 아이들은 기고만장한 모습으로 손등에 찍힌 도장을 친구들에게 자랑했다. 멀리 운동장 한쪽에 앉아 있는 할아버지, 할머니, 어머니, 아버지에게 자랑하듯이 손등을 번쩍 들어 보였다. 잘했다고 박수를 치며 환하게 웃는 가족들의 모습이 아이의 눈에 들어왔다. 일 년에 한 번씩 있었던 초등학교 가을 운동회 모습이다.

우연한 기회에 인터넷을 하다가 카페를 통해 초등학교 동창들의 모임을 발견했다. 회원 등록을 하기가 무섭게 남겨놓은 전화로 문자가 왔다. 언제 어디서 모임이 있으니 꼭 참석해달라는 내용이었다. 카페에 남겨진 사진을 보니 어릴 적 모습이 눈에 선했다. 몇 몇 친구들은 세월이 흘렀지만 옛날 모습 그대로였다. 게시판에 적어 놓은 글을 보니 모두 잘 있냐는 안부 글부터 시작해서 가끔은 모여서 산행도 하는지 산행을 한 후에 뒤풀이 하는 사진도 올려져 있었다. 연말에는 모여서 아직 생존해 계시는 은사님들을 모시고 조촐하지만 모임도 하고 있었다. 초등학교 6학년 때 담임이셨던 내 은사님도 계셨는데 모습이 별로 변하지 않았다. 얼굴에 주름이 느신 것 외에는 변함이 없었다.

보이지 않는 친구들이 궁금해졌다. 그 친구들은 지금 어떻게 지내고 있을까? 모두들 똑같이 달리기를 시작했는데 앞서거니 뒤서거니 하면서 이를 악물고 달렸는데 모두들 결승선을 잘 통과했을까 하는 생각이 들었다. 그 친구들은 20대, 30대, 40대를 어떻게 지냈을까. 그리고 지금 나와 같은 나이에 그들은 어디서 무엇을 하고 있을까.

똑같이 출발선상에서 모두 달리더라도 시간이 지나면서 달라진다. 입사한 친구들을 봐도 일찍 진급을 하는 친구가 있는가 하면, 진급이 더딘 친구들도 있다. 그리고 그런 모습은 시간이 가면 갈수록 점점 더 심해진다. 필자도 많은 동기들이 있었다. 입사하자마자 각자 자기 자리로 배치되면서 일을 시작했는데 시간이 지나면서 모습이 달라지기 시작했다. 몇 번 진급에 누락되는 친구들이 있는가 하면, 정기 진급 심사에서 제대로 진급하는 친구들도 있었다. 몇 몇 친구들은 해외 사무실에 파견 나가서 근무를 하다가 다시 복귀해서 진급의 최선두에 서기도 했다.

필자가 근무했던 회사에는 그런 일이 없지만 경쟁을 의식하다보면 간혹 줄을 서서 진급이라든지 요행을 바라는 경우가 있다. 특히 이제 사회에 첫발을 내딛는 청춘들은 다른 사람들보다 먼저 빨리 뭔가 되고 싶은 열망이 강하다. 마치 예전에 올림픽 마라톤 대회에서 1등을 하고 싶은 욕심에 다른 사람 몰래 코스를 벗어나 지름길로 달려서 1등으로 달리다가 자격을 박탈당한 선수처럼 그런 욕심을 낼 수도 있다. 그래서 《꿈을 설계하는 힘》의 저자인 구글의 김현유 상무는 "경쟁력 있는 사원이 되기 위해서는 실용적인 단추를 잘 끼우는 것이 중요하고, 첫 뿌리를 잘 내려야 클 수 있다"고 말한다.

'천리 길도 한 걸음부터'라는 말이 있다. '아무리 바쁘고 급하다고 해서 실을 바늘허리에 묶어서 바느질을 할 수는 없다'는 말도 있다. 과정이 있고, 단계가 있고, 시간이 필요하다. 그래서 흔히 'FM field manual, 야전교범으로 배운다'라고 말한다. 즉 매뉴얼에 나와 있는 그대로 배우라는 말이다.

미국의 제19대 대통령인 러더포드 헤이스가 연설을 할 때였다. 각 신문사와 방송사의 기자들이 대통령 연설을 취재하고 있었다. 그런데 한 신문사의 햇병아리 기자만이 속기 실력도 좋지 못하고 여러 가지 면에서 서툴러 제대로 취재를 하지 못하고 있었다. 취재 중에 음료수가 제공되자 다른 기자들은 모두 음료수를 마셔가며 여유 있게 취재를 했지만 오직 그만 음료수를 한쪽으로 밀어둔 채 열심히 대통령의 연설을 받아쓰고 있었다.

연설이 끝나자 사회자가 대통령의 퇴장을 알렸다. 그러자 햇병아리 기자는 재빨리 따라 나가 대통령을 불렀다. "각하, 연설 원고를 제게 주십시오. 제가 미처 다 기록하지 못했습니다." 그러자 수행원들은 말도 안 되는 소리라며 그 기자를 밀쳤지만 대통령은 그 기자를 불렀다. 연설을 하면서도 대통령은 기자들을 눈여겨보았던 것이다. 다른 기자들은 다리를 꼬고 앉아서 음료수를 마시며 취재를 하는데 유독 한 사람만은 진지하게 애를 쓰며 취재를 하는 것이 눈에 들어왔던 것이다. 열정적으로 취재하는 그 기자에게 감동한 러더포드는 그의 부탁대로 연설문을 그에게 주었다.

다음날, 모든 신문 중에 그가 근무하는 신문사에서만 대통령의 연설문을 정확하게 기록한 특종기사를 실었다. 그는 하루아침에 인정받는 신문 기자가 되었고, 후에 커티스 출판사의 사장이 되어 유명한 여성 잡지인 〈레이디스 홈 저널〉 등을 발행하는 미국 잡지계의 거장이 되었다. 그가 바로 윌리엄 보크다.

조금 더디고 느린 것이 흉이 아니다. 시작할 때부터 기교를 부릴 필요 없다. 잘하는 체 하고 뽐낼 필요도 없다. 그건 기성 선배들이 하는 일이다. 실력이 쌓이고 경력이 쌓이다 보면 그렇게 된다. 마치 꽃이 봉오리를 맺고 나중에 꽃을 피우듯이 지금은 그 봉오리를 맺는 시기다. 어떤 꽃이 필지는 아무도 모른다. 결과는 얼마만큼 준비하고 노력하는가에 달려 있다.

세계적인 패션 그룹인 휠라코리아의 윤윤수 회장은 고용 사장이던 시절, 연봉 총액 24억 원을 받아 샐러리맨들에게 신화적인 존재로 알려져 있다. 그래서 사람들은 그를 '매직 퍼슨Magic Person, 돈을 버는 마술사'이라고 불렀다.

그러나 30세 이전까지만 해도 그의 삶은 암흑이었다. 어머니는 그가 태어난 지 100일도 안 돼 장티푸스로 돌아가셨고, 그는 고모 손에서 자랐다. 아버지마저 고교 때 폐암으로 돌아가셨다. 삼수 만에 간신히 대학에 들어갔지만 학기말 시험 때 다른 친구를 도와주다가 1년간 정학을 당하기까지 했다. 도대체 되는 일이 없었다.

그는 모든 것으로부터 도피하고 싶은 마음에 군대에 자원했고, 카투사 의무병으로 복무하게 되었다. 그는 그 기간에 영어를 자신의 밑천으로 삼았고, 오늘에 이르게 되었다.

그는 스스로 자신의 주무기를 투명한 경영, 영어 실력, 성실이라고 말한다. 그 중 무엇보다도 중요한 것은 성실이라고 했다. 비록 똑똑하지는 않더라도 우직한 바보 같은 사람은 결국 승리자가 된다는 것이다.

윈스턴 처칠이 상원 의원에 출마했을 때의 일이다. 낙승을 예상했던 처칠은 그러나 낙선의 고배를 들어야만 했다. 그는 낙선 이후 두문불출했다. 사람을 만나는 것조차 기피했던 것이다.

어느 날, 창가에 서 있던 그는 우연히 건너편의 공사장에서 일하는 벽돌공의 날렵한 손놀림을 주시하게 되었다. 벽돌공은 벽돌 한 장을 쌓고 그 위에 시멘트를 발랐다. 그는 단순한 과정을 빈틈없이 수행하고 있었다. 한참 후에 마침내 견고하고 거대한 담이 완성되었다.

그때 처칠은 마음속으로 다짐했다. '인생은 벽돌을 한 장 한 장 쌓아올리는 작업과 같다. 인생 여정을 여기에서 포기할 수는 없다.' 용기를 얻은 처칠은 다시 정치에 뛰어들어 수상 직에 올랐고 제2차 세계대전을 승리로 이끈 '영국의 자랑'이 되었다.

때때로 삶은 걷는 일과 같다. 한 발이 나가고 또 한 발이 나가면서 그렇게 걷게 된다. 빨리 가려고 하다보면 넘어지고 만다. 순서에 따라서 하나씩 하나씩 절차를 밟아 나가다보면 앞으로 가게 되는 것이다.

"전설이라 불리는 비즈니스맨들에게는 남다른 공통점이 있었다. 우리가 발견한 공통점은 20대에 남보다 앞서 가기 위한 법칙이라 할 신입사원 때 이해하고 자기 것으로 만들 수 있다면 앞으로 긴 인생에서 다른 사람과 압도적인 격차를 벌릴 수 있지 않을까? 사회에서 사회인으로 하루라도 빨리 성공의 대열에 오르고 싶다면 신입이라는 기간이 특별한 기회라는 것을 깨닫고 충분히 활용할 줄 알아야 한다. 습관을 바꿀 수 있다면, 당신도 '전설'을 남기는 최고의 인재가 될 수 있다."

고미야 겐이지와 시가키 주로가 쓴《잘나가는 사람은 20대가 다르다》중에 나오는 신입 시절의 중요성에 관한 글이다.

아는 지인이 스마트폰을 새로 샀다며 좋아하는데 문제는 스마트폰을 제대로 사용할 줄 몰랐다. 그동안 폴더폰만 사용하다가 막상 어플을 깔고 이것저것 사용하려고 하니 잘 되지 않았다. 마침 집에 있던 둘째에게 폰을 내밀면서 사용방법을 가르쳐 달라고 하니 금방 이것저것 만져보다가 이내 익숙하게 사용했다. 예전에 폴더폰을 사용할 때도 그랬다. 스마트폰보다 더 복잡한 것이라서 사용법 책자를 읽어보지 않으면 익숙하게 사용하기 까지는 애를 먹었다. 그러나 아들에게 가르쳐 달라면서 건네니 몇 분도 채 되지 않아서 금방 자유롭게 만졌다.

지금은 속도시대다. 그러나 아직 나와 같은 기성세대는 아날로그 방식에 익숙해져 있다. 아날로그 방식은 속도가 아니라 방법을 중요하게 생각한다. 그래서 하나하나 눈으로 보고 익히며 사용법을 배우는데 익숙하다. 내가 그렇게 전자기기를 만지고 있으면 어떤 때는 아들이 가져가서 금방 배워서 나에게 다시 가르쳐 준다. 속도와 방법의 차이다.

20초 안에 예열이 되는 핸디형 다리미, 25초 안에 커피 한 잔을 만들어주는 커피 머신, 49분 만에 세탁부터 건조까지 알아서 끝내는 세탁기 등 빠른 속도는 물론 최상의 효능도 발휘하는 '스피드 맥스' 가전이 봇물처럼 출시되고 있다. 속도가 유행이다. 이미 그것이 대세라고 한다. 그러나 속도라는 것도 과정이나 방법을 줄이고 줄인 것에 불과하다. 과정 없는 속도는 없는 것이다

　'티모시 드레이퍼', 미국 실리콘밸리의 글로벌 벤처투자가이며 실리콘밸리의 대표적 벤처 캐피털 가문인 드레이퍼 가문의 3대 창업주이다. 핫메일, 스카이프, 테슬라 등의 혁신적 투자 신화의 주인공이다. 그가 최근 한국에 내한해서 한 강연에서 이렇게 말했다.

　"돈을 쫓지 마세요. '나는 실패하고 또 실패할 것이다'라고 외치시기 바랍니다. 실패란 하나의 단계(과정)일 뿐입니다. 이런 창피함을 극복해야 합니다. 이웃, 동창들이 어떻게 생각하건 상관 없어야 합니다. 이게 옳다고 믿고 내 길이다 생각한다면 실패하더라도 해야 합니다. 위험을 감수하지 않는 성향을 극복해야 합니다."

　포뮬러 대회에서 과하게 속도를 내어서 트랙을 벗어난 자동차들을 본다. 1등에만 급급하다 보니 속도를 줄여야 할 곳에서 속도를 줄이지 못한 결과다. 다시 속도를 내어서 따라 잡으려면 시간이 많이 걸릴 것이다. 지금은 속도가 아니다. 방법이다. 매뉴얼을 보고 천천히 배워야 할 때다.

청춘은 속도가 아니라 방법이다.
메뉴얼을 보고 천천히 배워야 할 때다.

청춘아, 인생을 미션하라

밖에 나갔던 둘째가 못 보던 자전거를 끌고 집으로 들어왔다. 물어보니 친구 자전거를 빌렸다고 했다. 친구의 자전거는 '하이브리드'라고 하는데 꽤 가벼웠다. 바퀴도 얇고 한 눈에 봐도 좋은 자전거구나 하는 생각이 들었다. 눈치를 보니 내심 자기도 갖고 싶은 것 같았다. 차마 말하지 못하고 갖고 싶은 마음을 감추고 있었다. 나도 가지고 싶은 것이 있으면 오래도록 그 마음에서 떠나지 못하는데 아이들이라고 별 다를까 하는 생각이 들었다.

며칠 뒤 아들이 학교 수업이 마치기를 기다렸다가 아들을 데리고 가까운 자전거 가게를 찾았다. 수백 대의 자전거가 나란히 진열되어 있었다. 아주 고가의 자전거부터 시작해서 저렴한 가격대의 자전거까지 여러 종류였다.

　그중에 눈에 띄는 자전거가 있었다. 〈700C Momentum8〉이라는 모델로 신 모델이라고 하였다. 다른 것은 눈에 들어오지 않는 모양이었다. 이것저것 챙겨주는 사은품을 받고 계산을 하고 나왔다. 기분 좋아하는 모습이다. 이번 주 토요일 날 친구들과 자전거를 타고 바깥에 놀러갈 약속이 되어 있다고 한다. 자전거를 차에 싣고 오면서 친구들에게 자전거 사진을 보내면서 자랑이 대단했다. 기분 좋아하는 모습을 보니 나도 기분이 좋았다.

　아들에게 자전거를 사주다가 문득 영화 〈인생은 아름다워Life is Beautiful〉가 떠올랐다.

　영화의 주인공 '귀도'는 매우 낙천적인 성격으로 하는 일마다 실수투성이고 어설프지만 마음만큼은 어린애같이 순박했다. 그는 '도라'라는 여인을 만나게 되고 아들을 낳게 된다. 행복할 것만 같은 그들 가족에게 불행이 닥쳤다. 독일의 유태인 말살 정책에 따라 귀도와 아들 조슈아가 강제로 수용소로 끌려가게 된다. 남편과 아들을 사랑하는 도라는 유태인이 아니면서도 자원하여 같이 수용소로 들어간다.

　귀도는 어린 아들이 수용소의 실상을 보고 충격을 받을 것을 염려한 나머지 수용소에 도착한 순간부터 자신들이 처한 현실이 실은 하나의 신나는 놀이이자 게임여행이라고 말한다. 귀도는 자신이 특별히 선발된 사람이라며 1,000점을 제일 먼저 따는 사람이 1등상으로 진짜 탱크를 받게 된다고 설명한다. 어릴 때부터 장난감 탱크를 좋아했던 아들 조슈아는 귀가 솔깃해서 그 이야기를 사실로 믿는다. 그러나 독일이 패망할 즈음에 귀도는 독일군에게 끌려간다. 총살을 당하러 가면서도 그는 아무것도 모른 채 숨어서 자기를 지켜보는 아들에게 우스꽝스러운 모습으로 걸어가면서 윙크를 보낸다.

마지막 순간까지도 아들과 게임여행으로 미션 삼았던 귀도의 모습이 영화가 끝난 후에도 오래도록 머리에서 떠나지 않았다. 사람들은 그런 상황에서 모두 절망을 느끼는데 귀도는 그렇지 않았다. 나는 귀도야말로 인생을 제대로 즐길 줄 아는 사람이라고 생각했다. 자신의 아들 때문이기도 하지만 아들을 위해서 자신의 남은 인생을 미션으로 삼은 그의 모습을 보고 많은 것을 느꼈다.

이처럼 누군가를 기분 좋게 해 주는 재미도 괜찮다. 굳이 꼭 내 일이 아니더라도 말이다. 언제까지나 내 일에만 만족하면서 살 수는 없다. 때로는 누군가의 일을 해주면서 느끼는 재미도 느낄 수 있어야 한다. 내 인생도 직장생활을 하던 15년 동안은 나를 위해서 살았다면, 그 후 지금까지 20년은 다른 사람을 위해 살았다. 물론 직업 때문이기도 하지만, 다른 사람을 위해서도 살아지고, 살 수 있다는 생각을 하면 늘 기분이 좋다.

지금 나는 책 쓰기에 여념이 없다. 최근에 책들이 계속 출판이 되면서 바빠졌다. 강연도 바쁜데 여기저기에서 책 쓰기에 대한 책도 써달라고 한다. 어떤 이는 정말로 자기도 책을 써보고 싶은데 경제 사정이 여의치 않아 어려워서 하지 못하고 있는데 도움을 줄 수 없느냐고 하였다. 나는 그런 그들을 위해서도 책을 준비 중이다. 한창 자라는 아이들을 위해 동화책도 기획 중이고, 에세이집도 준비 중이다. 올해 안에 끝낼 책이 벌써 몇 권 구상 중이다.

사람들은 인생을 가리켜서 '인생 수업'이라고 한다. 학교에 다닐 때 학교 수업이 연상된다. 첫 시간에는 국어를 배우고, 둘째 시간에는 수학을 배우고, 셋째, 넷째시간에는 물상과 화학을 배웠다. 그리고 여러 과목을 배웠다. 인생 자체가 수업이라고 생각한다. 그러나 나는 '인생 수업' 이라는 말 대신에 '인생 미션'이라고 생각한다. '미션mission'은 다른 말로 '사명使命'이라고도 한다. 맡겨진 임무를 가리킨다. 인생을 수업이라고 생각하면 배우는 것으로만 만족하고 끝난다. 그러나 미션이라고 생각하면 도전과 성취감과 행복감까지 아울러 느끼게 한다. 수업은 내가 배워가는 것이지만 미션은 내가 만들어 가는 것이다. 남이 만들어 놓은 것을 배우는 것이 아니라, 내가 만들어 가고 달성해 가면 느끼는 기분이 달라진다. 그런 인생이라면 어떤 일을 경험하더라도 행복하고 즐겁다.

세계일주 도보여행을 떠난 사람이 있다. 스물 네 살의 뉴번. 대학을 나와 직장을 잡는 일 대신에 내 마음의 소리를 따르겠다는 신념으로 세계일주 여행을 떠났다. 19세기 초 미국 〈뉴욕트리뷴〉지 편집자이자 언론인이었던 호레이스 그릴리가 조언한 '청춘이여 서쪽으로 떠나라'

는 말을 듣고 일본 최남단 사타 곶을 출발해서 4~5년 만에 지구를 일주할 계획으로 도보여행에 나섰다. 그는 "대학을 나와서 직장을 잡아라. 태어나는 순간부터 그런 사고방식이 우리 마음속에 뿌리내리는 듯하다. 그러나 그것은 옳지 않다."고 말하면서, 직장을 그만두고 육로로 세계일주 여행에 올인했다. 그는 가지고 있던 물건을 모두 팔거나 기부했다. 뉴번은 트레킹화 한 켤레와 속성 건조 양말 세 켤레를 들고 출발했다. 배낭에는 칫솔 2개와 23kg의 장비를 꾸렸다. "매끄러운 돌을 사용하면 효과적이라고 들었다"면서 화장지는 준비하지 않았다. 출발하기에 앞서 그가 나지막하게 말했다. "내가 따라야 할 사람은 내 자신뿐입니다."

시골에서 흔히 볼 수 있는 조그마한 우물에서 태어난 작은 개구리는 대대로 이 우물에서 살면서 마음껏 헤엄치고 놀았다. 더할 나위 없이 만족스런 삶이었다. '이보다 더 좋은 삶은 없을 거야. 내게 부족한 것은 하나도 없어.'

그러던 어느 날이었다. 고개를 들어보니 우물 꼭대기에서 한 줄기 빛이 흘러 들어왔다. 개구리는 문득 호기심이 일었다. '저 위에는 뭐가 있을까?' 개구리는 우물 벽을 타고 천천히 기어올랐다. 그리고 꼭대기에 이르러 조심스레 주위를 둘러보았다. 이럴 수가! 제일 먼저 눈에 들어온 것은 연못이었다. 도무지 믿어지지 않았다. 연못은 자신이 살던 우물보다 수백 배나 크지 않은가! 과감하게 앞으로 더 나아갔더니 이번에는 커다란 호수가 보였다. 개구리는 놀라움에 입을 떡 벌리고 호수를 바라보았다. 이제 개구리는 더 큰 희망을 품고 바다까지 나아갔다. 세상에, 사방이 온통 물 천지였다. 개구리는 엄청난 충격을 받았다. 자기가 그동안 얼마나 비좁은 생각 속에서 살아왔는지 한심하기까지 했다.

작은 개구리처럼 살 때가 많다. 자신의 조그만 우물에 갇혀 시시한 것에 만족하며 사는 사람이 많다. 우리는 낮은 수준의 삶과 비좁은 사고방식의 틀에서 좀처럼 벗어나지 못한다. 지금보다 한 발짝만 더 앞으로 나아가고 조금만 더 큰 꿈을 꾸어야 한다. 우물 밖으로 나가야 한다. 지금보다는 더 큰 미션을 목표로 삼아야 한다. 우리 생각 속에 우리 자신을 가두지 말아야 한다.

살펴보면 아주 조그만 성공에 안주하거나 포기해 버리는 사람들이 의외로 많다. "내 짧은 가방 끈으로는 더 이상 안 될 거야,", "내 능력으로 이만큼 하면 잘한 거야. 더 이상은 안 돼.", "우리 집은 가난해서 안 돼."라고 말한다. 미래가 확실하지 않으면 시도하지 않고, 손해 볼 확률이 높은 일이면 선택하지 않는다. 상처받을 감정이라면 그 감정을 키우려고 하지 않는다. 소위 '안전 빵'만 취하려고 하다 보니 경쟁이 치열하다. 마치 서바이벌 게임을 보는 것처럼 아슬아슬하다. 시험 때가 되면 시험공부가 정리된 노트를 빌려주지 않는다고 한다. 자기만 좋은 성적을 내겠다는 심보다. 물론 다른 사람들도 노력을 해야 할 것이다. 언제부터인지 이기적으로 되어 가고 있다.

*

작가 김정한은 수필집 《때로는 달처럼 때로는 별처럼》에서 "삶은 선물이기도 하지만 게임이고 미션이다. 인생은 단답형이 아니라 서술형이기에 서두르지 말고 긴 호흡으로 가자. 타인에게 보여주기 위한 삶이 아니라, 스스로가 행복한 삶이어야 한다"고 말했다.

알고 보면 우리의 삶도 작은 미션의 집합이라는 것을 알 수 있다. 해야만 하는 일들이 늘 있다. 매일 매일 수행해 나가면서 작은 변화가 일어난다. 거기다가 회복력이 배가 되면 더 힘이 나고 미션을 하나 완수하면 다시 힘이 더해지고, 더 큰 미션을 수행해 나갈 수 있는 힘이 자생적으로 생긴다. 혼자 어려우면 주위 사람들에게 도움을 청하고 그러면서 나중에는 공동 미션이 되기도 한다.

인생을 수업으로만 생각할 것이 아니라 미션으로 생각하면 삶이 달라진다. 지금 내가 박스를 옮기는 것을 미션으로, 식당에서 테이블 닦는 것을 미션으로 생각하면 달라진다. 오늘도 어떤 미션이 우리를 기다릴지 모른다. 수업은 싫지만 인생 미션은 늘 기다려진다. 저그Zerg, 테란Terran, 프로토스Protoss. 스타크래프트에 나오는 종족들이다. 그들과 손잡고 멋지게 한판 이겨보자. 후퇴도 하고 공격도 하고 미션은 늘 재미가 있다.

인생을 수업으로 생각하지 않고
미션으로 생각하면 삶이 달라진다.

청춘아, 너를 외쳐라

해수욕장에 바다에서 밀려든 폐목재와 쓰레기 더미 때문에 때 아닌 소동이 벌어졌다. 작년에 앞바다에 침몰한 배에 실려 있던 목재가 태풍에 떠밀려 와 해안 곳곳에 널렸던 것이다. 한창 여름 피서 철 성수기에 생긴 일이라 상인들은 울상이 되었다. 며칠 전 태풍 때에도 장사를 못했는데 이번에는 쓰레기 때문에 낭패를 보게 된 것이다. 구청에서는 공무원들과 자원 봉사자들, 그리고 인근에 있는 군부대 장병들의 지원을 받아 대대적인 청소 작업을 진행해서 며칠 내로 해수욕장이 정상대로 개장되도록 하겠다고 했다.

바다하면 흔히들 낭만을 연상한다. 흰색 갈매기가 바다 위를 날고,

검푸른 파도는 바위에 부딪히며 흰 거품을 일으킨다. 육지에서 살다가 오랫만에 바다에 놀러 온 사람들은 신발을 벗고 백사장을 거닐면서 이따금 밀려드는 파도를 이리저리 피하면서 바다를 즐긴다. 허리를 숙여서 조개껍질도 줍고 바다가 주는 정취를 만끽한다.

그러나 그렇게 바다가 늘 낭만적인 것만은 아니다. 태풍이라도 치는 날이면 바다는 한순간에 모든 것을 빼앗아 가버린다. 방파제를 무너뜨리고, 배를 뒤집고, 그물과 어망을 모두 찢어버린다. 멀쩡한 백사장도 파헤치고 해안가에 있는 횟집의 수족관까지 마구 부숴버린다. 잔뜩 찌푸린 날씨에 윙윙대는 바람 소리는 듣기만 해도 섬뜩하다.

한 남자가 요트를 타고 가다가 큰 화물선과 충돌해서 사고를 당했다. 내비게이션과 라디오도 고장난 상태에서 그가 의지할 것은 나침반과 항해지도, 그리고 자신의 오랜 항해 경험뿐이다. 그는 거대한 폭풍우와 상어가 출몰하는 바다에서 사투를 벌인다. 의지하고 있던 요트가 침수되면서 요트를 버리고 작은 구명보트에 옮겨 타야만 하는 주인공. 오랫동안 기다리던 화물선이지만 주인공을 발견하지 못하고 멀어져가는 그 모습을 바라보면서 주인공은 오열한다.

영화에서는 그의 과거에 대해서는 아무 말이 없다. 그가 어떤 직업을 가졌는지, 그는 왜 이 요트를 타고 항해에 나서게 되었는지, 결혼은 했는지, 영화는 아무 말이 없다.

영화가 말하려고 한 것은 무엇일까. 혹시 우리의 모습을 돌아보게 하기 위한 작가의 의도는 아닐까. 망망한 바다에서 폭풍우와 싸우면서 혼자 헤쳐 나가는 그의 모습은 우리와 많이 닮았다고 생각된다.

우리도 언제부터인지는 모르지만 혼자 남겨지기 시작했다. 누군가에게 도움을 갈망하는 손길을 내밀지만 외면당하고, 모른 척 해버리고, 그로 인해서 분노하고 좌절하는 일이 있지 않은가. 헤밍웨이의 〈노인과 바다〉에서 몇 달 동안 고기를 잡지 못한 늙은 어부가 거대한 청새치를 잡았지만 집으로 돌아오는 도중에 상어 떼에게 뼈만 남기고 다 뜯겨버린 것처럼 실망스럽고 허탈할 때도 있지 않은가.

학교 다닐 때 선생님은 매일 아침마다 아이들에게 쪽지 시험을 치르게 했다. 어떤 날에는 한 문제를 내어 주신 적도 있고, 어떤 날에는 두 문제를, 또 어떤 날에는 다섯 문제를 내어 주신 적도 있었다. 우리는 그 쪽지 시험을 무사히 치르고 난 후에야 비로소 수업을 시작할 수 있었다. 아침에 시험 문제를 제대로 치르지 못한 친구들은 방과 후에도 남아서 꼭 같은 시험을 다시 치러야만 했다.

나는 빨리 커서 어른이 되고 싶었다. 왜냐하면 어른이 되면 시험도 안 치고 매일 해야 하는 숙제도 없을 것이라는 생각 때문이었다. 대학생만 되어도 숙제가 없는 줄 알았다. 어른들은 숙제 없이 매일 편하게 지내는 줄만 알았다. 숙제는 공부하는 아이들에게만 있는 줄 알았다. 그러나 크면서 해야 할 숙제가 더 많았다. 책상에 앉아서 푸는 숙제가 아니라 이제는 인생 숙제가 우리를 기다리고 있었다.

남성 댄스 그룹 '록키스Rok Kiss'가 발표한 1집에 있는 가사 내용이다.

내 인생은 도전정신 명심 내 얘길. 나에 길 고정관념 다 버려 미쳐버려. 음악에 취해버려 내 어릴 적 꿈꾸던 서양화가. 더 나아가 커나가던 15세 그 꿈은 바로 캔버스와 하얀 종이 대신 훨씬 넓은 스크린 위에 그림을 그려. 난 흘려 16세 해 되던 해 영화감독 내일로 발걸음을 옮겨 날 맞게 고생은 부지기수 인생은 삶에 변수. 스무 살에 영화감독 지금까지 달려와. 인생은 도전과 실패 고난의 연속. 하지만 늘 순수를 간직한 채 달리려 해 앞날을 위해 (중략) 도전하지 않는 자는 인생의 낙오자 그림자 포기하지 마. 최선을 향해 후 모든 사람 나랑 마찬가지 나도 역시. 일장 일단 있지 맞지 나도 마찬가지. 단점 또한 많지만 매사 적극적인 장점 그것은 최선 최고를 향한 나의 도전 고정관념 깨고 싶은 발상 역발상. (중략) 도전과 실패 속에 너의 머릿속을 치유하자 가자 멀리뛰기 또 날기 위한 도움닫기.

*필자가 문법에 맞추기 위해 가사를 교정했다

때때로 꿈이 바뀌고 변하고 흔들리기도 한다. 처음부터 꿈이라는 것이 없을 수도 있다. 필자와 같은 이들도 많을 것이다. 그러나 결코 겁낼 것 없다. 꿈이 없어도 살아지더라는 말이다. '꿈이 없는 사람은 망한다'고 하는데, 내 경험으로는 꿈이 없으면 망하는 것이 아니라, 조금 지체 될 뿐이다. 꿈은 찾기도 하는 것이지만, 만들기도 하는 것이다. 마치 우주선이 달에 가는 것처럼 우주선을 만들다보니 달에 가지는 것이다. 달에 가려고 처음부터 우주선을 만든 사람도 있을 것이다. 처음부터 겁을 낼 필요 없다. 없다고 낙심할 필요도 없다. '실패는 성공의 어머니'라는 말이 있지 않은가.

나이키를 창업한 사람은 '필 나이트'다. 그는 어릴 때부터 운동을 좋아했다. 특히 육상에 뛰어난 재능을 보였다. 고교 시절부터 중거리 육상선수로 활약했고 대회에 나가 좋은 성적을 거두었다. 유명한 오리건대에 진학해서 육상선수로 활약했다. 졸업 후 스탠퍼드대 경영대학원에 진학했다. 그 후 회계사로 일을 했지만 그 일에 큰 보람과 만족감을 느끼지 못했다.

그러던 어느 날 중대한 결심을 했다. 바로 신발 사업을 시작하기로 한 것이다.

'신발을 팔 거야. 또 때가 되면 내 브랜드의 신발도 직접 만들 거야. 반드시 아디다스를 이기고 말 거야.'

그는 친구들에게 자신의 포부를 밝혔다. 그러자 친구들은 어이없다는 표정들이었다.

"너 지금 제 정신이야? 신발사업을 한다는 것도 우스운데, 아디다스를 이기겠다고? 아디다스는 세계 최고의 브랜드야. 네가 무슨 수로 이긴다는 거야?"

그러나 그는 자신만의 브랜드로 런닝화를 만들었다. 그것이 바로 '나이키'다.

첫 해에는 고작 1,000여 켤레를 파는데 그쳤다. 하지만 실망하지 않았다. 고민 끝에 그는 농구스타 마이클 조던과 계약해서 마이클 조던이 검은색과 빨간색이 섞인 '에어조던' 농구화를 신고 경기에 임하도록 했다. 비록 통일된 색상의 농구화를 신어야 한다는 규정 때문에 5,000달러의 벌금을 물어야 했지만 그 광고는 대 성공이었다. 그리고 마침내 아디다스를 앞질러 미국 운동 문화의 아이콘이 되고 말았다.

좌절과 절망의 시간이 수시로 찾아 왔지만 그러나 그는 그것에 굴하지 않았다. 한번 계획을 세웠으면 멈추지 않고 계속 달렸다. '일단 한 번 해봐!Just do it!' 라는 나이키 광고 카피처럼 살았기 때문에 오늘날 그가 있는 것이다.

'된다'고 말하는 것은 자기계발서 내용 중에서 가장 중요한 핵심 포인트다. 자신이 가진 잠재력과 신념을 믿는다는 말이다. 우리는 '자기를 믿어 보았는가?' 지금 하고 있는 이 일에 '자신을 던져 보았는가?' 하고 물어야 할 것이다. 기회가 올 때마다 잡는 것에 따라서 인생의 성패가 좌우된다고 하지만, 때로는 운명이 엇갈리는 것 같아도 우리는 '된다'라고 말해야 한다.

《신화, 인간을 말하다》에 나오는 《빌헬름 마이스터의 수업시대》의 주인공 빌헬름이 부딪친 갈림길처럼 선택하지 않은 길에 대해 후회하지는 않아도 아쉬워 할 수는 있다. 또는 어쩔 수 없는 상황 때문에 원래 의도한 길은 포기한 채 등 떠밀려서 갈 수밖에 없는 길을 걸을 수도 있다. 가고 있는 길의 성공 여부와는 관계없이 가고 싶은 길을 가지 못한 것을 후회할 수도 있다. 그러나 그럼에도 불구하고 우리는 우리 자신을 믿어야 한다. 그것은 우리가 우리 인생의 주인이기 때문이다.

공동체에서 여름 수련회를 진주로 떠난 적이 있다. 한참을 차를 운전해서 가는데 그만 깜빡하고 진주IC 이정표를 지나치고 말았다. 얼마쯤 갔을까. IC가 나타나서 요금 받는 직원에게 여기가 어디냐고 물으니 전라남도 광양이라고 한다. 경상도를 지나서 전라도까지 와버렸던 것이다. 먼저 앞서 갔던 사람들이 엉뚱하게 나 때문에 많은 시간을 기다려야 했다. 예상치 못한 일이었다. 나를 믿었던 결과가 엉뚱한 결과를 나았지만 그래도 할 수 없었다. 이미 엎질러진 물이었다. 수련회가 끝나고 돌아오는 날까지 '미안하다'는 말이 내 입에서 떠나지 않았다. 그래도 나는 나를 탓하지 않았다. 내 신념의 결과였기 때문이다. 다음부터 고치면 되는 것이기 때문이다.

리처드 템플러는 말했다. "인생은 고난의 연속이다. 만약 인생이 항상 수월하고 편하기만 하다면, 우리는 시험에 들거나 시련을 겪지도 않을 것이며, 인생의 불길 속에서 단련되지도 못할 것이다. 인생이 언제나 쉽게만 풀린다면 고난을 극복하는 과정도 없을 것이고, 발전할 기회도 당연히 줄어든다. 무언가를 배우거나 변화할 필요도 느끼지 못할 것이다."

상어와 사투를 벌이면서 노인 산티아고가 뱃전에서 되뇌였던 말을 생각해 보라. "사람은 파멸당할 수는 있을지언정 패배하지는 않는다."

때로는 이보다 더 안 좋을 수도 있다. 최악의 상태, 좋아질 기미가 보이지 않는 상태가 될 수도 있다. 그러나 그것이 내일 다시 또 그렇게 되라는 법은 없다. 우리가 이 고비를 이기고 나갈 수 있는 이유는 바로 '내일'이라는 시간이 우리를 기다리고 있기 때문이다.

영화 〈브레이브 하트〉에서 주인공 윌리엄 월래스가 마지막에 "자유Freedom."라고 외쳤다.

나는 청춘들이야말로 자유자라고 생각한다. 생각을 자유하고, 꿈을 자유하라. 오늘이 있는 것은 내일이 있기 때문이다. 비록 떨어졌다고 생각되더라도 생각지 못한 기회가 올 것이다. 주어진 일들을 묵묵히 감당하면 결국 어딘가에 있을 내일이라는 희망이 나타날 것이다. 그 꿈과 희망을 생각하면서 이렇게 외쳐보자. "청춘아 고맙다."

주어진 일들을 묵묵히 감당하면
결국 어딘가에 있을 내일이라는 희망이 나타날 것이다.
그 꿈과 희망을 생각하면서 외쳐보자.
"청춘아 고맙다."

청춘아, 내일은 맑을 것이다

1989년 개봉된 영화 〈죽은 시인의 사회〉에서 키팅 선생님로빈 윌리엄스이 학생들에게 들려 준 말이 생각난다.

"그 누구도 아닌 자기 걸음을 걸어라. 나는 독특하다는 것을 믿어라. 누구나 몰려가는 줄에 설 필요는 없다. 자신만의 걸음으로 자기 길을 가거라. 바보 같은 사람들이 무어라 비웃든 간에."

사람들은 모두에게 각자의 길이 있다. 자신의 신념대로 살 수도 있고 생각할 수도 있다.

나는 차가 밀리면 시간이 걸리더라도 멀리 돌아서 가기도 하고, 시간이 조금 여유가 있으면 느긋하게 밀려가면서 천천히 앞 차 뒤꽁무니만 뚫어지게 쳐다보며 따라가기도 한다. 마이웨이가 딴 게 아니다.

예전에 아는 교수님 중에 청렴하고 기본을 지키며 사시는 분이라고 학생들에게 소문 나셨던 분이 계셨다. 어떤 학생이 차를 운전해서 가는데 어떤 작은 차가 큰 버스 뒤에 서서 버스가 가기만을 기다리더라는 것이다. 옆으로 비켜 나와서 가면 얼마든지 갈 수 있는데도 그냥 가만히 서서 버스가 가기만을 기다리더라고 했다. 누군가 궁금해서 차를 옆으로 대어서 보니 바로 그 교수님이더라는 것이다. 계속해서 지켜봐도 그렇더라는 것이다. 버스가 가면 같이 가고, 버스가 서면 그 버스 뒤에 서고, 급하지도 않은지 계속 그러더라고 했다.

　사람들이 꿈 이야기를 한다. 성공이 꿈이고, 잘되는 것이 꿈이다. 꿈이 사람을 위해서 있는 것이 아니라, 사람들이 꿈을 위해서 있는 것 같다. 그렇게 꿈에 자기를 맞추다 보니 정작 자신을 잃어버리고 꿈에 자신을 맞추는 꼴이 되고 말았다. 꿈은 내가 꿨는데 꿈이 나를 조종하고 있다. 나는 졸저《꿈이 없어도 괜찮아, 중요한 건 바로 너야》에서 '꿈'에 대한 이야기보다 '자기self'에 대한 이야기를 많이 했다. 자기가 없는 꿈이란 '사상누각砂上樓閣'같다는 생각 때문이다. 그래서 불안하고 흔들리고 없어도 괜찮다고 했다. 나도 그랬다고 청춘들을 토닥였다.
　살아보니 그렇더라. 꿈은 찾아가기도 하고, 만들어 가는 것이라는 생각이 든다. 꿈이 없었던 나는 꿈을 만들어 가는 축에 속한다. 그리고 때로는 찾기도 했다. 목표가 처음부터 정해진 것이 아니었다. 달려가다 보니 꿈이라는 것이 보였다. 그래서 조금씩 그 형체를 만들어 가기 시작했다. 그게 바로 지금이다. 그렇기 때문에 내가 청춘들에게 불안해하지도 말고, 조급하게도 생각하지도 말고, 인생을 너그럽게 대하라는 이유가 여기에 있다. 나도 하는데 청춘들이 못 해 낼 것이 없기 때문이다.

청춘 때에는 유혹하는 것이 너무도 많다. 그 중에서도 게으름은 청춘의 에너지를 모두 소진케 하는 주범이다. 게으른 열정은 없다. 게으른 성공도 없고, 게으른 프로도 없다. '우는 사자같이 두루 다니며 삼킬 자를 찾는다'는 말이 있다. 포기와 낙심과 겁내는 청춘을 찾으러 다닌다. 아프리카 마사이족을 보았는가. 붉은색 담요 한 장을 몸에 두르고 맨발로 훨훨 제자리걸음을 뛰며 사자들조차도 감히 그들 곁에 근접하지 못하는 모습 말이다. 청춘이 무서워 할 것은 아무것도 없다.

지금 열심히 하고, 지금 잘하고 있다면 두려워할 것 없다. 우리가 두려워하고 떠는 이유는 우리가 게으르고 아무 것도 하지 않기 때문이다. 스펙 때문에 떨 필요 없다. 유명 대학 나오지 않아도 된다. 프로의 모습을 지금 보이지 않아도 된다. 그 대신 내 안에 잠자는 거인은 깨워라. 긴 잠에서 깨어 큰 기지개를 펴면서 한 발 한 발 내디디면서 작은 거인부터 시작해서 큰 거인으로 만드는 수고를 감당해야 한다.

알고 보면 우리는 대단한 존재다. '나는 미운오리 새끼가 아닐 거야'라는 패배적인 생각은 버려라. 그 약한 마음이 우리를 날지 못하게 한다. 그 대신 잘 되는 나를 꿈꿔라. 성공하는 꿈을 꾼다고 누가 뭐라고 말할 사람 아무도 없다. 도자기를 굽는 도기공이 '도제徒弟수업'을 받듯이, 여인이 한 땀 한 땀 십자수를 놓듯이 인생의 수를 놓고, 진흙을 쌓아 올려야 한다.

생각해 보면 청춘은 결과가 아니라 배워가는 과정이다. 청춘이란 서

정주 시인이 <국화 옆에서>를 통해서 말하는 것처럼 한 송이의 국화꽃을 피우기 위해 봄부터 소쩍새가 울고, 천둥이 먹구름 속에서 그렇게 우는 것인지도 모른다. 꽃을 피우기 위해서는 우는 것도 감당해야 한다. 천둥 치는 밤도 새워야 한다. 그냥 피는 꽃은 하나도 없기 때문이다.

독자들이 이 책을 통해서 특별한 삶이 아니라 별다른 삶을 살았으면 한다. '이렇게 살아야 된다'는 현실에서 '이렇게도 살아지는구나' 하는 것을 배웠으면 한다. 그것이 바로 이 책이 독자들에게 선물하는 유익이다.

나도 꿈을 이야기한다. 그러나 꿈을 이루기 위해 수고하는 청춘들을 더 많이 응원한다. 큰 범선이 바람을 타고 대양을 향해 하듯이 졸저《꿈이 없어도 괜찮아, 중요한 건 바로 너야》가 넓은 대양을 향해 나아가는 청춘이라는 배를 응원하는 것이 되기를 바란다. 돛을 올리는 수고쯤은 할 수 있지 않겠는가. 로프를 잡는 수고도 할 수 있지 않겠는가. 그렇게 한 발 한 발 시작하는 것이다.

키팅 선생님이 하신 말씀을 다시 한 번 되돌아보며 청춘 모두가 파이팅 하기를 바란다.

"타인의 인정을 받는 것도 중요하지만, 자신의 신념의 독특함을 믿어야 한다. 다른 사람이 이상하다고 보든 나쁘다고 생각하든 이제부터 여러분들도 나름대로 걷도록 해라. 방향과 방법은 여러분이 마음대로 선택해라."

참고 자료

강남구, 《청춘, 거침없이 달려라》, 국일미디어, 2013

김난도, 《아프니까 청춘이다》, 쌤앤파커스, 2011

김남인, 《태도의 차이》, 어크로스, 2013

김새해, 《내가 상상하면 꿈이 현실이 된다》, 미래지식, 2014

김영철 《일단 시작해》, 한국경제신문, 2013

김이율, 《가슴이 시키는 일》, 판테온하우스, 2011

김이율, 《끝까지 하는 힘》, 판테온하우스, 2010

김이율, 《돌파하는 힘》, 작은씨앗, 2011

김진동, 《이기는 습관2》, 쌤앤파커스, 2009

김태광 외, 《청춘의 끝에서 만난 것들》, 위닝북스, 2013

나가모리, 김성호 역, 《일본전산 이야기》, 쌤앤파커스, 2009

데릭 벨, 조용환 역, 《바르게 살아도 성공할 수 있다》, 휴먼앤북스, 2003

릭 워렌, 《목적이 있는 삶》, 디모데, 2004

마쓰시타 고노스케, 김상규·남상진 역, 《위기를 기회로》, 청림출판, 2010

마이크 샌델, 이창신 역, 《정의란 무엇인가》,, 김영사, 2011

마티아스 브뢰커스, 이수영 역, 《성공이 너무 뜨겁거나 실패가 너무 많거나》, 알미, 2007

말콤 글래드웰, 노정태, 《아웃라이어》, 김영사, 2009

사이먼 사이넥, 이영민 역, 《나는 왜 이 일을 하는가》, 타임비즈, 2013

신정일, 《모든 것은 지나가고 또 지나간다》, 푸른영토, 2013

신준모, 《어떤 하루》, 프롬북스, 2014

쑨싼바오, 홍민경 역, 《이제야 기회를 알겠다》, 내일아침, 2009

오쇼 라즈니쉬, 이여명 역 《지혜로운 자의 농담》, 정신문화사, 1994

*

우민기,《자소서의 정석》, 라온북, 2014

웨인 W 다이어, 최홍명 역,《성공으로 가는 길, 긍정의 힘》, 새벽이슬, 2011

윌리엄 데이먼, 정창우·한혜민 역,《무엇을 위해 살 것인가》, 한국경제신문, 2012

이연우,《꿈꾸는 애벌레》, 푸른영토, 2014

전옥표《지금 힘들다면 잘하고 있는 것이다》, 중앙북스, 2013

전옥표,《빅 피처를 그려라》, 비즈니스북스, 2013

전옥표,《이기는 습관1》, 쌤앤파커스, 2009

정철상,《심리학이 청춘에게 묻는다》, 라이온북스, 2010

조엘 오스틴,《최고의 삶》, 긍정의힘, 2010

주영희,《웰컴투 열정 발전소》, 라온북, 2014

칼럼 매캔, 박찬원 역,《거대한 지구를 돌려라》, 뿔, 2010

테드 터너, 빌 버크 저, 송택순 역,《테드 터너, 위대한 전진》, 해냄, 2011

풍국초, 이원길 역,《중국상하오천년사》, 신원문화사, 2005

허성준,《초역 군주론》, 스카이, 2012

황기순,《인생아 마음껏 흔들렸니, 이제 시작이다》, 시너지북, 2014